전풍 삼국지

멱운 장편 소설

FUSION FANTASTIC STORY

전공 삼국지 15

멱운 장편 소설

초판 1쇄 찍은 날 § 2016년 7월 12일
초판 1쇄 펴낸 날 § 2016년 7월 19일

지은이 § 멱운
펴낸이 § 서경석

편집책임 § 이지연

펴낸곳 § 도서출판 청어람
등록번호 § 제387-1999-000006호
등록일자 § 1999. 5. 31
어람번호 § 제1-2482호

주소 § 경기도 부천시 원미구 부일로 483번길 40 서경B/D 3F (우) 14640
전화 § 032-656-4452 팩스 § 032-656-4453
http://www.chungeoram.com
E-mail § chungeorambook@daum.net

ISBN 979-11-04-90889-7 04810
ISBN 979-11-04-90353-3 (세트)

15
멱운 장편 소설
FUSION FANTASTIC STORY
전풍
삼국지
도서출판
청어람

三國志
삼국지

目次

第一章
재진격

도응이 완성을 공격하는 데에 여념이 없을 때, 북쪽에서는 기주, 병주, 유주의 패권을 놓고 원씨 형제간에 건곤일척의 승부가 펼쳐지고 있었다. 원담은 친히 5만 대군을 거느리고 호관을 출발해 원씨의 오랜 거점이자 현재 원상의 근거지인 업성으로 쳐들어갔다.

물론 원상과 형제 다툼을 벌이는 이번 출정에 반대하는 사람이 적지 않았다. 유주의 장기와 대군의 견초는 원담에게 서신을 보내 아우와의 전쟁을 간곡히 만류했다. 특히 장기는 유주를 중립지대로 제공할 테니 두 형제가 이곳에서 만나 평화

협상을 진행하라고 권유하기까지 했다.

원담의 사촌 형 고간도 형제간의 싸움을 단호히 반대했으나 원담은 이들의 말을 전혀 귀담아듣지 않았다. 그뿐만 아니라 일부러 고간을 원상 토벌에 대동하고, 자신의 동정을 비교적 지지하는 왕마에게 병주를 지키라고 명했는데, 이는 병주에서 꽤 인망이 두터운 고간이 후방 지원을 소홀히 하는 등 자신의 원정을 방해할까 염려했기 때문이다.

사실 원담이 많은 사람의 반대에도 불구하고 이번 원정에 나선 데는 그만의 고충이 있었다. 자신이 원상과 아무리 협상을 벌인다 해도 원상이 북방 3주 중 인구가 가장 많고, 경제가 번화하며, 식량이 가장 풍족한 기주 땅을 내놓을 리 없다는 사실을 잘 알았기 때문이다. 일단 기주를 양보하면 전량 문제나 군대 양성에 어려움을 겪어 천하 쟁패는 고사하고 제 몸 하나 건사하기 어려울 게 빤했다. 따라서 싸울 여력이 있는 지금, 도응이 형주로 남하한 틈을 타 재빨리 기주를 탈환하는 것이 최선의 방법이었다.

원담이 호관에서 출병했다는 소식에 원상 또한 도응에게 다시 사신을 파견해 원군을 보내 달라고 재촉하는 한편, 친히 3만 군사를 거느리고 업성 서쪽의 구후성(九侯城)으로 달려가 원담 대군을 맞이했다.

구후성 전투는 첫날부터 치열하게 전개되었다. 마치 원수를 만난 듯 원담과 원상 형제는 스스로 선봉에 서서 시석을 무릅쓰며 군사들에게 전투를 독려했다. 전에는 한 병영에서 동고동락했을 병사들이 이제는 두 형제의 권력투쟁에 동원돼 서로에게 창칼을 겨누는 비극적인 상황이 연출됐다.

하늘도 이를 알았는지 청랑하던 기주 하늘에 갑자기 먹구름이 몰려오더니 부슬부슬 비가 내리기 시작했다. 흡사 눈물 같은 비가 뿌리는 가운데, 구후성 전장에는 시체가 여기저기에 널려 있고 피는 강물이 되어 흘러 인근의 장수를 붉게 물들였다.

이튿날에도 쌍방은 격렬한 전투로 수많은 사상자만 낼 뿐 좀처럼 승부를 가리지 못하고 있었다. 그런데 이때 위현(魏縣)에 주둔하던 위군태수(魏郡太守) 고번(高蕃)이 반란을 일으켜 원상의 배후를 습격하는 일이 벌어졌다. 원상이 원소의 유언을 위조해 원씨의 분열을 야기했다고 불만을 품고 있던 고번은 원담이 업성으로 출병한 틈을 타 반란을 일으킨 것이다.

뜻밖의 기습에 앞뒤로 공격을 받게 된 원상은 부득불 업성으로 후퇴했고, 원담은 승기를 잡아 업성 아래까지 곧장 진격해 들어갔다.

하지만 업성의 성지가 너무 견고하고 양초가 비교적 풍부한 데다 원상 수중에는 여전히 3만여 군사가 건재했다. 이 때문에 원담으로서는 고번의 증원군이 합류했다고 하나 병력 면에서 압도적인 우세를 점하지 못했을뿐더러 외려 양초가 부족해 병주로 연이어 사람을 보내 보급을 재촉하기 바빴다. 원담군의 이런 약점을 정확히 간파한 원상과 심배는 오로지 성을 굳게 지키며 적의 군량이 다 떨어져 스스로 물러가기만 기다렸다.

그런데 결정적인 순간에 원상에게 다시 악재가 터지고 말았다. 원소의 충신인 저수의 아들 저곡은 기주군이 허도로 입성한 후, 원상과 심배를 도와 도성 이주 문제를 처리하라는 원소의 명을 받고 업성으로 파견됐다. 그러던 중 원소가 갑자기 쓰러지고 원상이 반란을 일으키는 바람에 저곡은 하는 수 없이 원상을 따랐다.

저곡은 원상의 신임을 얻어 업성 북쪽의 조국군(趙國郡) 태수로 임명되었다. 그러나 원담이 업성으로 쳐들어오자 조국군의 치소 한단(邯鄲)에서 병변을 일으켜 원상의 심복들을 죽인 뒤, 군사를 이끌고 원담에게 투항했다. 게다가 대량의 군량까지 가져오자 양초 문제 때문에 골머리를 앓던 원담은 뛸 듯이 기뻐 저곡을 기주종사에 임명했다.

저곡의 반란으로 형세는 원상에게 점점 불리하게 돌아갔다. 기주에는 장남도 아니면서 기주를 차지한 원상에게 불만을 가졌지만 힘이 없어 마지못해 신복하는 군현이 많았다. 이런 와중에 원담이 업성 아래까지 쇄도하고, 서주군의 구원 소식도 들려오지 않자 저곡의 반란을 기화로 각 군은 하나둘씩 원상을 배반하고 원담에게 귀순해 버렸다.

이로써 원담군은 갈수록 힘을 더 얻었고, 원상군은 점점 더 고립돼 갔다. 상황이 심상치 않게 돌아감을 느낀 원상은 업성을 버리고 청하나 여양으로 가 서주군의 비호를 받으라는 도응의 제의를 진지하게 고민하기 시작했다.

원상의 이런 생각은 당연히 심배의 단호한 반대에 부딪혔다. 일단 업성을 버리게 되면 훗날 서주군의 도움으로 다시 업성을 찾는다 해도 절대 이를 원상에게 돌려주지 않으리란 사실을 잘 알았기 때문이다. 이에 심배는 원상에게 무슨 일이 있어도 업성을 사수해야 한다고 간곡히 권했다. 또한 요 몇 년 기주의 작황이 좋지 않은 데다 각지의 식량은 대부분 업성으로 귀속된지라, 기주 남부의 군현이 원담에게 기울었다 해도 그 많은 군량을 대기 어려워 굳게 성을 지키기만 하면 업성의 포위는 저절로 풀릴 것이라고 설명했다.

심배의 설득에 원상은 마침내 업성을 포기하려던 생각을 접었다. 또한 심배의 건의에 따라 식량 지출을 줄일 목적으로 만 명에 달하는 노약자와 부녀자, 어린이 및 원담군 병사의 가솔을 업성 밖으로 내쫓아 버렸다.

그렇지 않아도 식량이 부족해 발을 동동 구르던 원담이 이 많은 백성을 받아들일 리 있겠는가? 그는 저곡의 완강한 반대에도 불구하고 성에서 쫓겨난 백성들에게 양식을 조금 나눠준 뒤, 전란이 끝나면 다시 업성으로 돌아오라는 말과 함께 각자 알아서 살길을 도모하라고 말했다. 결국 고통을 당하는 쪽은 백성일 뿐, 이로 인해 굶어 죽는 자가 수를 셀 수 없었고, 많은 백성이 서주군이 다스리는 연주로 남하해 투신하니, 원씨 형제는 모두 민심을 잃고 말았다.

*　　　*　　　*

몸을 웅크리고 기회만 노리고 있던 조조는 도웅이 형주 침공에 나섰다는 소식을 듣고 자신의 부흥 계획을 즉각 실천에 옮겼다. 장안에서 재건한 4만 대군을 친히 이끌고 진창(陳倉)에서 남하한 조조는 장로가 장악한 양평관(陽平關)을 넘어 한중을 취하고자 했다. 한중은 후대 '소강남(小江南)'이라 불릴 만큼 식량과 물자가 풍부해 조조의 동산재기에 더할 나위 없이 매력적인 땅이었다.

조조군이 단숨에 양평관 북쪽 땅을 점령하고 호호탕탕하게 내려오자 한중은 발칵 뒤집어졌다. 다급해진 장로는 서둘러 양평관 요해지에 증원군을 급파하는 한편, 군대를 대규모로 확대 편성해 전쟁 준비에 돌입했다.

그동안 전쟁다운 전쟁을 경험하지 못한 한중군으로서는 기껏해야 천험의 지리적 이점을 이용해 조조군에게 대항하는 방법밖에 없었다. 따라서 정예병을 다수 거느린 조조군이 한중을 취할 가능성은 아주 높았다.

그런데 조조가 꿈에도 생각지 못했던 일이 벌어지고 말았다. 이미 반년여 전부터 한중을 재기의 땅으로 노리는 자가 있었으니, 그는 다름 아닌 황숙 유비였다!

이때 유비는 상용태수(上庸太守)인 장로의 아우 장괴(張愧)의 휘하에서 울분을 참으며 은인자중하고 있었다. 그러던 중 조조군이 한중으로 쳐들어왔다는 소식을 듣자마자 곧바로 손건을 한중군의 치소 남정성(南鄭城)으로 보냈다. 장로의 측근 양송에게 후한 예물을 안기고 장로 앞에서 자신을 기용해 달라고 청탁하기 위함이었다. 귀한 예물을 받은 양송은 유비의 기대를 저버리지 않았다. 그는 장로에게 달려가 유비를 장군으로 발탁해 조조의 침입을 막자고 진언했다.

유비의 명성을 익히 들어 알고 있던 장로는 강적 조조의 침략을 막으려면 유능한 장수가 필요하다고 판단하고는 양송의 건의를 받아들여 급히 유비를 한중으로 부르라고 명했다. 장로의 모사인 염포(閻圃)는 유비 역시 조조처럼 한중을 호시탐탐 노리는 무리라며 절대 병권을 주어서는 안 된다고 권했으나 장로는 이 말을 듣지 않았다.

그리하여 유비는 드디어 서서, 방통, 장비, 관평 등과 함께 무리 십여 명을 이끌고 한중으로 들어가 뛰어난 언변과 아첨으로 장로에게 중용되는 데 성공했다. 도위에 임명된 유비는 군사 3천 명을 거느리고 양평관으로 달려가 장로의 아우 장위(張衛)를 도와 관문을 지켰다.

뜻을 펼칠 기회가 온 유비는 양평관에 당도하자마자 장비를 출전시켰다. 성 앞에서 싸움을 돋우던 우금(牛金)은 대갈일성을 지르며 달려 나온 장비의 장팔사모에 단 일 합 만에 말에서 고꾸라졌다. 조인은 자신의 부장이 당한 것을 보고 대로해 곧장 장비에게 달려들었지만 십여 합도 안 돼 장비의 무용을 당해내지 못하고 말 머리를 돌려 달아났다.

승세를 탄 유비가 성을 나와 장비와 함께 조조군의 뒤를 추살할 때, 장합이 군사를 이끌고 이들을 막아섰으나 적장 둘을 물리치고 한껏 기세가 오른 장비를 당해내기에는 역부족이었다. 이로써 시종 수세에 몰려 있던 장로군은 마침내 전세를 역전시키고 신바람이 나 적의 뒤를 맹추격했다.

조조는 유비가 양평관에 나타났다는 얘기를 듣고 처음에는 어안이 벙벙해져 아무 말도 나오지 않았다. 그런데 잠시 후 장비에게 우금이 죽고 조인이 쫓긴다는 보고에 장중이 떠나가라 미친 듯이 욕을 퍼부었다.

"쳐 죽일 유비 놈아, 왜 하필 한중으로 들어와 내 대계를 방해한단 말이냐!"

*　　　*　　　*

황조가 결국 완성을 버리고 줄행랑을 치자, 도응은 적에게 타격을 입힐 절호의 기회를 놓치지 않기 위해 즉각 뒤를 추살하라고 명했다. 소비와 진취가 목숨을 걸고 싸우고 적지 않은 손실을 입은 끝에야 황조는 겨우 열양으로 들어가 안중, 양성과 함께 기각지세를 이루며 서주군의 침공에 대비했다. 서주군은 위풍당당하게 완성에 입성해 황조가 놓고 간 대량의 양초와 치중을 노획했다.

이번 전쟁에서 서주군은 완성을 비롯해 박망, 서악, 치현 등 남양 북부 성지를 잇달아 손에 넣는 큰 전과를 올렸다. 이로써 허도 방어에 도움이 되는 대규모 완충지대를 마련함은 물론, 남양 전장의 주도권까지 차지하게 되었다. 이제 서주군은 완성 요지를 근거로 남양 내지의 여타 성지를 마음 놓고 공격할 수 있게 되었고, 또 수비 면에서는 육수를 틀어쥐고 형주군의 북상을 막는 것이 가능해졌다.

전쟁이 일단락되자 정신이 온통 기주에 쏠려 있던 도응은 완성을 손에 넣은 다음 날, 전군에 진병을 멈추고 완성 일대에서 휴식을 취하며 부상병을 치료하라고 명했다. 또한 완성을 훗날 형주 공략의 전진기지로 삼기 위해 성벽을 보수하고,

농지를 개간하며, 선박을 건조하라고도 명했다. 그러면서 기주의 전황이 들려오기만 눈이 빠져라 기다렸다.

도응의 이런 조치는 당연히 서주군에게 더욱 중요한 북쪽 전선에 전력을 치중하기 위함이었다. 하지만 가후는 이 생각에 동의를 표하지 않았다. 며칠간 양양 일대의 형주군 정황을 자세히 탐문한 가후가 도응을 찾아가 말했다.

"주공, 상황이 생각만큼 만만치 않습니다. 아군은 응당 형주군과 다시 전투를 벌여 적에게 큰 타격을 입힌 연후 북쪽 전선으로 군사를 돌려야 합니다."

도응은 예상치 못한 가후의 말에 적잖이 놀라 그 이유를 물었다.

"아군의 세작이 탐지한 바에 따르면, 유표는 형주 각지의 병마를 불러들여 양양과 신야 일대에 7만이 넘는 군사를 집결시켰다고 합니다. 여기에 황조 수중의 3만여 군사와 육양에 주둔 중인 문빙의 1만 군사를 합하면 총병력이 12만에 달합니다. 아군에게 적지 않은 위협이 되는 이 군대를 무시하고 군사를 돌려 북상했다간 남쪽 전선이 평온할 리 없습니다."

표정이 심각한 가후와 대조적으로 도응은 자신만만하게 웃으며 대꾸했다.

"문화 선생, 걱정도 팔자구려. 유표의 병마가 제아무리 많다 해도 훈련이 안 되고 사기가 떨어진 오합지졸에 불과하오.

수전에는 능하다지만 육전은 형편없어 우리 주력군이 북상한 후 완성 일대에 1, 2만 군사만 배치하고 지키면 족히 막아낼 수 있소이다."

"개미 떼가 코끼리를 물어 죽일 수 있고, 호랑이도 늑대 무리를 당해낼 수 없는 법입니다."

가후는 고개를 가로젓더니 대뜸 물었다.

"만약 유표가 아군 주력군이 북상한 틈을 타 수로를 통해 강동으로 진격하면 어찌할 생각이십니까?"

"그건……."

가장 우려되는 부분을 가후가 기습적으로 지적해 오자 도응도 말문이 막히고 말았다.

"유표 입장에서 보자면 강동은 아군의 최대 약점이라 할 수 있습니다. 제 생각을 말씀드립지요. 아군이 지금 유표의 기를 단단히 꺾어놓지 않는다면 우리 주력군이 기주로 북상했을 때 유표가 강동으로 출격할 가능성은 육 할 정도 됩니다."

가후는 입을 꾹 다문 도응의 표정이 점점 굳어지는 것을 보고 차분히 설명했다.

"육 할도 사실 보수적으로 잡은 수치입니다. 그 이유는 세 가지입니다. 유표는 아군과 이미 깊은 원한을 맺은 데다 반도응 연맹의 맹주여서 강동 출격이 곧 아군에게 보복하는 것이자 위위구조(圍魏救趙)로 맹우를 돕는 방법이니, 이것이 첫 번째 이유입니다. 둘째로 유표가 양양에 집결한 7만 군대는 이미 전쟁 준비를 마쳤고, 또 양양에서 강동까지는 한수를 따라 내려가면 반달도 채 안 돼 시상에 이를 수 있습니다. 그 속도가 아군의 육로 행군보다 훨씬 빠르고 편리해 아군으로서는 제때 구원하기 어렵습니다. 셋째가 가장 중요합니다. 원술이 죽고 원요가 그 뒤를 이어 원술군 내부가 동요하는 지금이야말로 유표가 예장 등지와 원술 대오를 병탄할 절호의 기회입니다. 유표가 아무리 몸을 사리는 자라고 하나 이런 호기 앞에서는 마음이 동할 수밖에 없습니다. 그리하여 유표가 강동을 손에 넣고 후방 방어를 강화하게 되면 유표 토벌이 훨씬 어려워집니다."

가후는 여기까지 말하고 잠시 숨을 고른 뒤 진중한 어조로 말을 이었다.

"정말 이런 상황이 발생한다면 우리는 어찌해야 할까요? 그때에 이르러 아군이 강동을 구하러 회군한다면 기주를 취할 호기를 놓치고 원씨 형제에게 숨을 돌릴 기회를 주게 되며, 만약 남쪽 전선으로 군사를 돌리지 않는다면 아군의 가장 취약한 수군은 장강 수전에서 고전을 면치 못하게 됩니다."

도응의 얼굴에서 웃음기가 사라진 지는 이미 오래고, 표정은 점점 더 심각해졌다. 잠시 생각에 잠겨 있던 도응이 머뭇머뭇하며 말했다.

"문화 선생의 말이 일리가 있지만 기주에서는 벌써 전쟁이 발발했소. 아군이 계속 남쪽으로 진병했다가 군사들이 몹시 지쳐 기주 전쟁에 영향을 미칠까 걱정이……."

가후가 빙그레 웃으며 대꾸했다.

"당연히 사상자가 늘고 피로가 쌓이겠지요. 하지만 상관없습니다. 원담 쪽은 우리보다 상태가 훨씬 더 심각할 테니까요. 업성 전투는 필시 시간을 질질 끌어 원담이 업성을 손에 넣었을 때는 힘이 다 빠져 있을 것입니다. 그때 우리는 허도의 병마로 교체해 출격하고, 진도와 장패의 쌩쌩한 군사들을 동원한다면 절대적인 우위를 점할 수 있습니다."

가후의 설명에 도응의 얼굴이 갑자기 환해지더니 책상을 치며 외쳤다.

"당장 대군을 이끌고 서진해 열양의 황조를 섬멸하고 형주에 큰 타격을 입힙시다!"

그런데 가후가 고개를 절레절레 흔들었다.

"아군의 다음 표적은 황조가 아닙니다. 황조 휘하에는 군사가 3만이나 있고, 또 열양 일대에서 호응하는 성지가 여럿 되는 데다 큰 강 두 개까지 가로막고 있습니다. 따라서 열양 공격에 나섰다간 고전을 면치 못할 가능성이 높습니다."

"그럼 어디를 공격해야 한단 말이오?"

"바로 육양의 문빙입니다."

"문빙에게도 만여 군사가 있고 성지가 아주 견고해 공격이 생각처럼 쉽지 않을 터인데……."

도응이 고개를 갸우뚱하며 의혹을 표하자, 가후가 미소를 지으며 답했다.

"염려 마십시오. 이미 계책 하나를 생각해 두었습니다. 이 계책이면 견고한 적성을 무너뜨리고 형주군에게 큰 타격을 입힐 수 있습니다."

서주군은 며칠간 충분히 휴식을 취하고 드디어 행동에 돌입했다. 군대를 두 길로 나눠 일로는 조운이 1만 5천 군사를 이끌고 열양으로 진격하고, 나머지 일로는 태사자가 2만 5천 군사를 거느리고 육양으로 곧장 남하했다. 그리고 도응은 완성을 지키며 이들의 진병 결과를 기다리기로 했다. 서주군의 동태를 유심히 살피던 형주군 세작은 이 사실을 곧바로 유표와 황조, 문빙 등에게 보고했다.

한편 도응과 가후가 계속 진격하기로 결정한 날, 서주 사자 하나가 배를 타고 육수를 통해 남하하고 있었다. 도응의 교섭 편지를 지닌 서주 사자는 밤낮으로 길을 서둘러 하루 남짓 만에 양양에 당도했다.

마침 황조의 연전연패 소식에 화가 나기도 하고 걱정이 들기도 한 유표는 당장 서주 사자를 불러들여 도응의 편지를 건네받았다. 그런데 유표는 편지를 다 읽고 얼굴이 절로 찌푸려졌다.

도응의 편지에는 세 가지 정전 조건이 적혀 있었다. 첫째는 반도응 연맹을 해체하라는 것이었다. 이는 유표가 받아들이지 못할 조건이 아니었다. 둘째는 억류된 서주 사신인 장간 일행을 돌려보내라는 것이었다. 이 역시 받아들이는 데 큰 무리가 없었다. 하지만 세 번째 조건이 유표의 심사를 복잡하게 만들었다. 그 조건이란 바로 장자인 유기를 적자로 세우고 차자 유종을 허도로 보내 관리로 삼으라는 것이었다. 이는 결국 유종의 계승권을 박탈하라는 말과 같았다.

세 번째 조건에 대해 유표는 내심 수용할 의향이 있었지만 선뜻 밖으로 표출할 용기가 없었다. 그 이유는 당연히 채씨 집안 때문이었다.

채모 형제는 도응의 이 편지를 보고 화를 참지 못해 도응과 끝까지 항전해야 한다며 길길이 날뛰었다. 유표가 총애하는 후처 역시 눈물을 뿌리며 도응과 결사전을 벌여 형주를 꼭 지켜 달라고 애걸했다. 형주 관원 중에는 형주의 안전을 위해 도응의 요구 조건을 수용해야 한다고 여기는 이도 있었지만 채모의 눈치를 보느라 누구도 감히 이를 입 밖에 꺼내지 못했다.

이리하여 형주 관원들의 침묵 속에 유표는 남양에 증원군을 보내기로 결정하고, 채모에게 3만 군사를 이끌고서 신야로 북상해 서주군의 남하를 막으라고 명했다.

가슴 가득 분노를 품고 신야로 출격한 채모는 마침 서주군이 군대를 나눠 열양과 육양 공격에 나섰다는 얘기를 듣고 자신들에게 기회가 왔다고 여겼다. 서주군이 완성을 점령하고 사기가 크게 진작됐다지만 병력이 분산될지 빤히 알면서도 두 길로 군사를 나눴다는 건 오만의 극치를 보여주는 것이었다. 경적필패란 말도 모른단 말인가.

이에 채모는 열양이야 안중과 양성이 뒤를 받치고 있으므로 황조가 충분히 적을 견제할 수 있다는 판단 아래, 육양을 지원하기로 결정했다. 게다가 신야에서 육양까지는 겨우 50리 거리밖에 되지 않고 수로도 통하고 있어서, 속전속결로 전투를 마무리한다면 육양과 80리 떨어진 완성에서 제때 구원을 오기 어렵다고 생각했다. 이런 조건들을 꼼꼼히 따져본 채모는 육양에 적보다 배나 많은 5만여 군사를 집결하고 서주군과 일전을 불사하기 위해 곧장 전장으로 달려갔다.

이튿날 채모가 거느린 3만여 원군은 육양성 밖에 이르러 문빙의 대오와 회합했다. 대규모 지원군이 도착하자 문빙은 채모를 반갑게 맞이하고 지난 전황을 보고했다.

"도독, 오전에 말장이 육양성 서쪽에서 태사자군과 격돌해 적장 진의를 대파하고 돌격해 들어가자 적이 행영(行營)을 뒤로 무른 후 영채 안에서 꼼짝 않고 있습니다."

채모는 크게 기뻐 문빙의 전공을 칭찬한 뒤, 쇠뿔도 단김에 빼랬다고 다음 날 자신이 직접 서주군 영채로 가 싸움을 걸어 군사들의 사기와 투지를 북돋우기로 결정했다.

다음 날 이른 새벽에 채모는 아우 채훈에게 육양성에 남아 성지와 선박을 지키라고 명한 다음, 친히 3만 군사를 거느리고서 육양성 서북쪽 10리 밖의 서주군 영채로 달려가 싸움을 걸었다. 서주군도 영문을 열고 만여 군사가 출병해 채모군과 대치했다.

그런데 양군이 채 진용을 갖추기도 전에 전령이 나는 듯이 채모에게 달려와 서주군 기병 일부가 방금 영지 후문을 나와 육양성 방면으로 향하고 있다고 보고했다. 이미 '경적'의 마음을 품은 채모는 제깟 것들이 성을 공격하든 아니면 자신의 수군을 기습하든 절대 뜻대로 되지 않을 것이라며 흥, 하고 콧방귀를 뀌었다.

하지만 채모의 비웃음도 잠시, 서주군이 진세를 갖추고 나자 깃발이 서 있는 곳에 백포와 은빛 갑옷을 입은 젊은이가 나타나고, 서주군 장수 무리가 속속 말을 몰아 출진했다. 동시에 한가운데 위치하고 있던 태사자의 장수기가 옆으로 비켜나더니, 위엄이 서린 거대한 깃발이 이를 대신했다. 흰 바탕에 붉은 테두리가 둘러져 있는 이 깃발에는 '도(陶)' 자가 크게 씌어 있었고, 양옆으로 서주 장수기 여러 개가 일제히 세워졌다.

"도응의 장수기?!"

채모와 문빙 등은 아연실색해 크게 소리를 질렀다. 그러자 맞은편에 백포와 은빛 갑옷을 걸친 젊은이가 호탕하게 웃음을 터뜨리고 말했다.

"채모 필부 놈아, 한의 태위 도응을 못 알아보겠느냐? 너희들은 내 유인계에 떨어졌으니 당장 말에서 내려 투항한다면 목숨을 살려주겠다!"

"저자가 정말 도응이란 말인가?"

사실 채모와 문빙은 도응의 얼굴을 한 번도 본 적이 없었던 지라 더욱 크게 놀라고 당황했다. 이어 문빙이 말을 몰아 출전해 미심쩍은 듯 물었다.

"그대가 정말 도응이 맞소? 그런데 친히 육양으로 남하하면서 왜 그대의 깃발을 걸지 않고 부장의 깃발을 걸었던 것이오?"

"본 태위의 깃발을 내걸었다면 채모가 무슨 배짱으로 아군을 막으러 달려왔겠소? 참, 한 가지만 더 일러두리다. 아군의 대장 국종이 이미 기병을 이끌고 그대들의 선단을 공격하러 출격했으니, 수상으로 달아날 생각은 꿈도 꾸지 마시오."

채모의 낯빛은 점점 일그러졌고, 문빙은 반신반의하는 표정을 지었다. 문빙은 채모의 동의를 얻어 진영 가운데로 달려 나가 장창으로 도응을 가리키며 소리쳤다.

"그대가 도응이든 아니든 상관없다. 형주 대장 문빙이 여기 있으니 누가 감히 나와 날 대적하겠느냐?"

그러나 도응은 그저 미소만 지을 뿐 아무 대꾸도 하지 않고 고개를 뒤로 돌렸다. 그의 뒤에 서 있는 허저, 위연, 장수, 태사자, 마충, 조성도 웃음으로 화답할 뿐 전혀 움직일 기미를 보이지 않았다.

"네놈들이 사람을 이리도 우롱하는구나!"

문빙은 대로해 창을 꼬나들고 곧장 도응에게 달려들었다. 문빙이 30보 거리 안으로 들어왔을 때, 태사자와 마충, 조성이 일제히 활을 당겨 화살을 쏘았다. 슝, 하는 소리와 함께 화살 세 발이 전광석화처럼 문빙을 향해 날았다.

한 발은 문빙의 투구 위로 아슬아슬하게 비켜갔고, 또 한 발은 문빙이 타는 전마의 머리를 스쳐 지나갔다. 마지막으로 자신의 왼쪽 눈을 향해 날아온 화살에 화들짝 놀란 문빙은 반사적으로 머리를 반대쪽으로 돌려 화살을 피했다. 문빙은 파랗게 질린 얼굴로 식은땀을 줄줄 흘리며 급히 말고삐를 잡아당겼다.

이어 도응이 고개를 돌려 눈짓을 보내자, 허저가 벽력같은 괴성을 지르고 칼을 휘두르며 곧장 문빙을 향해 돌진했다.

서주 장수의 화살 세 발에 넋이 나가 있던 문빙은 땅을 요동치며 달려드는 허저를 보고 즉각 전투태세를 갖췄다. 문빙 역시 무력이 만만치 않은 장수라 십여 합을 겨루는 동안 허저에게 조금도 밀리지 않았다. 하지만 허저의 괴력에 범아귀가 저리저리하며 과연 '호치'가 허명은 아니라고 감탄하고 있는데, 갑자기 허저가 싸움을 멈추고 말 머리를 돌려 본진으로 돌아가는 것이 아닌가. 문빙은 당장 그 뒤를 쫓고 싶었지만 냉전이 두려워 감히 추격하지 못하고 그 자리에 서서 허저를 지켜보았다.

서주 장사들 역시 의아한 눈길을 보내는 가운데, 씩씩거리며 진영으로 돌아온 허저는 갑옷과 투구를 벗어 땀으로 범벅되고 벌겋게 달아오른 웃통을 드러냈다. 그제야 만족한 듯 허저는 칼을 움켜쥐고 다시 문빙을 향해 달려가며 벼락같은 괴성을 질러댔다.

"문빙 필부 놈아, 이 허 호치의 칼을 받아라!"

문빙도 코웃음을 치고 거듭 기운을 내 허저에게 달려들었다. 두 맹장은 칼과 창에서 불꽃을 튀기며 다시 팽팽하게 30여 합을 겨뤘는데, 허저의 괴력 앞에 문빙의 창술이 점점 어지러워지더니 허저가 휘두른 칼에 문빙의 창이 그만 공중으로 날아가 버렸다. 으악, 하고 비명을 지른 문빙은 재빨리 말 머리를 돌려 달아났고, 허저는 기회를 놓칠세라 그 뒤를 맹렬히 추격했다.

문빙이 패주하는 것을 보고 두 부장이 달려 나와 허저를 막아섰지만 단 수 합 만에 목이 달아났고, 그 사이 문빙은 겨우 본진으로 도망칠 수 있었다. 얼굴이 하얗게 질린 채모는 빨리 화살을 쏴 미친 듯이 달려드는 허저를 막으라고 명했다. 이때 도응도 이미 장수와 태사자에게 각각 일군을 거느리고 형주군 좌우를 돌파하라고 명해 양군 사이에 혼전이 전개되었다.

하지만 두 군대의 전투력은 현격한 차이를 보였다. 수전이 아닌 육전에서 형주군은 경험 많고 정예로운 서주군을 당해낼 수 없었다. 결국 전투가 벌어지자마자 전세는 급격히 한쪽으로 기울고 말았다.

전투력이 막강한 서주군은 물 만난 고기처럼 형주군 진영을 유린하기 시작했다. 방원진을 이룬 형주군 양익의 방진은 파죽지세로 몰아친 서주군의 공격에 그대로 두 동강이 났고, 내부에서는 교전이 아니라 일방적인 도살이 이어졌다.

허저를 도와 정면 돌파에 나선 서주군도 방패로 화살을 막으며 뚜벅뚜벅 앞으로 나아갔다. 특히 선두에 선 허저는 시석을 무릅쓰고 전진해 방패 틈 사이로 나와 있는 장창을 잘라 부러뜨린 다음, 맨몸으로 방패를 부딪쳤다. 그 무시무시한 힘에 형주군 방패수들이 차례로 엉덩방아를 찧었고, 뒤이어 체격이 우람한 서주군 사병들이 그대로 이를 본떠 돌파 공간을 열었다. 그 틈 사이로 서주군이 벌 떼처럼 쇄도하자, 겁에 질린 형주군이 잇달아 방패를 버리고 달아나면서 방패진은 순식간에 붕괴되고 말았다.

이리하여 고작 7천 명이 세 길로 나선 공격에 3만 명이 넘는 형주군은 모래성처럼 대오가 와해되고, 군사들은 사방으로 흩어져 달아나기 바빴다. 방원진 정중앙에 자리한 채모가 끊임없이 깃발을 흔들며 진용을 정비하라고 명했지만 이미 전의를 상실한 형주군 귀에는 어떤 말도 들어오지 않았다.

잠시 뒤 전방의 허저는 물론 양익의 장수와 태사자까지 맹렬한 기세로 형주군 중군을 향해 들이닥치자, 채모는 더 이상 버티기 어렵다는 사실을 깨닫고 즉각 방향을 돌려 달아나며 징을 치고 철수하라는 명을 내렸다.

여유만만하게 이를 지켜보던 도응도 광소를 터뜨리고 명했다.

"북을 울리고 총공격에 나서라! 그리고 적이 육양성 안으로 달아나게는 해도 절대 전선으로 달아나게 해서는 안 된다!"

그 시각, 마침 육양 나루에서는 국종의 기병이 비화창으로 형주군 전선 수십 대에 불을 질러 채훈의 선단을 육양 상류로 쫓아내고 있었다. 이에 형주군 패잔병이 육양 나루에 이르렀을 때, 배에 올라타기는커녕 외려 국종 대오의 통렬한 반격을 만났다. 뒤따라온 서주군까지 순식간에 거리를 좁혀오자, 채모와 문빙은 어쩔 수 없이 육양성 안으로 황급히 달아났다. 하지만 육양성은 작은 성에 불과해 이렇게 많은 군사를 수용할 수 없어 형주군 절반 이상은 성안으로 들어가지 못했다. 결국 성 밖에서 포위된 형주군은 무기를 버리고 서주군에게 투항했다.

이 전투에서 대승을 거두었음에도 도웅은 공격의 고삐를 늦추지 않았다. 그는 급히 벽력거 30대를 나루에 배치해 채훈 전선의 북상에 대비하라고 명한 후, 육수에도 쇠사슬로 수책을 설치해 혹시 모를 극양 전선의 남하를 막으라고 일렀다.

서주군이 수상을 완전 봉쇄하고 육양성을 철통같이 포위하자, 채모와 문빙은 가만히 앉아서 죽음을 기다릴 수 없어 야음을 틈타 포위를 뚫고 신야로 도망치기로 했다. 하지만 이 역시 도웅의 계산 안에 있었다.

형주군이 성을 나왔을 때 이미 진을 치고 기다리던 서주군의 기습을 만나 또다시 대패를 당했다. 형주군은 살길을 도모하러 앞다퉈 강물로 뛰어들었으나 서주군의 무차별 화살 공격에 무수한 사상자가 나고 말았다. 채모와 문빙은 요행히 배 한 척을 얻어 황급히 남쪽으로 달아나니, 이들의 4만여 군사 중 태반이 꺾이고 사상자는 이루 헤아릴 수 없을 정도였다.

채모와 문빙을 격퇴한 도웅은 쉴 틈도 없이 주력군을 이끌고 열양성 아래로 달려가 조운의 대오와 회합했다. 여기에 완성의 2만 군대까지 다다르자 안중, 양성과 기각지세를 이루며 열양을 지키던 황조도 괴로운 신음성을 연신 토하고 급히 양양으로 사람을 보내 유표에게 구원을 요청했다.

상황이 이 지경에 이르자 유표는 머리가 지끈거렸다. 육전에서는 도무지 서주군의 상대가 되지 않고, 수전은 적군이 교묘히 회피하는 통에 아무리 원군을 보내도 소용이 없어 보였다. 자칫하다간 원술 꼴이 나게 생긴지라 유표는 입술이 바짝바짝 마르고 속이 점점 타들어 갔다.

결국 유표는 무력으로 대항하기 어렵다는 판단 아래, 형주 별가 유선의 건의를 받아들여 서주 대영에 사신을 보내 화친을 청했다. 그러면서 일전에 도응이 제시한 세 가지 조건을 수용하겠으나 다만 차자 유종을 허도에 보내 관료로 삼는 것만은 양보해 달라고 부탁했다.

형주 사자 한숭은 도응이 이를 거절하면 어찌하나 노심초사하고 있었는데, 뜻밖에 도응이 이에 흔쾌히 응하고 장간 일행을 당장 송환하라고 요구해 왔다. 안도의 한숨을 내쉰 한숭은 그 자리에서 도응의 요구를 수락하고 인질 송환 날짜와 시간을 정했다. 또한 도응이 황사를 풀어주는 것으로 양군의 화친에 성의를 보이겠다고 하자, 한숭은 뛸 듯이 기뻐 이 소식을 가지고 양양으로 발걸음을 재촉했다.

며칠 뒤, 업성 전장에서는 원씨 형제의 승부가 갈리게 되는데…….

원담은 업성을 에워싸고 두 달 가까이 공격을 감행했지만 방어가 워낙 견고한 탓에 번번이 공격에 실패했다. 양초도 거의 다 떨어져 가자 답답함에 발을 동동 구르던 원담은 마침내 계략 하나를 생각해 냈다.

서주군이 하내로 침공해 상당을 위협한다는 거짓 소문을 퍼뜨린 원담은 전군에 호관으로 퇴각하라는 명령을 내렸다. 횃불로 주둔하던 영지를 죄 불사르고 다급히 물러나는 모양새를 취했지만 실제로는 좁은 도로에 복병을 설치해 놓고 원상이 뒤를 추격해 오기만 기다렸다.

아니나 다를까, 원상은 계략에 떨어져 친히 군사를 거느리고 원담의 뒤를 맹추격했다. 심배가 서주군의 출병 여부를 알아본 후 행동에 나서라고 극력 권했으나 형을 극도로 증오하는 원상은 이런 절호의 기회를 절대 놓칠 수 없다며 심배의 말을 들으려 하지 않았다.

결국 성을 나와 50리도 채 못 간 지점에서 원상군은 적군의 기습을 만나 참패하고 도로 업성으로 도망쳤다.

가까스로 원상을 성 밖으로 유인해 낸 원담이 이 좋은 기회를 놓칠 리 없었다. 그는 친히 군사를 이끌고 원상군의 뒤를 쫓는 한편, 기병에게 길을 앞질러 가 업성으로 들어가려는 원상의 퇴로를 끊으라고 명했다. 원상이 성으로 돌아오기도 전에 적군 기병이 들이닥치자, 심배는 어쩔 수 없이 업성 서문을 닫아걸고 원상에게 남문으로 들어오라는 신호를 보냈다.

이에 원상은 정면으로 적군을 돌파하는 척하다가 갑자기 길을 돌아 적군의 추격을 뿌리치고 남문을 통해 겨우 성안으로 들어갔다. 그러나 이때, 혼란을 틈타 원상군 안에 섞여 들어간 원담군 몇몇이 몰래 여기저기 불을 지르는 바람에 성안은 큰 혼란에 빠지고 말았다. 엎친 데 덮친 격으로 업성 서문을 지키는 장수 풍례(馮禮)는 형세가 이미 기울었다고 여겨 성문을 활짝 열고 원담군을 맞아들였다. 업성을 더 이상 지키기 어려워지자 원상은 결국 남은 병사를 이끌고 동문을 통해 달아났다.

형을 뼈에 사무치게 미워한 원상은 성을 버릴 때 식량 창고를 모두 불사르라고 명했다. 업성에 입성한 원담군이 대경실색해 즉각 진화에 나섰지만 백만 휘가 넘는 식량 중 이미 태반이 불에 탄 뒤였다.

이로 인해 불같이 화가 난 원담이 가장 먼저 한 일은 원상이 미처 데려가지 못한 모친 유씨를 제 손으로 죽인 것이었다. 저곡과 신비가 한사코 이를 말렸지만 이미 이성을 잃은 원담을 제지하기에는 역부족이었다. 그나마 말이 통하는 곽도가 달려왔을 때는 벌써 유씨의 머리가 잘려 바닥을 뒹굴고 있었다. 깜짝 놀란 곽도는 발을 동동 구르며 탄식을 내쉬었다.

"아, 이제 끝장났습니다! 요부 유씨의 친딸이 바로 도응의 정처란 말입니다! 이 일로 도응에게 기주 침공의 구실을 주었다고요!"

"흥, 그까짓 도응 놈이 기주로 쳐들어온다고 내 두려워 할 것 같소?"

원담은 여전히 분이 풀리지 않았는지 유씨의 시체를 힘껏 걷어차고 큰 소리로 외쳤다.

"고간에게 전령을 보내 즉각 원상이 여양으로 달아나는 길목을 막으라고 일러라!"

하지만 원담의 예상과 달리 원상은 거리가 가장 가까운 여양 방향으로 도망치지 않았다. 이유야 당연히 원담이 여양으로 통하는 길을 봉쇄할 게 빤했고, 또 하나는 업성 동쪽의 관도(館陶)와 청하군(淸河郡)이 원상 심복의 통제하에 있었기 때문이다. 도중의 위현도 고번이 원담을 지원하기 위해 병마를 모두 차출한지라 성이 텅 비어 있어서 무난하게 지나갈 수 있었다.

그리고 무엇보다 가장 중요한 이유가 있었다. 도응의 진면목을 알아본 심배는 일단 서주군의 영향권 내로 들어가게 되면 저들이 군사를 집어삼킬 가능성이 높기 때문에 계속 기주에 남아 있어야 홀로 일어설 희망이 있다고 여겼다. 그래서 원상에게 무슨 일이 있어도 관도와 청하로 들어가야 한다고 권했다.

원담이 이를 알아채고 병력을 재집결해 원상 추격에 나섰지만 원상은 이미 백여 리나 달아난 뒤였다. 한편 원상은 위현을 지나면서 성에 수비군이 거의 보이지 않자 성안으로 쳐들어가 반란 수괴 고번의 전 가족을 몰살하는 것으로 분을 씻었다. 그리고 도주하는 도중 심복 마연의 접응을 만나 안전하게 관도로 들어갔다.

원상이 관도로 달아났다는 소식을 들은 원담은 군사를 총동원해 관도로 진격하려고 했다. 그런데 군대를 움직이기도 전에 여양 방면에서 다급한 보고가 들어왔다. 여양에 주둔 중인 서주 대장 진도가 업성이 공파됐다는 소식을 듣자마자 1만 군사를 이끌고 탕음으로 쳐들어오고 있다는 것이었다.

진도는 이 사실을 허도에 급히 알리는 한편, 전령을 황하를 따라 내려 보내 평원의 장패에게 연락을 취했다. 이에 청주자사 장패도 지체 없이 원상을 구한다는 구실로 청하군 감릉(甘陵)으로 진병했다. 진도와 장패가 연합해 기주로 진격함으로써 원씨 형제는 숨 돌릴 틈도 없이 서주군의 공세를 막아내야 하는 상황에 처했다.

*　　　*　　　*

도응은 형주군과 정식으로 화약(和約)을 맺기도 전에 황사를 열양으로 돌려보냈다. 그러면서 한실의 명의로 그에게 과의교위(果毅校尉)라는 관직을 내리고, 무릉태수(武陵太守) 겸 경릉정후(竟陵亭侯)에 봉했다. 여기서 눈여겨봐야 할 점은 황조도 구경 못 한 중앙 관직을 포로로 잡힌 애송이에게 제수했다는 것이다.

여기에는 다분히 도응의 불순한 의도가 깔려 있었다. 도응은 고의로 유종의 입궐을 요구해 형주의 후계자 문제를 표면화시키고, 유기를 적자로 점찍어 놓은 유표와 유종을 형주의 미래 주인으로 삼으려는 채씨 간의 내부 갈등을 부추겼다. 이때 형주의 유력한 세도가 황조에게 자신에 대한 좋은 인상을 심어준다면 필요할 때 요긴하게 써먹을 수 있었기 때문이다.

살아서 돌아갈 수 있을까 불안에 떨던 황사는 뜻밖의 횡재에 무릎을 꿇고 연신 머리를 조아리며 도응에게 감사를 표했다. 그리고 자신의 능력이 닿는 일이라면 무엇이든 하겠다고 청하자, 도응은 미소를 짓고 온화한 말로 그를 위로하며 말했다.

"소장군, 어서 일어나시오, 어서. 난 그저 소소한 부탁 하나밖에 없소이다. 성에 돌아가는 대로 부친 황 장군에게 유 사군 앞에서 이렇게 말해 달라고 하시오. 되도록 빨리 반도응 연맹에서 탈퇴하고 조정에 귀순해 도가와 유가 양 가문이 함께 태평을 누리자고 말이오."

황사는 이처럼 간단한 요구에 기꺼이 응했다. 이어 도응은 사람을 시켜 황사를 열양성 아래까지 데리고 가 황조에게 인계하라고 명했다. 황사가 감격해 눈물을 흘리며 영지를 나서자마자 도응은 뭇 장수들을 바라보고 웃으며 말했다.

"저런 쓸모없는 놈을 데리고 있어 봤자 식량을 축내기밖에 더하겠소? 차라리 이참에 돌려보내 혹시 유표가 중용한다면 우리가 형주를 취하기 더 수월해지지 않겠소?"

도응의 말에 서주 장수들은 탁월한 결정이라며 큰 소리로 웃음을 터뜨렸다.

비록 도응이 허울 좋은 인정을 베풀었지만 명성을 중시하는 황조는 아들의 관직 임명을 가문의 자랑으로 여겼다. 이에 도응에 대한 반감이 누그러졌는지 황사가 열양성으로 돌아온 날 밤, 도응에게 사람을 보내 답례하고 유표에게 반도응 연맹 탈퇴는 물론, 서주군과 정식으로 화친을 맺도록 힘써 권하겠다고 약속했다. 이로써 일촉즉발의 위기를 맞은 열양성 전장 국면이 크게 완화되었다.

열양에서 양양까지는 수로가 연결돼 있어서 하루 남짓 만에 도응이 황사를 풀어준 소식이 양양성 안에 전해졌다. 저간의 상황을 모두 들은 유표는 채가의 반대에도 아랑곳하지 않고 주저 없이 도응과 화친하기로 결정했다. 그는 당장 반년 넘게 억류하던 장간 일행을 석방하고, 종사 한숭을 형주 대표로 보내 반도응 연맹에서 탈퇴하고 도응과 정식으로 화약을 맺는 데 동의했다.

며칠 뒤, 도응과 유표가 열양성 아래에서 정식으로 동맹을 체결하면서 수개월간 이어진 남양 전쟁은 비로소 종지부를 찍었다. 형주군으로서는 굴욕적인 맹약과 같았지만 형주를 지키기 위한 어쩔 수 없는 결정이었다. 이로써 서주군은 새로 점령한 육양성을 반환하고, 형주군과 남취취(南就聚)를 경계로 완성을 포함한 남양 동북부 몇 개의 성을 점유했다. 그리고 공동으로 양 세력이 영원히 우호 관계를 이어가기로 선포했다.

이번 맹약으로 가까스로 위기를 모면했지만 형주군이 입은 손실은 실로 막대했다. 4만 명이 넘는 병력, 헤아릴 수 없이 많은 양초와 치중, 완성 요지 그리고 남양 전장의 주도권을 잃음은 물론, 제 손으로 조직한 반도응 연맹에서 가장 먼저 발을 빼 위신이 땅에 떨어지는 결과를 초래했다.

그나마 반도응 연맹 탈퇴에 정당한 구실이 있었다는 점은 다행이었다. 서주군이 형주를 남침하는 동안, 회맹에 참여한 제후들 역시 맹약을 어기고 형식적으로도 원군을 보내지 않았으니 말이다. 이 틈을 타 조조는 한중으로 진격했고, 원담과 원상 형제는 기주의 패권을 놓고 박 터지게 싸웠다. 이처럼 의리 없는 행동에 유표는 당당하게 무용지물이나 다름없는 회맹에서 탈퇴하겠다고 선언했다.

협상을 마치고 군영으로 돌아온 도응은 이번 전쟁 결과에 대만족해 당장 축하연을 열라고 명했다. 주연을 준비하는 사이에 도응이 서주 관원들과 모여 즐겁게 담소를 나누고 있는데, 막사 밖에서 온몸에 먼지를 뒤집어쓴 전령 하나가 득달같이 안으로 들이닥쳤다. 그가 도응 앞에 무릎을 꿇고 바친 편지에는 허도의 시의와 순심이 보낸 긴급한 전황이 자세히 적혀 있었다.

편지를 쭉 읽어 내려간 도응은 아무 말 없이 두 손으로 편지를 꽉 쥐고 눈을 감았다. 숙고에 잠긴 듯한 도응의 표정에 관원들은 궁금증을 표출하며 잇달아 물었다.

"주공, 대체 무슨 일인데 그러십니까?"

묵묵부답이던 도응은 감았던 눈을 천천히 뜨고 태사자에게 말했다.

"오늘부로 자의를 진남장군 겸 남양태수에 봉할 터이니, 2만 군사를 거느리고 남양 동북부를 지켜주시오. 그리고 두 가지만 꼭 부탁하리다. 첫째, 완성 요지를 단단히 지켜 남양 전장의 주도권을 절대 잃지 마시오. 둘째, 빠른 시간 안에 전선을 건조하고 수군을 훈련시키며 둔전을 시행해 식량을 확보하시오. 이는 훗날 형주 정벌의 중요한 밑거름이 될 것이오."

수전에 익숙한 태사자는 예, 하고 명을 받은 뒤 물었다.

"주공, 외람되지만 빠른 시간이란 게 얼마 정도를 말씀하시는지요? 전선은 건조하기 쉽지 않고, 수군 조련도 단시간 내에는 어렵습니다. 농사 역시 한 해는 기본으로 기다려야 하지 않습니까?"

도응은 미소를 띠고 답했다.

"너무 걱정 말구려. 2, 3년, 아니, 그 이상도 시간을 줄 수 있으니. 적어도 3년 안에 형주에 무력을 쓸 일은 없을 것이오."

"3년이라고요?"

태사자는 깜짝 놀라 소리를 지르더니 뭔가 깨달은 듯 환한 얼굴로 다시 물었다.

"혹시 북쪽 전선에 기회가 온 것입니까?"

"그렇소. 드디어 기회가 왔소. 원담이 업성을 공파하고 원상이 관도로 패주했다는구려. 이에 진도가 숨 돌릴 틈을 주지 않고 즉각 원담 공격에 나서고, 장패 쪽도 곧 움직일 것이란 보고요."

이 말에 서주 문무 관원들이 일제히 만면에 희색을 띠고 환호했다.

"경하드립니다, 주공! 종내 기주를 취할 기회가 도래했습니다!"

하지만 도응은 돌연 숙연한 표정을 짓더니 고개를 절레절레 흔들었다.

"이는 축하받을 일이 아니오. 그대들이 내게 슬픔을 자제하라고 권해야 맞소. 대역부도한 원담 놈이 업성을 함락한 후 제 장모를 시해하는 극악한 짓을 저질렀소! 악모시여, 이 사위가 반드시 복수에 나서 원담 놈과 그 앞잡이들을 모두 죽이고 악모 영전에 그들의 목을 바치리다!"

서주 관원들은 씩 웃음을 짓고 도응에게 공수하며 이구동성으로 외쳤다.

"주공, 슬픔을 자제하십시오! 저희가 맹세코 주공을 따라 유 부인을 위해 복수하고 역적 원담을 제거해 하북 3주를 일통하겠나이다!"

그제야 도응은 흡족한 듯 고개를 끄덕이고 명했다.

"내일 당장 허도로 돌아갈 터이니 전군에 행장을 꾸리라고 명하라. 그 다음 기주로 출격할 것이다!"

서주 관원들은 고개를 조아려 엄숙히 명을 받고 일사불란하게 회군 준비를 서둘렀다.

* * *

도응을 대신해 허도를 관리하던 시의는 남양 전장으로 서신을 보내자마자 빈틈없는 사전 준비에 착수했다. 고순과 순심에게 2만 군사를 거느리고 관도를 지나 여양으로 북상해 홀로 원담 공격에 나선 진도를 지원하라고 이르는 한편, 자신은 도기와 함께 허도에 머물며 북벌에 필요한 양초와 군수 등 지원 물자를 마련하는 데 총력을 기울였다.

그리하여 전쟁을 마친 도응이 남양에서 회군했을 때쯤에 연주 경내에서는 대규모 양초 운반 작업이 진행되고 있었다. 정도와 창읍에 쌓아놓은 비상식량은 서주 노장 여유가 호송 책임을 맡아 제수에서 거야택(巨野澤)으로 나아가, 다시 호자하를 통해 복양으로 운반했다. 이어 서주군이 복양에 다다르면 언제든지 백구를 통해 기주로 들어가 업성 아래까지 직접 수송할 준비를 갖추었다.

이와 동시에 서주 5군에서도 서주군 사상 최대 규모의 식량 이동 작업이 전개되었다. 양초를 가득 실은 선박 천여 대가 각각 하비, 회음, 동해, 팽성, 낭야 등지에서 출발해 일부는 술수, 기수를 통해 청주의 장패에게 보내지고, 나머지 대부분은 사수를 거쳐 여유가 지나간 경로를 따라 다시 복양으로 운반했다.

순식간에 연주, 서주, 기주의 수로 곳곳은 서주군의 식량 운반과 병력 수송 배들로 가득 넘쳤다. 빽빽하게 강물을 메운 행렬은 마치 물속을 헤엄치는 물고기보다 많아 보일 정도였다.

사실 서주군 내부에서 하북 3주를 병탄하자는 목소리가 나온 건 어제오늘 일이 아니었다. 군사력이 압도적인 우위를 보이는 상황에서 인구나 경제 면에서 상당히 발달한 기주와 양마 생산지인 유주, 병주에 군침을 흘리는 건 지극히 당연히 일이었다. 하지만 세인의 뒷말이 두려운 도응은 배은망덕하다는 오명을 뒤집어쓰고 싶지 않아 자신도 간절히 바라는 일을 실행에 옮기지 않고 있었다.

그러나 이제는 더 이상 꺼릴 것이 없어졌다. 현재 기주를 차지한 원담은 일찌감치 서주와 원한을 맺었을 뿐 아니라 도응의 장모 유씨마저 살해한지라 서주군이 즉각 보복에 나서지 않으면 오히려 천하 사람들의 지탄을 받게 되었다. 그러하니 도응에게는 이보다 더 좋은 명분이 있을 수 없었다.

이러한 상황에서 진도의 선제공격은 크게 두 가지 효과를 가져왔다. 하나는 이제 막 업성을 손에 넣은 원담군에게 곧바로 전화를 일으켜 휴식을 취할 시간을 주지 않았다는 것이고, 다른 하나는 아직 원담에게 신복하지 않은 기주 북부의 군현과 지방 호족들에게 서주군이 원담과 개전에 나섰음을 직접 행동으로 보여주었다는 것이다.

이는 곧 원기가 크게 상한 원담군에게 붙었다간 끝이 좋지 못하리라는 무언의 경고를 보냄으로써 기주 각 군현에게 계속 관망하는 자세를 취하게 해, 원담이 신속히 하북 3주의 힘을 통합하지 못하도록 만드는 효과가 있었다.

진도가 스스로 군사를 이끌고 기주로 진격하자, 원담은 그야말로 진퇴양난의 입장에 처하고 말았다. 맞아 싸우자니 군대가 피로하고 양초가 부족해, 기주 전역을 수복하려는 계획이 무산될 가능성이 높았다. 그렇다고 응전하지 않자니 진도가 탕음을 취하는 날에는 기주 남부가 적의 수중에 들어가 업성이 더욱 위태해지는 건 말할 것도 없고, 이로 인해 함부로 출격하기 어려워져 원상 잔당을 멸하는 것조차 불가능해질 수도 있었다.

이에 원담은 머리를 쥐어짜며 고민에 고민을 거듭했다. 하지만 아무리 생각해도 좋은 방도가 떠오르지 않자 원담은 울며 겨자 먹기로 친히 군사를 거느리고 남하해 진도를 격퇴하고 여양 요지를 되찾기로 마음먹었다. 그리하면 서주군의 대대적인 침공을 막을 수 있다는 순진한 환상과 함께 말이다.

원담의 3만 군대와 맞닥뜨린 진도는 성급히 결전을 벌이지 않고, 한편으로는 싸우고, 한편으로는 물러나면서 원담군을 서서히 여양성 아래로 유인했다. 그런 다음 수세를 취하고 원담군과 공방전을 벌이며 끈덕지게 물고 늘어졌다. 이를 통해 안 그래도 부족한 원담군의 양초를 허비시키며 주력군이 북상할 시간을 벌어주었다.

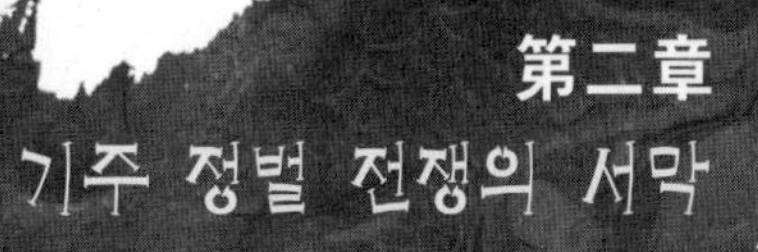

第二章
기주 정벌 전쟁의 서막

도응의 주력군이 허도로 개선했을 때, 허도를 지키는 서주 관원들은 헌제에게 문무백관을 이끌고 성 밖 10리까지 나가 도응을 영접하고, 그의 남정을 치하하라고 강요했다.

이에 대해 시종 불쾌한 기색을 드러낸 도응은 성에 들어온 뒤, 시의 등에게 불평을 늘어놓았다.

"굳이 그럴 필요까지 있었소? 천자는 당장에라도 울 것 같은 표정이었고, 복완 무리는 내내 불편한 기색을 숨기지 않았소. 나 역시 잡다한 예를 갖추느라 얼마나 불편했는지 모르오."

그러자 시의가 정중히 공수하고 간했다.

"주공, 다들 불편하긴 하지만 절대 쓸모없는 일은 아닙니다. 예(禮)는 인도(人道)의 궁극입니다. 나라를 잘 다스리고 사직을 안정시키며 백성을 차례 지우고 후손을 이롭게 하는 데 예보다 더 좋은 것이 없습니다. 또한 의(儀)는 위엄입니다. 만인을 널리 포용하고 법도를 세워 이를 엄중히 시행하는 것이 곧 정사의 요체입니다. 그런데 만약 백관의 우두머리이자 삼공인 주공이 앞장서서 예를 지키지 않고 의를 따르지 않는다면 어떻게 만민을 교화하고 나라를 다스리며, 법을 엄격히 집행하고 백관을 통솔할 수 있겠습니까? 따라서 예의와 관련된 일들이 비록 번거롭고 시간 낭비라 해도 결코 소홀히 해서는 아니 됩니다."

진군 역시 이에 동조하고 나섰다.

"자우의 말이 옳습니다. 주공이 번잡한 예절에 얽매이기 싫어한다는 사실을 잘 압니다만 지금은 상황이 달라졌습니다. 서주에 있을 때는 마음 내키는 대로 해도 무방했지만 허도에서는 언행을 단속하는 데 유의해야 합니다. 오늘 일만 해도 그렇습니다. 주공이 천자의 영접에 개의치 않는다는 사실을 알면서도 저희가 천자에게 문무백관을 거느리고 성 밖으로 나가 주공을 영접하라고 주청한 것은 다른 뜻이 있어서가 아니라 주공의 존귀와 위엄을 드러내기 위해서였습니다."

도응은 여전히 수긍하기 어려웠지만 이렇게 간곡히 말하

는 수하를 앞에 두고 논쟁을 벌이고 싶진 않았다. 이에 어색한 웃음을 지으며 자신의 실수를 인정하고 다음부터는 조심하겠다고 답했다. 물론 지금 도응에게 이런 사소한 예의 문제가 중요한 것이 아니었다. 그는 급히 화제를 돌려 시의에게 물었다.

“참, 현재 아군의 군대와 양초 수송은 어떻게 진행되고 있소? 진등 쪽에서는 전선으로 군량과 군사를 얼마나 보냈소? 서둘러 회군하다 보니 자세한 통계를 보고받지 못했소이다.”

“전혀 걱정하실 필요 없습니다. 이번 북정에 양초나 병력 모두 충분하니까요.”

시의는 웃음을 짓고 답한 후 군대와 양초 수송 상황을 개략적으로 설명했다. 서주 후방에서 일차로 보내온 군량이 180만 휘로, 이는 15만 대군이 너끈히 반년은 먹을 수 있는 양이었다. 여기에 정도, 창읍 등 연주 각지에서 공급한 군량 역시 이 정도 양에 육박했다. 진등은 편지를 보내 이는 서주에 비축해 둔 전량을 모두 동원한 것이 아니므로 필요하다면 언제든지 전선으로 나머지 식량을 운송하겠다고 알려왔다.

이밖에 청주에도 북해라는 곡창 지대가 있어서 장패 대오는 식량을 대부분 자급했고, 여기에 진등이 술수와 기수를 통해 보낸 군량 40만 휘를 더해 반년 이상은 충분히 버틸 수 있었다.

병력 방면에서는 청주의 장패군이 4만이오, 여양의 진도와 고순 대오 4만에, 허도에 2만여 군사가 주둔했으며, 남양에서 돌아온 도응의 주력군 10만이 있었다. 여기에 식량 운송을 책임진 여유와 조표의 군대 4만을 더하면 동원 가능한 총병력이 24만에 달했다.

"하하, 대단하구려. 진원룡은 과연 소하(蕭何)에 부끄럽지 않소!"

도응은 시의의 보고를 받고 함박웃음을 터뜨린 뒤 말을 이었다.

"아군이 허도에 머물며 상반년 동안 서주에서 공급받은 군량이 수백만 휘인데, 회남과 광릉의 양초를 동원하지 않고도 이렇게 많은 군량을 또 보냈잖소! 이런 재주는 능히 소하에 비견할 만하오."

이때 줄곧 엄숙한 표정의 시의가 살짝 웃음을 짓고 말했다.

"주공, 영천의 식량 상황도 그럭저럭 좋은 편입니다. 올해 둔전에서 수확한 보리, 조, 기장이 총 70만 휘 이상으로 조정에서 필요한 양과 주공의 남정에 공급한 양을 제하고도 40만 휘가 남아 하북 통일에 도움이 될 것입니다."

그러자 가후가 이를 듣고 진언했다.

"허도에 이 정도 양초가 있다면 제3의 전장도 고려해 볼 만합니다. 업성과 청주 외에 하내로 일부 군사를 보내 원담의 최대 군량 공급지인 병주 상당군을 위협한다면 원담은 앞뒤로 적을 상대해야 하는 곤란한 지경에 처하게 됩니다."

도응은 고개를 끄덕이며 가후의 견해에 동의를 표했다.

"그렇게 합시다. 후성과 손관, 윤례에게 3만 군사를 이끌고 관도를 거쳐 회현으로 쳐들어가 상당을 위협하라고 하시오. 기회가 왔다 싶으면 상당으로 곧장 진격하고, 틈이 보이지 않아도 끊임없이 적을 교란하고 괴롭힌다면 원담은 기주에서 좌불안석이 될 것이오."

이어 가후가 건의 하나를 더 올렸다.

"조표와 여유 장군의 4만 군대는 함께 기주로 출격하지 말고 연주에 남게 해, 전선에 식량을 수송하는 임무를 맡기십시오. 날이 점점 추워지는 관계로 결빙될 정도는 아니지만 일부 하류 구간의 통항이 불가능해질 수 있으니, 이들로 만일의 사태에 대비해야 합니다."

도응 역시 수송이 주임무인 부대에게 전투를 맡기기는 어렵다는 판단 아래, 가후의 건의를 받아들였다.

이어 도응은 가후, 시의, 유엽 등과 상세한 논의를 거쳐 총병력 15만 명을 동원해 하북으로 진격하기로 결정했다. 그중 3만은 하내로 쳐들어가 상당을 위협하고, 도응은 친히 8만 군사를 거느리고 허도를 출발해 고순, 진도의 부대와 회합한 뒤 12만 군대가 기주 정면을 공격하기로 했다. 허도에는 4만여 명의 예비대를 남겨두는 한편, 이번 남정에서 크게 지친 일부 군사들에게 휴식을 주었다. 이밖에 청주 쪽에서도 4만 군사가 출격해 기주의 측면 군현 공격에 나섰다.

출병 규모를 확정한 도응은 이어 기주 출격 날짜를 사흘 후로 잡았다. 허도에는 시의, 도기, 조굉, 진군 등이 남아 백관을 감시하고 군대를 지휘하라고 명했다.

논의가 끝났을 때 날은 벌써 어두컴컴해졌다. 원정으로 피로에 지친 도응은 계속 하품을 해댔고, 눈치 빠른 유엽 등은 서둘러 인사하고 자리를 뜨려고 했다. 그런데 시의만이 자리에 꼼짝 않고 앉아 도응에게 공수하고 말했다.

"주공, 전 후방을 지키는 관계로 북방 3주를 어떻게 공취하고, 또 어떤 작전을 펼칠지에 대해 계책을 올릴 수 없습니다. 다만 신속히 이 땅을 취할 수 있는 데 대한 복안이 있어서 한 말씀 올리고자 합니다."

이 말에 도응은 게슴츠레한 눈을 번쩍 뜨고 허리를 꼿꼿이 펴 자세를 바로 고쳐앉았다.

"얼른 말해보시오. 내 귀를 씻고 경청하겠소이다."

"원상은 내버려 두고 원담만 속히 제거한다면 북방 3주는 손바닥 뒤집듯 쉽게 얻을 수 있습니다."

시의는 단정적으로 잘라 말한 뒤 계속 얘기를 이어갔다.

"원담을 속히 제거하라는 말이 물론 원담 전군을 속히 섬멸하라는 뜻은 아닙니다. 어떤 방법을 써서라도 먼저 원담을 없애 버리면 그의 잔당과 병력이 얼마나 남아 있든 염려할 필요가 없다는 말입니다. 원담이 죽으면 원상은 진흙 속 미꾸라지 신세로 전락해 영원히 풍랑을 일으킬 수가 없습니다."

가만히 시의의 얘기를 듣고 있던 도응이 의아한 얼굴로 말했다.

"난 도무지 무슨 말인지 이해가 안 되는구려."

자리에서 일어나 나가려던 유엽도 갑자기 발걸음을 멈추고 고개를 갸웃거리며 물었다.

"맞소이다. 원담 하나 죽인다고 어떻게 하북을 금방 손에 넣는단 말이오? 원담이 죽으면 필시 원상이 원소의 셋째 아들 이름으로 기주의 주인을 자처하고 나설 테고, 그러면 아직 항복하지 않은 원담 잔당과 유주의 장기, 견초도 원상에게 기울 가능성이 높소. 이는 굳이 닥치지 않아도 알 수 있는 일인데, 일부러 원상을 방임하라는 이유가 무엇이오?"

"원담이 죽는다고 해도 원상이 절대 기주를 차지할 수 없기 때문이오. 당시 원상이 공표한 원소의 유언이 위조됐다는 것은 우리는 물론이고 장기, 고간, 견초 등 하북 장수들마저 공공연한 사실로 받아들이고 있소. 저곡과 고번이 일으킨 반란이 이를 분명하게 뒷받침해 주고 있지 않소? 원상에 대한 반감이 이토록 깊으니 그가 제멋대로 하도록 내버려 두더라도 기주 대장들은 절대 그를 따를 리 없고, 최소한 진심으로 그를 추종할 리 없다는 말이오."

시의는 유엽의 반문에 그 이유를 설명하고 다시 도응에게 고개를 돌려 진언했다.

"아군이 이번 북정에서 주의해야 할 점은 딱 두 가지입니다. 하나는 원담과 원상 형제가 화해하고 연합하는 것이죠. 그럴 가능성이 비록 크지 않지만 그렇다고 완전히 배제할 수도 없습니다. 아군이 이들 형제에게 동시에 공격을 감행한다면 저들은 살기 위해서라도 손을 잡을 것입니다. 그러나 원상을 방임한다면 절대 이런 일은 일어나지 않습니다."

시의는 잠시 숨을 고른 뒤 계속 말을 이었다.

"다음으로는 원담이 원소의 장자이자 원소가 지명한 후계자여서 북방 3주 어디를 가든 옛 원씨 신하들의 지지를 받는다는 점입니다. 이것이 바로 아군이 원담을 아무리 여러 차례 공파해도 하북을 신속히 평정하기 어려운 이유입니다. 하지만 어떻게 해서든 원담을 죽이기만 하면 상황이 완전히 달라집니다. 원담 잔당은 우두머리를 잃고 자중지란에 빠질 것이므로 공격하기도 쉽고 항복을 권유하기도 쉬워집니다. 또한 이들은 원담의 죽음이 아군의 침공을 불러일으킨 원상 탓이라고 여겨 아군에게 귀순할지언정 원상을 기꺼이 주군으로 모실 리 없습니다. 따라서 원상이 설치고 다니도록 내버려 두어도 동지섣달 해가 노루 꼬리만 하듯 오래가지 못할 것입니다."

이어 시의가 한마디 더 귀띔했다.

"그리고 원상의 됨됨이로 보아 원담이 죽으면 필시 하북 3주를 병탄하려는 야심이 팽창해 제 스스로 아군에게 선전포고하는 우를 범할 것입니다. 이야말로 아군에게 그를 섬멸할 좋은 구실을 주는 것 아니겠습니까?"

도응은 시의의 일장 연설을 귀 기울여 들으며 연신 고개를 끄덕거렸다. 피곤기가 완전히 가신 느낌이었다. 가후 역시 시의의 견해를 크게 칭찬하고 말했다.

"원담이 다른 곳으로 내빼지 않고 업성을 굳게 지키도록 유도한다면 자우가 제기한 원담 제거 전략은 실현 가능성이 아주 높아 보입니다."

"그럼 어떻게 해야 원담을 업성으로 몰아넣을 수 있겠소?"

도응은 이 질문을 던지고 생각에 잠긴 것 같더니 이내 고개를 가로저었다.

"전장에서는 눈 깜짝할 사이에도 무궁한 변화가 일어나는 법. 지금부터 미리 계획을 짜는 건 적절치 않다는 생각이오. 기주 전장에 도착한 후 다시 논의하기로 합시다."

사흘 후인 건안 7년 10월 스무엿새 날, 이제 막 남양에서 돌아온 도응은 쉴 틈도 없이 다시 8만 주력군을 이끌고 기주를 향해 진격했다. 후성 등도 3만 군사를 거느리고 관도로 북상해 형양을 거쳐 하내 회현으로 출격했고, 청주에서도 이미 장패가 기주로 달려가고 있었다. 이로써 하북에서 10년 넘게 웅거한 원씨 정벌 전쟁이 드디어 막을 올렸다.

*　　　*　　　*

10월 스무나흘 날, 백마 나루에 당도한 고순의 원군은 진도군의 엄호 아래, 다음 날 황하 도하를 시도했다. 원담은 백구를 사이에 두고 진도군과 대치하고 있다가 이 소식에 화들짝 놀라 서주군의 도하를 저지하러 먼저 진도군에게 맹공을 퍼부었다. 진도군이 필사적으로 응전에 나서면서 전투가 치열하게 전개됐는데, 팽팽한 접전 속에서도 병력 면에서 우위를 점한 원담군에게 점점 밀리기 시작했다.

사상자가 속출하는 와중에도 진도군이 완강하게 버텼다. 정오 무렵이 되었을 때, 고순의 선발대 4천 명이 드디어 황하를 건넜다. 이들은 병력을 집결한 후, 곧장 백구 전장으로 달려가 열세에 놓인 진도군을 도왔다. 뒤이어 고순이 함진영을 이끌고 상륙해 전장에 합류하자 전세는 차츰 균형을 맞춰 갔다. 전투 중에 고순은 원담군 대장 초촉(焦觸)의 목을 베는 전과를 올리기도 했다.

공방전이 승부를 가리지 못하고 날이 어두워지자 원담은 하는 수 없이 군사를 거두어 영채로 돌아갔다. 그 사이 고순군은 속속 황하를 건너 스무엿새 날 아침에 전군이 도하에 성공하고 진도군과 함께 여양으로 들어갔다.

고순 원군의 도하 저지에 실패하면서 원담군이 여양 요지를 탈환할 희망은 사실상 사라진 바나 다름없었다. 이에 관원들이 병력을 보존해 업성으로 철수하자고 잇달아 진언했지만 여전히 희망을 버리지 않은 원담은 기어이 적군과 일전을 불사하겠다고 고집을 피웠다.

한편 진도와 고순은 순심의 건의에 따라 계속 성문을 닫아걸고 수세에 몰린 모양새를 취해 원담군을 붙잡아두고 병력을 소모시켰다. 양군이 팽팽히 대치하며 승부를 가리지 못하고 있었지만 원담은 증원군이 도착하고도 자신에게 쩔쩔 매는 서주군을 보고 자신감이 크게 상승했다.

이 기회에 서주군을 격퇴하고 여양을 탈환하기로 결심한 원담은 업성을 지키는 곽도에게 빨리 원군을 더 보내라고 재촉했다. 업성에서 보낸 군사 만여 명과 한단, 거록 등지에서 차출한 병사까지 더해 원담은 신바람 나게 여양에 공격을 퍼부었다.

하지만 11월 초나흘, 도응이 친히 대군을 이끌고 쳐들어온다는 소식이 전해졌다. 전열을 정비하고 재차 여양 공격에 나서려던 원담은 청천벽력 같은 소리에 크게 놀라 손발이 덜덜 떨렸다. 원담이 결국 여양을 포기하고 업성으로 퇴각하니, 고순은 과감히 그 뒤를 추격해 후미를 섬멸하고 그 김에 탕음을 손에 넣어 업성 공격의 전진로를 열었다. 원담은 안양(安陽)마저 감히 지키지 못하고 곧바로 업성으로 후퇴한 뒤, 군대를 정비하고 성의 방어를 공고히 해 응전 태세를 갖추었다.

한편 조표와 여유가 복양과 여양에 양초를 운반하고 도응의 명에 따라 이 두 요지를 지키게 되자, 진도는 안심하고 군사를 모두 동원해 북벌에 참여했다. 그는 순심의 건의를 받아들여 백구에서 바로 업성으로 통하는 수운 양도를 열고자 기주의 내황(內黃), 번양(繁陽), 장락(長樂) 등지를 공격했다.

진도군이 출병하자 향병으로 이루어진 내황과 번양은 스스로 적수가 되지 못함을 깨닫고 즉각 성문을 열어 진도에게 투항했다. 장락만이 업성과 거리가 조금 가깝고 지형이 험준하다는 이유로 완강히 저항했지만 아무리 청해도 업성에서 구원병이 이르지 않자 끝내 성문을 열고 항복했다. 이로써 업성 남부의 기주 성지는 모두 서주군 수중에 떨어지게 되었다.

이때 원담 진영 내부에서는 업성을 끝까지 사수해야 하는지를 놓고 갑론을박이 벌어지고 있었다. 고간과 저곡 등 주요 장수들은 업성 사수에 격렬히 반대했다. 이유는 업성에 양초가 충분치 않아 오래 버티기 어려운 데다 서주군의 북침 기지인 여양, 복양과의 거리가 너무 가까운 반면, 병주 후방과는 오히려 거리가 멀어 일단 서주군에게 외부와의 연락이 차단돼버리면 업성 안에서 꼼짝없이 전멸 위기에 처하기 때문이었다. 그래서 이들은 원담에게 업성을 버리고 기주 내지로 들어가 서주군의 위협을 잠시 피한 다음 병력을 재정비해 반격에 나서자고 권했다.

원담이 고간과 저곡의 권유에 마음이 기울려 할 때쯤, 곽도가 앞으로 나와 간했다.

"주공, 쉽게 업성을 버리고 달아나선 안 됩니다. 업성은 성지가 견고하고 서쪽으로 열두 개 수로가 이어져 있어서 식량 생산에 최적의 조건을 갖추고 있습니다. 이런 요지가 도응 손에 들어간다면 필시 이를 기반으로 북방 3주 탈취에 나서 아군의 운신 폭이 더욱 줄어들게 됩니다."

이어서 곽도는 한마디 더 덧붙였다.

"또 하나, 업성은 서쪽으로 호관, 상당과 통하고 북쪽으로 조국, 거록 등 인구가 밀집된 지역과 맞닿아 있습니다. 따라서 아군의 재기에 방해가 됨은 물론 병주 후방과의 연락을 차단해버리고 상당으로 쳐들어가면 병주 전역이 끝장나고 맙니다."

그러자 고간이 다급히 말했다.

"병주는 걱정할 필요 없습니다. 제가 여러 해 병주를 다스린지라 그곳 지리와 민정에 자못 정통합니다. 저를 병주로 돌려보내 군대를 통솔하게 한다면 도웅의 침입을 능히 막아낼 수 있습니다. 그 사이 주공은 기주 내지에서 재기에 힘쓰십시오."

고간의 이 말은 차라리 하지 않는 편이 나았다. 결정을 내리지 못하고 주저하던 원담은 줄곧 말을 듣지 않던 고간이 이 틈을 타 기주 전장에서 빠져나가려 한다고 여겼기 때문이다. 그는 갑자기 책상을 내려치고 외쳤다.

"공칙의 말이 심히 옳소. 업성은 요지라 절대 버려선 아니되오. 아군이 전력을 다해 업성을 지키다가 더는 버틸 수 없을 때 다른 방안을 다시 논의합시다. 공칙은 수성에 대한 좋은 계책을 말해보시오."

고간과 저곡이 절망의 탄식을 내쉴 때, 곽도가 득의만만한 표정을 지으며 진언했다.

"등승(鄧升)에게 5천 군사를 주고 기주와 병주의 경계인 모성(毛城)에 주둔하게 하면 호관과 호응을 이뤄 서주군의 침공을 능히 막아냄은 물론 양도를 쉽게 보호할 수 있습니다. 그리고 저곡에게는 속히 한단으로 돌아가 업성의 뒤를 받치며 양초를 공급하게 하십시오. 주력군은 견고한 업성을 토대로 서주군과 맞서는 한편, 기주와 유주 각 군현에 업성을 구원하라는 격문을 띄우십시오. 특히 장기와 견초의 유주 대군이 남하해 촘촘한 방어선을 구축한다면 원정 온 서주군은 필시 군량 공급에 어려움을 겪을 것이므로, 그 틈에 역습을 가해 적군을 대파하고 도응을 사로잡을 수 있습니다."

"장기와 견초가 줄곧 내 명을 거부했는데, 우리를 구원하러 기꺼이 달려오겠소?"

원담이 걱정스러운 어조로 묻자 곽도가 자신 있게 대답했다.

"저들이 지휘에 따르지 않은 건 주공과 원상의 무력 충돌을 반대했기 때문입니다. 하지만 지금은 상황이 바뀌었습니다. 도응이 하북 토지를 탐내 기주로 침입한 이상, 기주 충신인 저들은 주저 없이 군사를 이끌고 우릴 구하러 올 것입니다."

이 말에 크게 자신감을 얻은 원담은 그 자리에서 등승에게 5천 군사를 이끌고 모성으로 달려가라 명했다. 저곡에게도 7천 군사로 한단을 지키며 업성과 호응을 이뤄 양초와 군수 공급에 주력하라고 일렀다. 또한 하북 각 군현에 격문을 돌리고 장기와 견초에게도 친필 편지를 보내 업성을 구원하라고 요구했다.

일련의 조치가 일사천리로 진행되자, 마지막으로 원담은 고간과 여광에게 업성 방어를 더욱 공고히 하라고 재촉했다.

* * *

진도군이 장락을 점령했을 때, 도응의 주력군도 마침 백마와 연진 일대에 당도했다. 이들은 군대를 두 길로 나눠 호호탕탕하게 황하를 건너고 여양성 아래에 주둔했다. 도하 후 원담군이 업성 방어에 총력을 기울이고 있다는 소식에 도응은 손뼉을 치고 큰 소리로 웃음을 터뜨렸다. 이어 그는 전군에 진병을 멈추고 여양에서 며칠 휴식을 취했다가 다시 업성으로 북상하라는 명을 내렸다.

빨리 원담을 제거하고 공을 세우고픈 장수들이 안달이 나 그 이유를 묻자, 도응은 엷은 미소를 지으며 잠시 원담에게 희망과 자신감을 심어줘야 한다고 대꾸했다. 뜻 모를 애매한 대답에 장수들이 고개를 갸웃거리며 자세히 설명해 달라고 요청했지만 도응이 이번에는 아예 입을 닫아버렸다.

원상이 보낸 사신 이부가 언제 업성을 공격할지 물었을 때도 도응은 이렇게 답했다.

"아직 양초가 부족하오. 아군이 장기간 형주 남정에 나서느라 양초 보급이 원활치 못한 관계로 필히 양초가 백구로 반입돼야만 북상에 나설 수 있소. 업성이 너무 견고해 장기전에도 대비해야 하지 않겠소?"

도응은 횡설수설 변명을 늘어놓은 데 이어 명령을 내리듯 이부에게 분부했다.

"이 주부는 돌아가 처남에게 이렇게 전하시오. 아군의 병력

규모가 12만을 자랑해 군이 업성을 공격하는 데 도울 필요가 없으니, 청하의 북부인 안평(安平)과 발해(勃海) 등지로 나아가 원담 여당을 제거하라고 하시오. 원담의 북부 원군을 차단하고 병마와 양초를 축적하는 것이 곧 날 돕는 길이오. 참, 청하군의 감릉과 패구(貝丘)를 잠시 빌려주면 원담을 멸한 후 다시 돌려 드리리다."

이부로서는 마치 부하 다루듯 하는 어조와 감릉 등을 빌려 달라는 요구가 거슬리긴 했지만 위험한 일에서 배제하고 쉬운 일을 맡긴 도응의 조치는 정말 맘에 들었다. 이에 허리 굽혀 사례하고 이를 꼭 원상에게 전하겠다고 표했다. 이어 도응이 조서 한 통을 건네며 온화한 표정으로 말했다.

"이는 처남을 기주, 유주, 병주 3주 주목에 봉한다는 조서요. 내가 특별히 천자께 청한 것이외다. 그러니 이 조서를 주인(鑄印)해 격문을 돌리면 하북 3주 군현이 모두 처남에게 귀순해 원담의 세력을 크게 약화시킬 수 있소이다."

이부는 이 조서를 받고 너무 기쁜 나머지 거듭 머리를 조아려 감사하고 여양을 떠났다. 물론 도응의 수하들은 이 지경에 처하고도 북방 3주를 탐하는 원상을 보고 한심하다는 듯 혀를 끌끌 찼다.

여양에서 며칠 휴식하며 군대를 정비하는 사이, 고순과 순심이 사람을 보내 원담군의 배치와 이동 상황을 보고했다. 이 보고를 받고 원담이 업성 수성에 나섰다고 확신한 도응은 그제야 전군에 북상 명령을 내렸다.

서주군은 탕음과 안양을 거쳐 업성으로 곧장 진격했는데, 도응은 일부러 하루에 30리씩 천천히 행군하라고 명해 원담군이 성 방어를 강화하고 양초를 옮길 시간을 벌도록 했다. 도응의 의도를 전혀 모르는 원담과 곽도는 서주군의 북상 속도를 탐지하고 크게 기뻐하며 수성 의지를 더욱 굳게 다졌다.

아흐레 후, 서주 주력군은 업성과 불과 30여 리 떨어진 안양에 당도해 고순, 진도 대오와 회합했다. 그런데 영채를 채 차리기도 전에 세작이 급히 달려와 병주의 식량 운송 부대가 장수를 통해 업성으로 들어가는 중이라고 보고했다. 서주 장수들이 당장 강을 끊고 식량을 탈취하겠다고 자원했지만 도응은 냉정히 고개를 가로저었다.

"양초가 업성 안으로 들어가도록 내버려 두어 원담이 수성에 더욱 자신감을 갖게 해야 하오."

이에 서주 장수들은 물론, 순심까지 의혹의 눈길을 보내며 조심스럽게 물었다.

"주공, 이는 적을 너무 얕보는 것 아닌지요? 업성의 견고함은 천하의 어떤 성에도 절대 뒤지지 않는데, 식량이 쌓이도록 방임했다가 성을 쉽게 취할지 못할까 걱정입니다."

"음, 업성에 군사가 얼마나 있는지 알아보았소?"

도응이 질문에 대답하지 않고 오히려 엉뚱한 반문을 던지자, 당황한 순심이 잠시 생각에 잠긴 뒤 대꾸했다.

"군사의 출입이 많아 자세히는 모르겠지만 적어도 4만은 되리라 여겨집니다."

"병력 배치 상황은 어떠하오?"

"현재 2만 군대가 남문 밖에 주둔하고 있습니다. 좀 더 자세한 상황을 알고 싶다면 척후병을 보내 몰래 적의 영채도를 그려 오라고 시키겠습니다."

"아니, 그럴 필요까진 없소이다."

도응은 손을 저어 제지한 뒤 위연을 불러 명했다.

"문장은 내일 5천 군사를 이끌고 출전해 싸움을 돋우시오. 다만 전투가 일어나자마자 패한 척하고 바로 달아나야 하오."

위연은 마뜩찮은 표정으로 명을 받고 물었다.

"그럼 적을 어디로 유인할까요?"

도응은 미소를 띠고 대답했다.

"이번에는 적을 유인하는 것이 아니라 교만하게 만들 생각이오. 일단 몇 차례 패전을 거듭해 원담이 성을 사수할 마음을 굳히면 그때 적을 물리칠 방법을 찾아봅시다."

이튿날, 위연은 업성 밖의 원담군 영채 앞으로 달려가 싸움을 걸었다. 원담은 적의 숫자가 많지 않은 것을 보고 여광에게 출전해 응전하라고 명했다.

바야흐로 때는 한겨울인지라 군사와 전마의 발은 눈 속에 푹푹 파묻혔다. 눈발이 날리는 가운데 위연이 욕을 퍼부으며 말을 몰아 출진하자, 여광도 크게 노해 창을 비켜들고 쏜살같이 달려 나갔다.

두 장수가 교전한 지 십여 합 만에 위연은 거짓 패한 척하고 말을 돌려 달아났다. 이미 도망칠 태세를 갖추고 있던 단양병들도 잽싸게 몸을 돌려 줄행랑을 쳤다. 원담군이 전력을 다해 뒤를 추격했지만 눈길에 보행이 어려워 따라잡기에는 역부족이었다. 원담은 이것이 적의 유인책이 아닐까 염려해 재빨리 징을 쳐 군사를 거두었다.

위연이 서주 대영으로 패주했을 때, 도응은 일부 관원을 데리고 영채를 순시하며 장기전에 대비해 방어 시설을 견고하게 쌓도록 군사들을 독려하는 중이었다. 그런데 뜻밖에도 영채 건설 작업이 생각보다 더디게 진행되고 있었다. 울타리야 이미 튼튼하게 세워졌지만 영채를 두르는 참호 착굴은 전혀 진전이 없었다. 도응은 크게 노해 영채 건설을 책임진 장수를 불러 이유가 뭐냐고 호통을 쳤다. 그러자 그 장수는 억울하다는 듯 울상을 짓고 대꾸했다.

"이는 말장 탓이 아닙니다요. 어젯밤 북풍이 크게 불고 기온이 급강하해 물은 물론 땅까지 모두 얼어붙었습니다. 장사들이 호미로 열심히 땅을 팠지만 한 번에 반 치도 파지지 않아 속도가 전혀 나지 않습니다."

이 말에 문득 도응의 얼굴이 굳어지더니 한 병사의 손에서 냉큼 호미를 빼앗아 땅을 향해 힘껏 내려쳤다. 과연 그 장수의 말대로 땅이 꽁꽁 얼어 호미가 그대로 튕겨져 나왔다. 잠시 허탈한 표정을 짓던 도응은 그 장수를 좋은 말로 위로한 뒤, 상황이 나쁘더라도 영채 건설에 최선을 다하라고 신신당부했다. 이어 도응은 씁쓸한 웃음을 짓고 자책하듯 중얼거렸다.

"자우가 원담을 먼저 제거하기만 하면 손가락 튀기듯 짧은 시간 안에 하북 3주를 평정할 수 있다기에 장수 물을 끌어 모아 업성을 고립시키려고 생각했었소. 그런데 날씨를 계산에 넣지 못하는 우를 범했구려."

"자우가 원담을 우선 제거하라고 권했다고요? 그럼 원상에게 좋은 일만 시켜 주는 꼴 아닙니까?"

도응의 원래 계획을 미처 듣지 못한 순심은 깜짝 놀라 소리를 질렀다. 그러더니 곧 탐탁지 않은 미소를 띠고 조금은 불만스러운 어조로 말했다.

"왜 진즉 그 일을 말씀해 주시지 않았습니까? 그랬다면 거짓 패하는 따위의 수고를 덜었을 텐데 말입니다. 원담을 제거하기란 그리 어렵지 않습니다. 강물을 끌어 모아 성을 고립시키는 것처럼 번거롭게 일을 벌일 필요 없이 계책 하나면 바로 해결되니까요."

도응은 너털웃음을 지으며 겨를이 없어 알리지 못했다고 사과한 후, 급히 관원들을 데리고 중군 막사로 돌아가 순심에게 그 계책이 무어냐고 물었다.

"바로 이간책입니다. 원담과 고간의 사이를 갈라놓아 둘이 서로 시기하도록 만든 다음 기회를 엿봐 고간에게 투항을 권유하고 원담을 죽이도록 사주한다면 손 안 대고 코를 풀 수 있습니다."

순심이 밝힌 뜻밖의 계책에 도응은 말문이 막혀 버렸고, 유엽도 즉각 반론을 제기했다.

"그게 가능하겠소? 고간은 본래 원씨 부자에 대한 충성심이 강하고, 원담과는 혈족인 사촌간인데 이간책이 먹히리라고 보시오?"

순심은 당황하는 기색은커녕 외려 빙그레 웃으며 대꾸했다.

"이전 관계만 놓고 본다면 당연히 말이 안 되지요. 하지만 지금은 상황이 달라졌소이다. 며칠 전 전투에서 사로잡은 원담군 포로 가운데 병주 장사들의 입에서 우연히 들은 이야기가 있소. 고간이 병주에 있을 때부터 남 좋은 일만 시켜주는 꼴이라며 원담과 원상의 개전을 완강히 반대했다는 것이오.

그 얘기를 듣고 나니까 왜 원담이 고간을 기주로 대동하고 왕마를 병주에 남게 했는지 해답이 금방 나오더구려. 고간이 병주 후방에 남아 혹여 지원을 게을리하는 등 원상을 멸하려는 계획을 방해할까 두려웠기 때문이오."

도응은 여전히 입을 다물고 그 가능성을 따져보고 있는데, 유엽은 얼마 생각하지도 않고 바로 고개를 끄덕거렸다.

"음, 일리가 있는 말이오. 나 역시 병주에 오랫동안 기반을 두고 있는 고순 대신 왜 왕마에게 병주를 맡겼는지 조금은 의아하게 생각하고 있었소. 지금 그대의 분석을 들으니 고순을 데려온 이유가 확실해졌구려."

"이는 단지 추론일 뿐 명증(明證)은 어디에도 없소이다."

도응은 경솔히 이 판단에 동의하지 않고 여전히 신중한 입장을 취했다. 그런데 한동안 침묵하던 가후가 조심스럽게 입을 열었다.

"주공, 증거가 있습니다. 적진에서 한 가지 이상한 점을 감지하시지 못했습니까? 원담은 군대를 둘로 나눠 절반은 성내에 주둔시키고, 절반은 성 밖에 배치했습니다. 지금처럼 중요한 전쟁에서는 경력이나 직위로 봤을 때 고간이 성 밖 군대를 지휘해야 이치에 맞습니다. 그런데 원담은 하필 여광에게 군사를 맡겼습니다. 이 점이 바로 원담이 고간을 불신한다는 증거가 됩니다."

가후까지 순심과 유엽의 의견에 동조하고 나서자 도응도 마냥 자신의 입장을 고수하기 어려웠다. 이에 음, 하고 신음을 내뱉더니 순심에게 물었다.

"좋소. 그럼 우리가 어떻게 손을 써야만 하겠소?"

순심은 기다렸다는 듯 차분한 목소리로 대답했다.

"실은 아주 간단합니다. 주공은 편지 두 통만 준비하십시오. 한 통은 고간에게 보낼 텐데, 원담이 저지른 갖가지 동족상잔의 죄악을 열거하고 고관후록을 제시하여 원담을 죽이고 투항하도록 설득하십시오. 그런 다음 포로로 잡힌 병주 병사에게 후한 상을 내리고 업성으로 돌려보내 고간 손에 편지를 전하게 하십시오."

순심은 숨을 고르고 계속 말을 이었다.

"물론 이 편지만으로는 고간이 즉각 손을 쓸 가능성이 높지 않습니다. 따라서 이 편지를 보낸 뒤, 똑같은 내용의 편지를 한 통 더 써서 포로를 다시 업성으로 돌려보내 원담 손에 편지가 들어가게 하십시오. 성격이 포악하고 매정한 원담이라면 이 편지를 보고 필시 대로해 함부로 고간을 죽이진 못하더라도 병권을 빼앗는 등 전보다 더 각박하게 고간을 대할 것입니다. 그리 되면 치욕을 참지 못한 고간도 주공이 보낸 편지에 마음이 움직여 원담 제거에 적극적으로 나설 게 분명합니다."

이어 순심은 실눈을 뜨고 조용히 일깨웠다.

"하지만 고간은 원씨에 대한 충성심이 깊은 자입니다. 설사 투항하더라도 절대 마음에서 우러난 것이 아니어서 그냥 놓아두면 나중에 다시 반란을 일으킬 터이니, 되도록 빨리 제거해야 후환을 막을 수 있습니다."

순심의 설득에도 도응은 계속 확답을 내리지 못한 채 머뭇거리기만 했다.

"고간이 항복한 후 배반하는 것쯤이야 전혀 두렵지 않소. 다만 이 계책이 실현될 가능성이 크지 않다는 게 문제요. 우선 고간이 우약의 말처럼 원담을 쉽게 배신할 리 없고, 설사 배신한다 해도 단번에 원담을 죽일 기회가 오지 않을까 걱정이오. 만약 원담이 업성을 빠져나가 버리면 여간 골치 아픈 게 아니오."

"주공, 이 계책은 충분히 시행해 볼 만합니다."

이때 가후가 순심을 거들고 나섰다.

"설사 고간이 반란을 일으키진 않더라도 둘 사이에 틈이 벌어져 서로 시기하는 마음이 생긴다면 아군의 다음 작전에 아주 유리해집니다."

가후마저 순심을 옹호하고 나서자 뾰족한 수가 없는 도응으로서도 자기 고집만 부리기 어려웠다. 결국 도응은 체념한 듯 고개를 끄덕이고 말했다.

"좋소이다. 그럼 이 계책으로 적의 결속력을 약화시킨 다음,

다시 대책을 논의하기로 합시다."

도응은 진응에게 순심이 일러준 대로 편지 두 통을 작성하라고 명한 데 이어 이 편지를 순심에게 주고 직접 포로를 골라 업성에 보내라고 일렀다. 그러자 유엽이 건의를 올렸다.

"주공, 강물을 끌어모아 성을 고립시킬 수 없게 된 상황에서 군이 적에게 일부러 약세를 보일 필요는 없습니다. 최대한 공격력을 강화해 성 밖의 적군을 물리쳐 적의 사기는 떨어뜨리고 아군의 사기는 높이십시오. 봄이 와도 원담이 여전히 업성을 사수한다면 그때 수공을 펼쳐도 늦지 않습니다."

도응은 유엽의 생각에 동의를 표하고 탄식했다.

"원담아, 제발 끝까지 싸워라. 절대 성을 버리고 달아나려는 허튼 생각을 품어선 안 된다!"

그날로 순심은 포로 중에 영민한 병주 병사 하나를 골라 후한 상을 내린 뒤, 업성으로 돌아가 꼭 편지를 고간에게 전하라고 신신당부했다.

사흘 후, 서주군은 고생 끝에 영채를 두르는 참호 하나를 파고 녹각 차단물을 빽빽이 세웠다. 이에 도응은 친히 3만 군사를 이끌고 업성 밖 원담군 영채 공격에 나섰다. 서주군의 출격 소식을 들은 원담은 고간의 제지에도 불구하고 직접 성을 나와 여광과 함께 싸움에 응했다.

양군이 업성 남문 밖 들판에서 대치한 가운데, 효복(孝服)을 입은 도응이 출진해 어미를 시해한 원담의 불효를 크게 꾸짖고 원담을 갈기갈기 찢어 죽여 악모 영전 앞에 바치겠다고 고래고래 소리를 질렀다. 대로한 원담이 장의(張顗)를 출전시켜 싸움을 걸자, 서주군 쪽에서는 위연이 말을 몰아 달려 나왔다. 두 장수가 교전한 지 수 합 만에 위연은 대갈일성을 지르고 장의를 말 아래로 떨어뜨려 죽였다.

여광이 이를 보고 분기탱천해 창을 비켜들고 곧장 앞으로 짓쳐 나왔다. 사흘 전 위연을 이긴 여광은 자신감에 차 위연에게 달려들었지만 지금의 위연은 사흘 전의 그가 아니었다. 위연이 날래게 휘두르는 칼마다 여광의 급소를 찔러가자, 여광은 간신히 10여 합을 막아내다 더는 버티지 못하고 급히 말머리를 돌려 패주했다. 승세를 탄 위연은 곧장 본부 인마를 이끌고 적진으로 돌격해 원담군과 전투를 벌였다.

그런데 전투는 의외로 치열하게 전개됐다. 단양병이 대적하는 군사들은 사실 고간과 왕마가 이끌던 최정예였던 탓에 서주군 중에도 손에 꼽는 강군 단양병이 쉽사리 적진을 무너뜨리지 못했다. 오히려 원담군의 소모전에 말려든 형국이 되었다. 격전이 이어질수록 단양병은 원담군 중군을 돌파하지 못하고 사상자만 계속 늘어갔다.

도응은 이 광경을 보고 즉각 지원군을 투입하려고 했다. 그런데 갑자기 이때 눈보라가 거세지더니 시야를 가릴 정도로 눈발이 어지럽게 날리기 시작했다. 앞이 안 보여 도무지 작전을 지휘할 수 없는 상황이 되자, 도응은 유엽과 순심의 말에 따라 하는 수 없이 징을 쳐 군대를 거두었다. 원담군 역시 혹여 매복이 있을까 두려워 감히 뒤를 추격하지 못하고 마찬가지로 군사를 거둬들였다. 물론 도응은 이 틈을 타 편지를 지닌 포로를 원담군 안에 섞여 들여보냈다.

적의 거짓 패배가 됐든 아니면 갑자기 불어닥친 눈보라의 도움을 받았든, 원담은 두 차례나 서주군을 물리치는 전과를 거두자 여차하면 업성을 버리고 달아나려던 생각이 쏙 들어가 버렸다. 자기도 모르게 수성 의지가 샘솟고 서주군도 별것 아니라는 생각에, 지금 가진 군사력만으로도 충분히 업성을 지켜낼 수 있다는 희망을 가졌다. 여기에 장기와 견초의 정예군이 남하하기만 하면 서주군을 간단히 물리치고 도응을 사로잡을지도 모른다는 꿈에 부풀었다.

이는 원담만의 망상이 아니었다. 곽도 역시 이런 생각을 품고 있었다. 이에 그는 원담에게 급히 전투에 나설 필요 없이 영채와 성지를 굳게 지키다가 기회가 왔을 때 곧바로 출격해 서주군의 시간과 양초를 소모시키는 한편 유주 정예병이 남하해 접응하길 기다리라고 권유했다. 원담은 곽도의 말을 옳다 여기고 다시 전령을 북쪽으로 보내 장기와 견초에게 가능한 한 빨리 남하하라고 재촉했다. 그러자 고간이 펄쩍 뛰며 원담에게 경고했다.

"지금 절대 경거망동해서는 안 됩니다. 서주군은 단지 눈보라가 거세져 군대를 거두었을 뿐입니다. 저들의 군사력은 우리보다 아래에 있지 않으니 출전에 신중을 기하십시오. 이런 운은 매번 찾아오는 것이 아닙니다."

자신의 군대를 과소평가하는 고간의 말에 원담은 심기가 매우 불편해졌다. 하지만 마침 곽도도 우선 실력을 보존했다가 결정적인 순간에 출격하라고 권하자, 원담은 화를 억누르며 마지못해 고간의 건의를 받아들였다.

고간은 성 방어를 점검하러 밖으로 나가고 원담은 대당에서 곽도와 서주군을 물리칠 대책을 논의하고 있을 때, 호위병이 병사 하나를 데리고 안으로 들어왔다. 그 병사는 원담 앞에 무릎을 꿇고 아뢰었다.

"주공, 중요한 전갈이 있습니다. 소인은 서주군에게 포로로 잡혀 있었는데 오늘 도응이 갑자기 소인을 불러 고간 장군에게 편지를 몰래 전하라고 명했습니다요. 하지만 소인은 주공에 대한 충심이 불타 고 장군에게 가지 않고 먼저 주공께 달려왔습니다."

도응에게서 한몫 단단히 챙긴 이 병사는 도응이 일러준 대로 원담에게 말하고 편지를 바쳤다. 원담이 재빨리 편지를 건네받아 펼쳐보니, 안에는 뜻밖에 도웅이 기주자사와 봉읍(封邑)을 미끼로 고간에게 반란을 일으키고 서주군을 업성 안으로 들이라는 내용이 적혀 있었다.

"도웅 놈이 또 개수작을 부리는구나!"

관도에서 이미 한 차례 크게 데인 바 있는 원담은 편지를 북북 찢고 책상을 내려치며 노호했다.

"대체 이놈은 낯짝이 얼마나 두껍길래 속임수를 밥 먹듯이 쓴단 말이냐!"

지난번 이간계의 최대 피해자인 곽도도 이 편지가 다행히 원담 손에 먼저 들어와 재앙을 막을 수 있었다고 안도한 뒤, 주위를 살피며 낮은 목소리로 물었다.

"주공, 한 가지 이상한 점을 발견하시지 못했습니까? 우리 군중에 장수가 수십 명인데, 도웅은 굳이 고간을 매수하려고 시도했습니다. 그 이유가 무언지 아시겠습니까?"

"그건 왜요?"

"고간은 전부터 주공의 기주 출병을 반대했을 뿐 아니라 업성에 진주한 후에는 수성을 만류하고 병주로 돌아갈 마음을 품기까지 했습니다. 제 예측이 틀리지 않다면 고간이 주공과 사사건건 충돌한 일이 도웅의 귀에 들어가, 도웅은 고간이 분명 주공에게 불만을 품고 있다고 여겨 손쓴 것이 확실합니다."

원담은 곽도의 설명이 일리가 있다고 여겨 고개를 천천히 끄덕거렸다. 그러자 곽도가 음침한 어조로 속삭였다.

"사실이 이러하니 고간 문제를 더욱 신중히 처리하셔야 합니다. 도응이 고간을 목표로 노린 이상, 절대 쉽게 포기할 리 없으니까요. 만약 이 일을 매끄럽게 처리하지 못했다가 나중에 도응의 간계에 떨어지고 나서 후회해도 소용없습니다."

"맞는 말이오. 내 반드시 신중에 신중을 기하리다. 그런데 이 편지만으로는 고간을 죽일 구실로 부족하지 않소?"

"저에게 두 가지 계책이 있습니다. 하나는 고간에게 서주 대영을 강공하라고 명해 도응의 손을 빌려 그를 죽이는 것입니다. 또 하나는 고간을 감군도독에 임명해 군대 내 법무를 책임지게 하고, 이를 빌미로 그의 병권을 거두어들이는 것입니다. 또한 군법을 집행하다 보면 뭇 장수들에게 미움을 많이 사게 되므로 설사 그가 두마음을 품더라도 무리를 이루기 어렵습니다."

"묘계로다!"

원담은 손뼉을 치고 크게 기뻐하며 말했다.

"고간을 부러 죽음으로 내모는 건 너무 지나친 감이 없지 않은 데다 공연히 병력만 잃고 군심을 동요시킬 수 있소. 그러니 그를 감군도독에 봉하는 게 좋겠소. 어찌 됐든 그는 내 사촌 형이니 말만 잘 듣고 소란을 일으키지 않는다면 굳이 죽일 필요까지 있겠소?"

원담과 곽도는 자신들의 계획이 완벽하다고 여겼으나 고간은 그들 생각만큼 어리석은 자가 아니었다. 이튿날 원담이 고간을 불러 새로 감군도독에 임명했을 때, 고간은 원담의 음험한 의도를 바로 알아차리고 버럭 소리를 질렀다.

"주공, 제가 도대체 무슨 잘못을 저질렀기에 병권을 박탈하려 하십니까? 제가 주공과 의견이 엇갈린 건 사실이나 이는 모두 충심에서 우러나온 것인데, 왜 이리도 절 박대한단 말입니까?"

예상 밖의 반발에 원담은 말문이 막혀 입이 떨어지지 않았다. 그러자 곽도가 재빨리 끼어들어 수습에 나섰다.

"최근 군법이 해이해져 군심에 악영향을 미치고 있습니다. 이런 때에 청렴하고 위엄 있는 고 장군이야말로 감군도독에 가장 어울리는 인물입니다. 강적 도응과의 대적은 물론 원씨 가업의 중흥을 위해서라도 장군이 이 중임을 꼭 맡아주십사 부탁드립니다."

곽도의 듣기 좋은 소리에 고간도 화가 조금은 누그러져 말했다.

"좋소. 상황이 그러하니 내 기꺼이 요청을 수락하리다. 하지만 내 휘하의 3천 병주 철기는 어떤 경우에도 내가 직접 지휘하겠소."

"고 장군, 앞장서서 적진으로 돌격하는 건 소졸의 일이요, 그대는 병주자사의 몸으로……."

곽도가 다시 한 번 권유해 보려 했지만 고간은 그의 말을 자르고 단호히 외쳤다.

"주공이 기어이 3천 철기를 바치라고 한다면, 좋습니다. 절 병주로 돌려보내 주십시오. 그러면 당장 병부(兵符)를 내놓겠습니다. 그것이 아니라면 절대 군대를 내놓을 수 없습니다. 제가 병주를 모두 주공께 바쳤는데, 설마 제 직계 부대까지 거두시려는 건 아니겠지요?"

사태가 이 지경에 이르자 제 꾀에 넘어간 원담과 곽도는 난처하기 짝이 없었다. 둘은 몇 차례 눈짓을 교환한 뒤 원담이 마지못해 입을 열었다.

"그대가 기어이 부대를 통솔한다고 하니 내 강요하진 않으리다. 그대가 번거롭지 않도록 감군도독은 다른 사람으로 알아보겠소."

"감사합니다, 주공."

고간은 공수하고 사례한 뒤 노기등등해 옷깃을 떨치고 자리를 떴다. 자리에 남은 원담과 곽도는 이를 바득바득 갈며 고간의 무례한 행동에 불만을 터뜨렸다.

정상적이라면 도응의 편지는 고간 손에 들어가고도 남을

시간이었다. 그랬다면 고간은 필경 원담에게 악감정을 품어 도응의 다음 계획을 위한 기초를 다져주었을지도 몰랐다. 그러나 애석하게도 이는 실현되지 않았다. 그날 서주군에게 매수돼 원담 진영으로 돌아온 병주 병사는 하필 성 밖 대오에 편제돼 강제로 성을 나가야 했으니 말이다. 그러니 편지를 제때 고간에게 전하지 못했음은 물론 나중에라도 고간 손에 들어갈지 미지수였다.

도응의 불운은 여기서 끝나지 않았다. 올해 겨울 업성 일대는 다른 해보다 유난히 춥고 연일 풍설(風雪)이 그치지 않아 전투를 치르기 불가능했다. 기온도 줄곧 영하로 떨어져 장수마저 두꺼운 얼음이 얼 정도였다.

서주군은 미리 겨울옷을 준비하는 등 철저히 대비했지만 살을 에는 추위에 얼어 죽거나 동상에 걸리는 자가 나타나는 걸 막긴 어려웠다. 더욱이 따뜻한 남방에서 온 사병들은 이런 날씨에 적응하지 못해 피해 상황이 더욱 심각했다. 이렇다 보니 장사들 사이에서는 원망이 터져 나왔고, 사기에도 적지 않은 영향을 미쳤다.

이에 대해 서주 관원들 역시 손쓸 방도가 없어 마음만 초조하게 탈 뿐이었다. 또한 아무리 기다려도 고간에게 연락이 오지 않자, 순심의 계책이 실패로 돌아갔다고 여긴 도응은 퇴병을 염두에 두기 시작했다. 이에 몇몇 모사를 소집해 혹한을 피해 잠시 연주로 물러났다가 따뜻한 봄이 오면 다시 북벌에 나서는 것이 어떻겠느냐고 은근히 물었다.

도응의 말이 떨어지기 무섭게 가후가 벌떡 일어나 단호하게 반대했다.

"여기서 반보라도 후퇴해선 절대 안 됩니다! 궁지에 몰린 원담에게 숨 돌릴 기회를 주지 않고, 그가 주력군을 이끌고 아군에게 끝까지 저항하도록 압박해야만 합니다. 이대로 아군이 물러난다면 3주의 인심이 아군을 물리친 원담에게 모두 쏠려 잠재력이 상존한 이곳에 재기의 기회를 주고 맙니다. 게다가 외원을 잃은 원상도 원담에게 쉽게 섬멸돼 아군이 다시 기주로 출격했을 때는 어떤 호조건도 찾기 어려워집니다. 그럼 결국 싸움이 더욱 어려워져 3주를 일통할 시간이 얼마나 걸릴지 장담할 수 없습니다."

여기까지 말한 가후는 잠시 흥분을 가라앉히고 계속 말을 이었다.

"엄동설한이 아군에게 꼭 불리한 조건은 아닙니다. 아군이 추위로 인해 공격에 나설 수 없는 지금, 업성에 편안히 앉아 있는 원담은 필시 성을 오래 지킬 방법을 강구하며 유주의 군대가 남하하길 기다리고 있을 것입니다. 유주는 외지고 거리가 멀어 장기, 견초 등이 험지를 틀어막고 수비에 나선다면 한두 해 안에 점령하기란 절대 불가능합니다. 그런데 그들이 제 발로 남하한다면 아군의 수고를 덜어주는 일 아니겠습니까? 따라서 원담에게 숨 돌릴 틈을 주지 않고, 또 신속히 적군을 섬멸할 다시없는 기회를 잡기 위해서 후퇴는 절대 불가합니다!"

열변을 토한 가후의 진언에 도응은 정신이 번쩍 들었다. 그는 곧 생각을 고쳐먹고 책상을 치며 명했다.

"문화 선생은 과연 나의 장자방(張子房)이요! 영채마다 최대한 땔감을 많이 모아 온기를 유지하라고 일러라. 원담과 끝까지 대치해 조금도 숨 돌릴 기회를 주어서는 안 된다!"

* * *

온 천지에 눈발이 날리는 가운데, 수레 천여 대로 이루어진 방대한 대오가 서북쪽에서 칼바람을 맞으며 힘겹게 업성을 향해 나아가고 있었다. 식량 운송 책임을 맡은 장성(張晟) 이하 장사들은 바람이 들어오지 않도록 옷깃을 잔뜩 여미며 한시라도 빨리 업성으로 들어가 따뜻한 구들에 몸을 녹일 생각뿐이었다.

장성은 운량 부대의 안전에 대해 조금도 염려하지 않았다. 현재 위치는 업성에서 2백여 리 떨어진 지점으로, 서주군이 여태까지 이곳에 발을 들여놓은 적이 없었기 때문이다. 장성은 모성에서 업성까지 세 차례 양초를 운반했지만 한 번도 서주군의 저지를 만난 적이 없었다.

이에 장성의 유일한 걱정은 이레 안에 양식 5만 휘를 업성까지 운반하느냐에 있었다. 다행히 운량 부대는 가장 험난한 태항산 지구를 넘어 평탄한 화북 평원에 접어든지라 속도를 더욱 높일 수 있어서 기한을 지키기는 어렵지 않았다.

이리하여 운량 부대는 천신만고 끝에 드디어 장수 가에 이르렀다. 편안히 배를 타고 강을 건넜으면 좋으련만 이번 혹한으로 강물이 꽁꽁 얼어붙은 탓에 이들은 찬바람과 폭설을 무릅쓰고 육로로 식량을 운반해야만 했다. 이는 수로로 운반하는 것보다 열 배는 힘든 강행군이었다.

직접 부대를 지휘해 겨우 업성 가까이 다다른 장성은 그제야 한숨 돌리고 평소처럼 마차로 돌아가 휴식을 취하려 했다. 그런데 그가 마차에 오르려는 순간 동남쪽에서 돌연 기괴한 소리가 들려오는 것이 아닌가.

장성이 유심히 귀 기울여 들어보니, 그 소리는 강풍을 뚫고 울리는 함성과 말발굽 소리였다.

"적군이다!"

"적군이 나타났다!"

이런 악천후 속에서 적이 나타나리라곤 전혀 예상치 못한 기주군은 이리저리 뛰어다니며 고함을 질러댔다. 장성은 서둘러 징을 울리고 대열을 정비해 적을 맞이하라는 명을 내렸다.

하지만 적군의 진격 속도가 어찌나 빨랐던지 양초 호송을 책임진 3천여 군사가 진형을 채 갖추기도 전에 이미 바로 앞까지 달려들고 있었다.

1천5백 명으로 편제돼 5열 횡대를 이루고 돌진하는 이들은 바로 천하무적 군자군이었다. 공격 대형이나 전투 방법은 예나 다름없었지만 오직 한 가지, 바람에 펄럭이는 장수기의 '도' 자가 '연' 자로 바뀌었을 뿐이다. 도응은 허도를 지키는 도기 대신 부장 연빈을 대장으로 삼아 이번 기주 북정에 군자군을 대동했던 것이다.

병주에서 도적질을 일삼다 1년 전 고간에게 투신한 장성은 말로만 듣던 군자군의 괴이한 대형에 기가 찼는지 자기도 모르게 괴성이 터져 나왔다.

"세상에, 저런 공격 대형도 있단 말이냐?"

장성이 어이가 없어 넋을 놓고 있는 사이에 연빈이 말을 몰아 달려 나오며 외쳤다.

"적장은 당장 무기를 버리고 투항하라! 항복한다면 목숨만은 살려주겠다!"

이 소리에 정신을 차린 장성은 크게 노해 눈을 부릅뜨고 연빈을 향해 출진했다. 그런데 연빈이 채 일 합도 겨루기 전에 말 머리를 돌려 달아나는 것이 아닌가. 장성은 즉각 연빈의 뒤를 쫓으며 벽력같이 고함을 질렀다.

"쥐새끼 같은 놈이 어딜 달아나느……."

장성의 말이 채 끝나기도 전에 군자군 대오에서 기다렸다는 듯 3백 경기병이 앞으로 나와 일제히 화살을 쏘아댔다. 무수한 우전이 장성을 향해 날아가자, 가련한 장성은 비명을 지를 틈도 없이 전마와 함께 고슴도치로 변하고 말았다.

곧이어 후열의 경기병이 차례로 앞으로 나와 당황해 어찌할 바를 모르는 원담군에게 비 오듯 화살을 발사하니, 여기저기서 비명이 터져 나오고 진형이 급격히 무너져 버렸다. 원담군 장사 대다수는 화살을 피하는 데 급급해 극소수만이 화살을 쏘며 반격을 가할 뿐이었다.

군자군은 적의 무기력한 저항에 전매특허인 기사술(騎射術)을 펼치지 않고 그대로 화살만 날려댔다. 그럼에도 적진이 크게 혼란에 빠졌을 때쯤, 경기병이 뒤로 물러나고 중기병이 앞으로 달려 나와 식은 죽 먹기로 적의 대오를 완전히 무너뜨렸다. 원담군이 수레를 버린 채 사방으로 흩어져 달아나자, 군자군은 수레를 향해 돌격해 양초를 모두 불살라 버렸다.

이는 서주군이 이번 전투에서 원담군 양도에 처음으로 가한 공격이었다. 그전에 도응이 원담군 양도를 끊지 않은 건 다른 이유가 아니라 양도가 차단된 원담이 업성을 버리고 달아날까 염려했기 때문이다. 그리하여 도응은 업성에 대략 30만 휘 정도의 양초가 들어간 것을 확인하고서야 군자군을 출동시켰다.

도응이 원담군 양도에 손을 쓴 이유는 당연히 업성에 너무 많은 양초가 유입되는 걸 막기 위해서였다. 원담군과 대치한 지도 어느덧 50여 일이 넘어 때는 이미 건안 8년(203년) 정월로 접어든지라 눈보라에 손발이 묶여 있던 서주군으로서는 곧 전기를 마련할 시점이 다가왔으니, 업성에 양초가 쌓이는 걸 방치할 수 없었다.

하지만 무엇보다 결정적인 이유는 유주에서 급보가 전해졌기 때문이다. 유주 대장 장기가 원담을 구원하러 친히 3만 군사를 거느리고 남하해 하간군(河間郡) 내로 진입했고, 견초는 흉노가 변경을 침입한 관계로 아들 견가(牽嘉)를 대장으로 삼아 4천 오환돌기(烏丸突騎)를 파견했다. 견가의 부대는 중산을 거쳐 업성으로 달려가는 중이었다. 적군 정예병이 대거 출격했으니 도응으로서도 맞아 싸울 준비를 하는 것은 당연했다.

원담은 모성 양도가 습격당했다는 소식을 들은 후, 곽도의 건의에 따라 모성과 한단의 식량 운반을 중지하라 명하고 유주의 원군이 당도하기를 기다렸다. 그러자 군자군도 더 이상 양초를 급습할 기회가 없어 하는 수 없이 대영으로 돌아갔다.

다시 엿새가 더 흘러 건안 8년 정월 초열흘이 되자, 업성 일대의 눈보라가 마침내 그치고 오랜만에 태양이 떠올라 사방을 비추었으며 기온도 점점 상승하기 시작했다.

이에 도응은 다시 전열을 가다듬고 업성 공격에 나서기 위해 중군 막사로 관원들을 불러 회의를 소집했다. 적을 격파할 다양한 의견이 제기되는 가운데 도응은 진도와 위연, 서황이 제시한 견해를 따르기로 결정했다.

이들은 일부 군사를 모성과 호관으로 출격시켜 업성과 병주의 연락로를 차단하는 한편, 다시 군사를 둘로 나눠 일로는 계속 업성에서 원담군과 대치하고, 나머지 일로는 한단으로 북상해 이곳을 취하고 남하하는 유주 원군의 길목을 막자고 건의했다.

이밖에 연빈도 기동력이 뛰어난 군자군을 이끌고 한달음에 수백 리를 달려가, 오환돌기가 한단에 이르기 전 군자군의 장기를 발휘해 적을 격파하겠다고 나섰다.

그러자 순심이 한단 동북 일대에는 하류가 많아 군자군이 작전을 펼치기 부적합한 데다 극강의 돌파력을 자랑하는 오환돌기에게 역습당할 우려가 있다고 반대했다. 오환돌기의 위력을 잘 아는 도응은 순심의 말을 옳다 여기고 연빈의 요구를 물리쳤다. 하지만 오환돌기를 상대할 부대는 군자군밖에 없었기에 연반을 좋은 말로 위로하고 언제든지 출격할 준비를 하라고 일렀다.

도응은 진도에게 1만 5천 군사를 이끌고 모성과 호관을 공격해 업성과 병주의 연락을 차단하라 명한 데 이어, 고순과 서황에게는 5만 군사로 업성에서 원담을 잘 감시하라 이르고, 자신은 직접 5만 주력군을 거느리고서 한단을 공격해 장기와 견가의 유주 원군을 막기로 결정했다. 원담을 제거하는 게 목표인 도응으로서는 병력이 분산되는 분병 전술이 모험과도 같았지만 원담이 정예인 유주 원군과 합세하는 날에는 전황을 장담할 수 없어 이런 과감한 결정을 내렸다.

분병 계획이 모두 완료되었을 때, 시종 침묵을 지키던 가후가 비로소 입을 열었다.

"주공, 후도 분병 작전에 반대하진 않습니다만 그전에 반드시 선행돼야 할 일이 있습니다. 먼저 업성 밖 원담군 대영을 격멸해 적군의 실력을 약화시키고 전군을 업성 안으로 몰아넣어야 합니다."

"적군 대영 격파야 어렵진 않겠지만 이로 인해 원담이 업성을 버리고 달아나면 어찌하오?"

도응의 물음에 가후가 대답했다.

"그건 걱정할 필요 없습니다. 아군이 풍설과 혹한으로 곤란을 겪는 사이에 원담은 병주, 조국, 거록 등지에서 운반해 온 식량을 성안에 가득 쌓아두고, 또 방어 시설 건설에도 만전을 기했습니다. 따라서 아군이 정면공격으로 견고한 업성을 무너뜨리기란 쉽지 않습니다. 이런 상황에서 성 밖 대영이 무너졌다고 해도 원담은 업성을 버리기 아까워 성지를 굳게 지키며 유주 원군의 남하를 기다릴 것입니다."

가후의 설명을 들은 도응은 잠시 생각에 잠겨 있다가 책상을 내려치며 외쳤다.

"좋소. 그리 합시다. 숙지는 병마를 점검하고 내일 아침 일찍 모성으로 출발하시오. 그리고 나머지 장수들은 각자의 영지로 돌아가 내일 업성 밖 영채 공격 준비를 서두르시오!"

줄곧 궂은 날씨에 시달렸던 서주 장수들은 마침내 가슴에 쌓인 분을 풀 기회가 왔다며 우렁차게 대답한 후 서둘러 영지로 돌아가 전투 준비에 착수했다.

그런데 그날 밤 서주군의 화를 더욱 돋우는 일이 발생했다. 뜻밖에도 원담군 수천 명이 서주군 영채 기습에 나선 것이다. 본래 경비가 삼엄했던 서주군은 적군의 공격을 금세 알아채고 어지럽게 화살을 쏘아 물리쳤지만 상대도 되지 않는다고 여겼던 적군의 기습에 화가 머리끝까지 치밀어 올랐다.

다음 날인 정월 초열하루, 진도가 먼저 군사를 이끌고 모성으로 출병한 데 이어 도응이 친히 5만 군사를 거느리고 대영을 나가 기세등등하게 업성 밖 원담군 영채를 향해 돌격했다.

날씨 덕에 두 달 가까이 서주군과 상적할 수 있었던 원담은 이 사실을 까맣게 잊은 표정이었다. 서주군이 쳐들어온다는 소식에 흥, 하고 콧방귀를 뀐 그는 친히 대군을 거느리고 성 밖으로 나가 여광 대오와 회합했다. 그는 눈으로 뒤덮인 업성 남쪽 벌판에 대열을 정돈하면서 지난번 펼쳤던 방원진을 버리고 대담하게 공수를 겸비한 학익진을 전개했다.

사시가 절반을 넘긴 시각에 서주군도 전장에 당도했다. 도응은 서둘러 진용을 갖추지 않은 채 먼저 허저에게 3백 철기를 거느리고 출전해 적진을 돌파하라고 명했다. 명을 받은 허저는 자원한 철기를 이끌고서 주저 없이 원담군 진용을 향해 맹렬히 돌격했다.

목숨을 버릴 각오로 돌진하는 서주 철기의 공격 앞에 원담군 학익진의 중군 방진은 그대로 양단이 났다. 이들이 다시 말 머리를 돌려 돌파를 시도했을 때, 채 절반도 안 되는 병사만이 본진으로 살아 돌아왔지만 이들의 무시무시한 공격은 적의 간담을 서늘하게 만들었다. 원담은 2만이 넘는 군대가 3백 철기 하나 당해내지 못하는 것을 보고 대로해 부하들의 무능을 크게 꾸짖었다.

철기군의 선제공격과 희생으로 서주군의 사기가 크게 진작되자, 도응은 그제야 군사들에게 학익진을 펼치라고 명했다. 도응에게 기선을 제압당한 원담은 경선(景善), 경승(景勝) 형제를 출전시켜 싸움을 돋우게 했다. 그러나 이들이 싸움을 걸기도 전에 조운이 바람처럼 출진해 단 일 합 만에 경승을 창으로 고꾸라뜨리고 경선을 사로잡아 본진으로 돌아왔다. 눈 깜짝할 사이에 벌어진 이 광경을 보고 원담군은 두려움에 떨지 않는 자가 없었다.

도응은 포로로 잡힌 경선을 자기 앞으로 끌고 오라고 명한 뒤 보검을 뽑아들어 단칼에 경승의 수급을 베었다. 이어 피로 물든 보검을 높이 들고 전방의 적진을 가리키며 미친 듯이 포효했다.

"전고를 울리고 총공격에 나서라! 삼군이 병진해 적진으로 돌격하라! 원담을 사로잡는 자에게는 천금을 내리고 후에 봉하겠다!"

고함을 지른 도응은 북소리와 함께 가장 먼저 원담군 진영을 향해 돌진해 들어갔다. 이를 본 서주군은 누구랄 것도 없이 사기가 크게 올라 벽력같은 함성을 지르며 일제히 적진으로 달려들었다. 앞다퉈 적을 시살하는 서주군의 공세는 마치 둑이 터진 강물과 같았고, 그 기세는 화산이 폭발한 듯했다.

진영 후방에 몸을 숨기고 이를 바라보던 원담은 불처럼 활활 타오르는 적세에 그만 할 말을 잃고 자신의 객기를 후회하기 시작했다.

이번 전투에서 도응은 친히 시석을 무릅쓰고 선두에 서서 적진으로 돌격했고, 장사들도 사력을 다해 뒤를 따르며 맹공에 나섰다. 겁에 질린 원담군은 맹렬한 기세로 달려드는 서주군의 예봉을 당해내지 못하고 일제히 무기를 버리고 달아나기 바빴다.

서주군의 추살에 원담군 시체가 들판에 가득했고, 피는 개울이 되어 흘러 두꺼운 빙설마저 녹였다. 원담군이 죄 업성으로 패퇴하자 서주군은 성 밖 영지로 쳐들어가 영채를 모두 파괴해 버렸다.

전투가 끝난 후 도응은 적의 시체에 피가 뚝뚝 흐르는 칼을 닦고, 화살이 박힌 은투구를 벗으며 거친 숨을 몰아쉬었다.

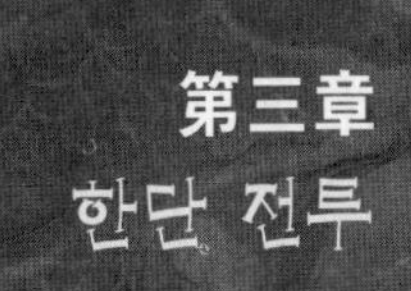

第三章
한단 전투

도응이 친히 적진 깊숙이 돌격해 장사들을 독려한 덕에 악천후로 오랫동안 억눌렸던 서주군의 투지와 분노는 오롯이 전장에 표출됐다. 업성 남쪽 들판에는 서주군이 벤 적의 수급 4천여 구가 어지럽게 널려 있었고, 성 밖 영채는 형체를 알아볼 수 없을 정도로 심하게 훼멸되었다.

전투가 끝난 후, 도응은 참전 병사들에게 휴식을 주고 예비대를 동원해 업성 주위에 울타리를 세우고 참호를 파 성을 철저히 고립시키라고 명했다. 원담군 척후병이 이 소식을 원담에게 알리자, 놀란 가슴이 진정되지 않아 넋을 놓고 있던 원담이 갑자기 큰 소리로 웃음을 터뜨렸다.

"하하, 업성 규모가 얼마나 큰지 보고도 모른단 말이냐? 그따위 울타리와 참호로 아군의 돌파를 막겠다고? 꿈도 야무지구나!"

곽도도 원담의 말에 부화뇌동했다.

"맞는 말씀입니다. 업성을 고립시키려면 최소 둘레 40리 이상의 포위망을 설치해야 하는데, 이렇게 취약한 울타리와 참호가 무슨 효과를 발휘하겠습니까? 아군이 포위를 뚫으려고 마음만 먹으면 얼마든지 가능합지요. 그러니 군력을 허비하는 저들의 공사에 신경 쓰지 마시고 군사들의 체력을 회복하면서 유주 대오의 구원을 기다리십시오. 원군이 이르기만 한다면 안팎으로 협공을 가해 적을 대파할 수 있습니다."

고간과 신비 등도 이를 서주군의 무모한 작전이라 여겨 곽도의 생각에 동의를 표했다. 성안에 아직 3만 군대가 건재하고 양초가 풍족한 데다 곧 있으면 원군이 이르는 상황인지라, 이들은 서주군의 방어선 구축에 전혀 개의치 않고 군사력 회복에 주력하며 적을 깨뜨릴 계책에 골몰했다.

사실 이는 역사에서 조조가 업성을 공파할 때 썼던 방법이다. 조조는 업성 주위에 40리에 걸쳐 참호를 팠다. 하지만 깊이가 얕아 심배는 이를 대수롭지 않게 여기고 조조를 비웃었다. 그런데 조조가 하룻밤 사이에 두 길이나 될 정도로 참호를 깊이 파고 장수를 무너뜨리자 업성은 수몰되고 말았다.

물론 도응이 당장 업성을 공격하려고 이를 본뜬 건 아니었다. 먼저 간담이 서늘해진 원담이 도망가지 않도록 발을 묶어두기 위함이었고, 다음으로는 날이 풀리면 장수를 이용한 공격이 가능할 수도 있었기 때문이다.

날씨가 조금씩 풀리긴 했지만 땅은 아직도 얼어붙어 있어서 서주군의 포위망 구축 공사는 아주 더디게 진행됐다. 이틀만에야 겨우 일부 구간의 울타리가 세워졌고, 깊이 반 길에 너비 네 자의 참호를 파는 작업도 이제 시작 단계에 불과했다.

하지만 도응은 전혀 조급해하지 않았다. 그는 업성 전장에 남은 고순과 서황, 유엽에게 작업을 너무 서둘거나 빠른 시간 안에 참호를 깊이 파지 말라고 일렀다. 더욱이 장수 3리 안쪽으로는 절대 참호를 파선 안 된다고 신신당부했다.

원담군을 업성 안으로 몰아넣은 지 사흘째 되는 날 오전, 모든 안배를 마친 도응은 5만 주력군을 거느리고 북상 길에 올랐다. 업성을 우회해 평양성(平陽城)에서 장수를 건넌 서주군은 업성에서 80리 떨어진 한단을 공격하기 위해 서둘러 길을 재촉했다. 이때 장기와 견가가 거느린 유주 원군도 각각 조국과 거록 경내로 진입해 며칠이면 한단에 이르는 상황인지라 도응에게는 성을 공격할 시간이 많지 않았다.

한편 서주군이 분병했다는 소식을 들은 원담은 기쁘기도

하고 걱정되기도 했다. 유주 원군이 아직 이르지도 않았는데 서주군을 압박해 업성의 압력이 경감된 점은 다행이나 혹시나 원군에게 실수가 생기는 날에는 자신이 고립무원에 처할 수 있었기 때문이다.

이에 원담은 곽도의 건의를 받아들여 저곡과 장기, 견가에게 각기 연락을 취했다. 저곡에게는 성을 굳게 지키며 원군이 도착할 때까지 시간을 끌라고 명하고, 장기와 견가에게는 평향(平鄉)에서 회합한 후 함께 남하해 적군에게 각개격파의 기회를 주지 말라고 일렀다.

이밖에 장기와 견가가 한 번도 상대해 본 적 없는 군자군의 전술적 특징을 상세히 설명하고, 절대 일기토에 응하거나 달아나는 적의 뒤를 쫓지 말라고 경고했다. 군자군의 기괴한 전술은 유주 정예인 오환돌기와 그야말로 상극이었기 때문에 원담으로서도 신중을 기하지 않을 수 없었다.

* * *

한단으로 북상하던 도중, 도응은 기주 토박이 순심에게 한단의 상황에 대해 물었다. 순심이 대답했다.

"한단은 업성에 미치지는 못하지만 남피(南皮), 영도(廮陶), 하간(河間) 등 여타 기주 요지에 결코 뒤지지 않는 성지입니다. 성 방어가 자못 견고해 한단을 지키는 저곡이 성문을 꽁꽁 걸어 잠그고 나와 싸우지 않는다면 아무래도 쉽게 취하기 어려울 듯합니다."

도웅 역시 정상적이라면 이 상황에서 저곡이 함부로 성을 나올 리 없다고 여기고, 곰곰이 생각에 잠겨 있다가 물었다.

"장패 대오는 어디까지 진격했소?"

이번에는 가후가 대답했다.

"지금쯤 신도(信都)를 취했을 겁니다. 장패가 신도와 영도를 점령해 원담의 남북 연결로를 끊으라는 명을 받았으나 대설로 양초 보급에 어려움을 겪었고, 또 광천(廣川)을 공격할 때 완강한 저항에 부딪혀 적지 않은 시간을 허비했습니다. 게다가 청하군을 빌리는 문제로 원상과 분쟁이 일어나 퇴로가 끊기지 않게 수현(修縣)을 방비해야 하는 관계로 장기의 남하로인 영도까지는 아직 진격하지 못한 게 분명합니다."

장패가 장기의 남하를 저지해 시간을 끌어주길 바랐던 도웅은 아쉬운 마음에 한숨을 내쉬었다. 하지만 이내 스스로를 위로하며 말했다.

"그래도 온전히 군사력을 보존해 제멋대로 날뛰는 원상을 막는다니 다행이구려."

"장패가 장기를 저지해 주길 바란 건 혹시 그 사이 한단에 강공을 퍼붓기 위함입니까?"

순심이 넌지시 던진 질문에 도응이 고개를 끄덕거리자, 순심은 미소를 지으며 말했다.

"그렇다면 걱정 마십시오. 아군이 신속히 한단을 취할 방법이 전혀 없지는 않으니까요."

"성을 무너뜨릴 묘계가 있단 말이오?"

도응의 다급한 물음에 순심이 차분하게 대꾸했다.

"저곡은 원상의 심복인 조국상(相) 조독(趙犢)을 죽이고 강제로 조국의 군대를 흡수해 한단성 안의 원상과 조독 부하들은 마음으로 복종했을 리 없습니다. 따라서 성을 공격하기 전에 전서를 날려 저곡에게 반기를 들고 조독의 복수에 나서라고 호소하십시오. 그러면 저들은 필시 성안에서 반란을 일으키고 아군에게 호응할 것입니다."

지난번 원담과 고간 사이를 이간하라는 순심의 계책이 전혀 효과를 보지 못한 탓에 도응은 잠시 망설이는 기색을 보였다. 하지만 지금으로서는 달리 뾰족한 방도가 없었기 때문에 도응은 다시 한 번 이를 시도해 보기로 결정했다.

꼬박 하루가 걸려 서주군이 한단성 아래에 이르렀을 때, 척후병이 뜻밖의 희소식을 가지고 왔다. 연전의 갑작스러운 맹추위로 인해 꽁꽁 얼어붙은 한단성 해자의 물이 아직도 풀리지 않아 성 아래까지 곧장 다가갈 수 있다는 것이었다. 도응은 이 소식을 듣고 크게 기뻐 밤을 새워서라도 공성 무기를 다량 제작하라고 명했다. 시간이 촉박해 벽력거를 준비할 수 없다는 점이 아쉬웠지만 이를 기다릴 여유는 없었다. 또 순심의 계책에 따라 한밤중에 성안으로 대량의 전서를 날려 원상 부하들에게 반란을 일으키고 성문을 열어 서주군을 맞이하라고 호소했다.

이밖에도 우수수(牛首水)가 서한(西漢) 시대에 말라 버린 이후, 한단 주변에는 방어막이 될 만한 대형 하류가 없어 사방이 탁 트인 관계로 공격 측인 서주군에게 매우 유리하게 작용했다. 이런 이유 때문에 도응은 속임수를 쓰느라 시간을 낭비할 필요 없이 그날로 전군에 영을 내려 하루 안에 반드시 성을 공파하라고 요구했다.

이튿날, 서주군은 한단성에 맹렬한 공격을 퍼붓기 시작했다. 저곡으로서는 서주군이 영채를 차리고 공성 무기를 충분히 준비한 후 진공에 나설 것이라는 생각에 며칠 정도 여유가 있으리라 여겼는데, 전장에 도착한 다음 날, 동이 트기도 전에 공격을 발동하자 적잖이 당황해 서둘러 응전에 나섰다.

조금만 늦어도 기회가 사라질세라 도응은 처음부터 대단위 병력을 투입해 한단성 사대문을 동시에 공격했다. 천 명 단위로 이루어진 보병은 당거를 끌고 전진해 교대로 성문을 세게 부딪쳤고, 비교를 멘 사병들은 함성을 지르며 돌격해 성벽에 비교를 착착 걸치고서 비 오듯 쏟아지는 화살과 돌을 무릅쓰고 성을 기어올랐다.

하지만 만만하게 생각했던 한단 수비군의 저항은 의외로 거셌다. 고지를 선점한 이들은 화살과 바윗덩이, 회병, 나무토막 등을 쉴 새 없이 쏟아부으며 몇 차례나 서주군의 공격을 물리쳤다. 아침부터 정오까지 끊임없이 이어진 공격에도 불구하고 서주군은 수많은 사상자만 날 뿐 전혀 성안으로 진입하지 못했다.

정오가 돼 태양이 높은 곳에 걸렸지만 해자 빙판에는 서주군의 시체가 가득 널렸다. 오늘이 지나면 기회가 없다고 여긴 도응은 이를 악물고 한단성 남문 밖의 150보 떨어진 곳에 임시 누대를 세운 뒤, 한쪽에는 소가죽으로 된 큰북을 달고, 그 옆에는 장수기를 세워놓으라고 명했다. 이는 자신이 직접 누대 위로 올라가 북을 울려 장사들의 사기를 북돋우기 위해서였다.

서주 관원들은 이를 듣고 깜짝 놀라 단호히 반대했지만 이미 결심을 굳힌 도응은 칼을 뽑아들고 큰 소리로 사람들을 물리쳤다. 가후 등은 어찌할 수 없어 마충에게 호위대를 이끌고 함께 올라가 방패로 도응을 보호하라고 명할 뿐이었다.

어찌 됐든 도응의 이 미친 짓은 기적 같은 효과를 보였다.

주군이 몸소 적진 앞에서 북을 울리자, 사기가 크게 떨어진 서주 장사들은 갑자기 힘을 발휘해 함성을 지르며 맹렬한 기세로 한단성을 향해 돌격했다.

저곡은 성루에서 어안이 벙벙한 표정으로 이를 바라보고 있다가 다급히 소리를 질렀다.

"궁노수는 화살을 발사하라! 지금이야말로 도응을 죽일 절호의 기회다! 빨리, 빨리 화살을 쏴라!"

저곡의 명이 떨어지기 무섭게 궁노수들은 강궁을 들고 일제히 도응을 조준해 집중포화를 퍼부었다. 평범한 활로는 150보 거리의 적을 맞히기 쉽지 않지만 강궁은 그 정도 거리쯤은 쉽게 날아갔다.

그리하여 순식간에 온 하늘을 뒤덮을 기세로 우전이 도응이 있는 임시 누대로 날아들었다. 마충 등이 들고 있는 긴 방패에서는 콩을 볶듯 요란한 소리가 울려댔고, 화살 몇 발은 도응의 정수리 위를 아슬아슬하게 스쳐 지나기까지 했다.

도응이 임시 누대에 올라 화살받이를 자처하고 적의 시선을 한 몸에 받은 덕에 맹렬히 공세를 취하던 서주군도 마침내 하나둘씩 성벽 위로 오르기 시작했다. 최초로 성벽에 오른 서주 사병이 비록 적의 창칼에 난도질을 당했지만 죽기 전 적병 둘을 쓰러뜨려 뒤따르는 동료에게 성벽 위로 튀어오를 공간을 열어주었다. 그리고 그 뒤를 잇는 병사들도 마찬가지로 동료들이 더 많이 성벽에 오를 수 있도록 기꺼이 자신을 희생했다.

서주군의 공세가 점점 더 거세지고 몇몇 성가퀴가 이미 적에게 돌파당해 서주군 수십 명이 성벽 위로 뛰어오르자, 그동안 잘 버티던 수비군도 종내 당황하기 시작했다. 죽음을 두려워한 일부 병사가 뒤로 후퇴하다가 독전대에게 가로막혀 다시 앞으로 나갔지만 한쪽을 막으면 또 다른 무리가 달아나니 이미 크게 흔들린 군심을 막기에 역부족이었다.

전황이 여의치 않게 돌아가자 저곡은 당장 성벽으로 달려가 군사들을 독려하고자 했다. 그런데 그가 친병대를 이끌고 성루에서 내려왔을 때, 여기저기서 병사들의 아우성이 터져 나왔다.

"불이야! 성안에서 불이 났다!"

저곡이 대경실색해 성 안쪽으로 고개를 돌려보니, 정말로 거리 곳곳에서 거센 불길이 타오르고 짙은 연기가 하늘로 치솟고 있었다. 순간 저곡은 사색이 된 얼굴로 중얼거렸다.

"큰일 났군. 원상 역적 놈의 잔당이 반란을 일으킨 게 분명해."

저곡의 생각은 절반만 맞고 절반은 틀렸다. 성안에서 먼저 불을 지른 자들은 조국상 조독의 옛 수하들이 맞지만 원씨 형제의 가혹한 세금 징수에 불만이 팽배했던 백성들이 여기에 가세하면서 불길은 걷잡을 수 없이 번졌다.

저곡이 반란을 진압하려고 서둘러 병사들을 보냈지만 짙은 연기에 수비군의 사기는 또 한 번 큰 타격을 입었다. 반대로 사기가 크게 오른 서주군은 적군이 혼란에 빠진 틈을 타 꼬리에 꼬리를 물고 성벽 위로 기어올랐다. 눈이 시뻘개져 마구 무기를 휘두르는 서주군의 공세에 수비군은 싸울 마음을 잃고 잇달아 패퇴하기 시작했다.

성 위의 서주군 숫자가 점점 더 많아지면서 전투력 우위도 확연히 드러나기 시작했다. 수비군의 저항에 억눌려 있던 서주군은 분노가 폭발해 닥치는 대로 적을 베고 찔렀다. 성 위로 오른 서주군 숫자는 어느새 수비군의 절반에 달해 앞으로 밀어붙이자, 처절한 비명이 성벽에서 끊임없이 메아리쳤고 수비군 장사들은 앞다퉈 성안으로 도망치기 바빴다.

전세가 서주군 쪽으로 확연히 기울 때쯤, 한단성 남문 쪽에서 경천동지할 환호성이 울리며 굳게 닫혀 있던 성문이 천천히 열렸다. 알고 보니 남문을 지키던 장수가 전세가 기운 것을 보고 성문을 열어 서주군을 맞아들였던 것이다.

성문이 열리고 군사들이 벌 떼처럼 성안으로 쇄도해 들어가자, 도응은 그제야 손에 들고 있던 북채를 던지고 우전으로 가득한 바닥에 털썩 주저앉아 가쁜 숨을 몰아쉬었다. 도응을 호위하느라 몸에 부상을 입은 마충은 혹시 도응에게 실수가 있을까 우려해 자신의 상처도 돌보지 않은 채 도응을 부축하고 안전한 곳으로 옮겼다.

남문을 통해 물밀듯이 밀려드는 서주군의 공세에 저항하는 수비군은 얼마 되지 않았고, 대부분은 스스로 조국상의 부하라고 칭하며 무기를 버리고 투항했다.

저곡은 성을 더 이상 지킬 수 없게 되자 호위병을 이끌고 북문으로 재빨리 도망쳤다. 하지만 얼마 가지 못해 북문 공격을 책임지던 조운과 맞닥뜨렸다. 저곡은 포위를 뚫으려고 조운에게 달려들었으나 단 삼 합 만에 전마가 고꾸라지며 바닥으로 굴러 떨어졌다. 조운은 창으로 저곡의 가슴을 가리키며 소리쳤다.

"예전의 동료였던 정을 생각해 기회를 한 번 주겠다. 항복하겠느냐?"

번뜩이는 창끝을 절망적인 눈으로 바라보던 저곡은 힘겹게 몸을 일으켜 바닥에 앉았다. 그는 잠시 주저하다가 고개를 떨어뜨리고 힘없이 대답했다.

"내, 투항하겠소."

조운이 저곡을 도응 앞으로 끌고 왔을 때, 한단 전투는 이미 마무리 단계로 접어들었다. 서주군은 활짝 열린 사대문 안으로 진입해 잔적을 소탕하는 한편, 성내의 식량 창고와 무기고, 관아 등 주요 시설들을 점거했다. 그리고 진웅 등 서주 문관들은 미리 방문(榜文)을 써두었다가 전투가 끝나길 기다려 성안 거리 곳곳에 붙이고 민심을 신속히 안정시켰다.

전투가 거의 끝나가는 것을 확인한 도응은 압송돼 온 저곡의 밧줄을 손수 풀어주고 좋은 말로 위로한 뒤 함박웃음을 지으며 말했다.

"저 장군이 기꺼이 내게 투항했으니 응은 기주를 얻은 바나 진배없소이다. 이렇게 합시다. 일찍이 악부께서 장군의 선친과 장군을 분위장군(奮威將軍)에 임명했으니, 나 역시 장군을 분위장군에 봉해 선친의 직함을 잇도록 하리다. 후일 공로를 세운다면 당연히 더 큰 봉작을 내리겠소."

"감사합니다, 주… 공……."

도응에 대한 칭호가 어색했는지 저곡은 겨우 입을 떼고 감사를 표했다. 하지만 곧 자신의 태도가 부적절하다고 여겨 급히 도응 앞에 두 무릎을 꿇고 고두하며 아뢰었다.

"죄인 저곡을 살려주신 주공의 은혜는 만 번 죽어도 다 갚기 어렵습니다. 훗날 반드시 간뇌도지하여 주공의 은혜에 보답하겠습니다!"

"그만 하면 됐소이다. 어서, 어서 일어나시오."

도응은 환한 미소를 띠며 저곡을 친히 일으켜 세운 뒤 말했다.

"장군은 적정에 대해 잘 알 테니 하나만 물읍시다. 오늘 아군이 한단을 함락해 원담과 기주 북부의 연락을 끊었는데, 그대가 보기에 고립무원이 된 원담이 업성을 버리고 달아날 것 같소?"

"그건 저도 잘……."

저곡은 잠시 주저하다가 대답했다.

"원담이 제게 서신을 보내 한단을 굳게 지키며 유주 원군의 남하를 기다리라고 명한 것으로 보아, 한단이 무너졌다 해도 장기와 견가의 부대가 구원해 주길 바라며 업성을 사수할 가능성이 높아 보입니다."

그 사이 저곡을 계속 주시하던 도응은 저곡의 말이 끝나자마자 말했다.

"원담이 업성을 지키든 버리든 상관없소이다. 어쨌든 업성에는 아군의 주력군 5만이 버티고 있는 데다 원담이 과감히 포위를 뚫고 달아나다간 앞뒤로 협공을 당하는 형국에 처할 것이오. 오늘은 고생 많았으니 먼저 돌아가 쉬시오. 다음에 주연을 열어 그대를 성대히 환영하리다. 여봐라, 저 장군을 막사로 안내하고 대접에 소홀함이 없도록 하라."

좌우의 무사들은 명을 받고 저곡을 안내해 밖으로 나갔다. 저곡이 도응에게 사례하고 자리를 뜨자마자 순심이 재빨리 도응 앞으로 다가와 나지막이 말했다.

“주공, 저수와 저곡 부자는 원씨에게 충심이 깊은 자들입니다. 오늘 형세가 급박해 목숨을 부지하려고 부득불 투항한 게 분명합니다. 게다가 저곡은 원상에게 귀순했다가 돌연 반란을 일으켜 원담에게 돌아간 일이 있습니다. 이번에도 똑같은 수법을 쓸지 모르니 함부로 그를 믿지 마십시오.”

하지만 도응은 손사래를 치며 자신 있게 대꾸했다.

“그건 기우에 불과하오. 저곡은 의리를 중시하고 충성심에 불타는 자라 대임을 맡길 만하오. 게다가 내가 은의(恩義)로 그를 대접했으니 설사 딴마음을 품었다 해도 분명 잘못을 뉘우칠 것이오. 참, 우약은 저곡과 교분이 있으니 앞으로 그와 가깝게 지내며 그가 우리 군대에 빨리 적응할 수 있도록 도와주고, 그가 요구하는 바를 내게 직접 보고하시오.”

순심은 순순히 공수하고 명을 받았지만 마음속으로는 도응이 왜 이토록 저곡을 중용하는지 몰라 답답하기 이를 데 없었다.

도응이 순심의 속마음을 읽었는지 가후 쪽으로 고개를 돌려 물었다.

“문화 선생이 보기에 저곡은 어떠하오?”

“인중지룡(人中之龍)입지요. 크게 쓸 만한 재목입니다.”

가후는 화답하듯 미소를 지고 대답한 뒤 한마디 더 덧붙였다.

"주공의 다음 대사를 저곡에게 맡기심이 옳다고 사료됩니다."

가후까지 실실 웃으며 도응에게 부화뇌동하는 태도를 보이자, 순심은 은근히 부아가 치밀어 말을 꺼내진 못하고 속으로 불만을 토로했다.

'대체 무슨 꿍꿍이란 말인가? 저곡 같은 자는 절대 진심으로 귀순할 리 없는데, 뭐, 크게 쓸 만한 재목이라고? 내 말을 듣지 않았다가 크게 후회할 날이 올 것이오!'

저곡이 진심으로 투항했든 아니든, 강추위로 해자의 물이 풀리지 않은 기회를 이용해 속전속결로 한단성을 취한 서주군은 유주 원군이 당도하기까지 충분히 휴식을 취할 시간을 벌었을 뿐 아니라 업성과 기주 내지의 연락을 차단할 근거지를 마련하는 데 성공했다. 또한 도응은 적군의 움직임에 신속히 대응할 수 있도록 한단성에 3천 군사만 남겨둔 채 나머지 군사를 모두 성 밖에 주둔시켰다.

이때 도응에게 기쁜 소식이 잇달아 전해졌다. 한단 주변의 무안(武安)과 역양(易陽) 두 현이 자발적으로 투항해 왔고, 부근 백성들은 단사호장(簞食壺漿)으로 왕의 군대를 맞이하듯 서주군을 열렬히 환영했다. 백성들이 원담, 원상 형제의 가렴주구를 성토하며 서주군이 빨리 반란을 진압하고 기주를 평정해 주길 청하자, 도응은 그 자리에서 새로 부속된 모든 기주 군현의 부세와 징병을 1년간 면제하라고 선포했다. 백성들은 감격스럽기 그지없어 바닥에 엎드려 머리를 조아리며 감사를 표시했다.

한편 도응은 저곡의 마음을 사기 위해서도 세심한 노력을 기울였다. 이제 막 귀순한 그가 마음대로 영지를 다니도록 허락하고, 이틀에 한 번은 소연(小宴)을, 사흘에 한 번은 대연(大宴)을 베풀었으며, 이런저런 명목으로 때마다 많은 금은보화를 선물했다. 대우가 어찌나 융숭했는지 예전 조운과 위연, 서황 등이 투항했을 때와는 비교가 되지 않았다.

한번은 밤중에 연회가 파했을 때 날씨가 갑자기 추워진 적이 있었다. 저곡의 옷이 얇은 것을 본 도응은 자신이 입고 있던 금포(錦袍)를 벗어 손수 저곡에게 입혀주기까지 했다. 저곡은 이에 감격해 눈물을 글썽거렸다.

이에 대해 서주 관원들은 당연히 불만이 많았지만 지금까지 도응이 한 번도 사람을 잘못 본 적이 없었기에 어떤 원망이나 불평도 늘어놓지 않았다. 오직 양굉 혼자만 성을 하루만에 함락당한 저곡이 무에 대단해 상을 내리고 중용하느냐며, 도응의 눈이 멀어 사람을 잘못 보고 있다고 욕하고 다녔다. 도응은 양굉의 불만과 행실을 빤히 알면서도 모른 척한 채, 일부러 그를 불러 성에서 미녀 두 명을 사 저곡의 막사로 보내라고 명했다.

처음에 어정쩡한 태도를 보이던 저곡 역시 도웅에게 충심을 표하기 시작해, 한단 북부 양국성(襄國城)에 서신을 보내 무리를 이끌고 투항하라고 권유했다. 또 시간이 날 때마다 서주 영지를 두루 돌아다니며 각 영채를 방문해 뭇 장수들과도 친밀한 관계를 맺으려 노력했다. 도웅은 이런 점에 대해 큰 만족감을 드러내며 저곡을 날로 더 신임했다.

물론 도웅이 저곡의 진정한 의중을 알았다면 분명 자신의 호의를 악의로 받아들였으며 길길이 날뛰고 욕을 퍼부었을 것이다. 왜냐하면 저곡은 여전히 원씨 부자에 대한 충심이 깊을 뿐 아니라 부친 저수로부터 도웅의 됨됨이에 대해 귀에 박히게 들어온 자이기 때문이다. 그래서 처음부터 저곡은 도웅에게 귀순할 마음이 눈곱만치도 없었고 자나 깨나 원담 휘하로 돌아갈 마음뿐이었다. 게다가 그는 도웅의 신임을 얻은 기회를 틈타 도웅을 제거할 위험한 생각까지 품고 있었다.

일각이 여삼추 같은 저곡에게 마침내 기회가 찾아왔다. 한단 전투가 끝난 지 열두 날이 지났을 무렵, 유주자사 장기의 주력군과 대군의 견가 부대가 거록군 평향현에서 회합한 뒤 기주 북부의 일부 군현에서 파견한 원군까지 합해 도합 4만 군대가 서서히 한단으로 진격해 들어왔다. 2월 초사흘 날, 한단 전장에 도착한 이들은 서주 대영 북쪽 20리 지점에 영채를 차리고 전쟁 준비에 돌입했다.

서주 군영에서 유주 원군이 당도했다는 소식을 들은 저곡은 속으로 옳거니 쾌재를 불렀다. 그는 자기 계획을 실행에 옮기기 위해 곧장 중군 막사로 달려가 도응을 만나고자 했다. 그런데 저곡이 바삐 발걸음을 재촉하고 있는데 도응의 호위병이 그의 앞을 떡 가로막았다.

"저 장군, 주공께서 소인을 보내 장군을 침소로 모셔오라고 명하셨습니다."

"뭐? 침소로?"

저곡은 멍한 표정을 짓더니 다급히 물었다.

"주공께서는 중군 막사에 계시지 않느냐?"

호위병은 고개를 가로젓고 대꾸했다.

"아닙니다요. 주공께서는 원래 중군 막사에서 공무를 처리하시다가 유주군이 이르렀다는 보고를 받고 침소로 돌아가 장군과 얘기를 나누겠다고 하셨습니다."

"음, 그럼 얼른 길을 안내하게나."

저곡은 서둘러 호위병에게 분부를 내리고 맘속으로 환한 웃음을 지으며 중얼거렸다.

'어쩐지 도응 놈이 그동안 날 환대한 데는 다 이유가 있었군. 이번 전쟁에 날 써먹을 요량이었던 거야. 좋다, 내 장계취계로 응수해 주마. 침소 위치까지 알려준 경솔한 짓을 꼭 후

회하게 만들고 말 테다!'

저곡은 호위병의 안내를 받아 서주 대영 안에서 경비가 가장 삼엄한 도응의 침소로 향했다. 막사 안으로 들어가 보니 도응은 침상에 걸터앉아 책을 읽고 있었고, 곁에는 마충 홀로 시립해 있었다. 저곡은 급히 예를 갖추고 아뢰었다.

"말장 저곡, 명을 받들어 주공을 뵈러 왔습니다."

"어, 저 장군, 얼른 이리 와 앉으시오."

도응은 살갑게 저곡을 맞으며 자리로 안내한 뒤 문발을 내리라고 명하고서야 미소를 짓고 말했다.

"그래, 그간 아군 군영에서 지내면서 불편한 점은 없었소?"

"전혀 불편하지 않습니다. 주공께서 많이 배려해 주신 덕분에 아주 편안히 지내고 있습니다. 이 몸이 가루가 된다 한들 주공의 대은을 어찌 다 갚겠습니까?"

"하하, 본의 아니게 칭찬을 듣자고 물어본 꼴이 됐구려."

호탕하게 웃음을 터뜨린 도응은 갑자기 정색하고 물었다.

"내 기억이 틀리지 않다면 장군의 숙부 저종(沮宗) 일가가 광평현(廣平縣) 계택(鷄澤)에 모여 사는 것으로 아는데? 아군의 보호를 받아 잠시 전란을 피하도록 가까운 이곳으로 왜 모시지 않았소?"

저곡은 머리를 숙이고 대답했다.

"솔직히 말씀드리면 이미 사람을 보냈었습니다. 하지만 숙부가 고향을 떠나기 싫다고 고집을 부리는 통에 저로서도 어찌할 수 없었습니다."

"아, 그런 사정이 있었구려. 내 미처 몰랐소이다."

도응은 무릎을 치더니 걱정스러운 투로 말했다.

"미리 그대에게 물어볼 걸 그랬소. 난 그것도 모르고 며칠 전 그대 숙부를 모셔오라고 광평에 사람을 보냈잖소?"

"네? 주공도 광평에 사람을 보냈다고요?"

쓴웃음을 지은 도응은 이내 저곡을 위로하며 말했다.

"하지만 마음 놓으시오. 내가 보낸 자들은 다 심복들이라 저종 일가가 고향을 떠나지 않겠다고 해서 절대 그들을 난처하게 하거나 '해치진' 않을 것이오."

고의든 고의가 아니든, 도응이 해친다는 말을 강조하자 저곡은 맘속으로 깜짝 놀랐다. 하지만 감히 화를 낼 순 없어 그저 억지웃음을 지으며 고개를 끄덕일 뿐이었다. 이어 도응이 계속 말을 이었다.

"참, 좋은 소식이 한 가지 더 있소. 허도에서 전사한 그대 부친의 무덤이 마침 허도에 있더구려. 내 이미 수하들을 시켜 영존(令尊)의 무덤을 엄중히 보호하고 제후의 예로 다시 수리하라고 명해놓았소. 그러니 기주 전쟁이 끝나는 대로 허도로 돌아가 제사를 올리시오."

'과연 간적이로다. 내 부친의 무덤과 숙부 일가로 날 위협하

면서도 정말 말 한 번 번지르르하게 내뱉는구나!'

저곡은 속으로 욕을 했지만 얼굴에는 노색을 전혀 드러내지 않았다. 그는 얼른 자리에서 일어나 도웅에게 절하고 짐짓 눈물을 뿌리며 감사해했다.

"말장을 위해 이토록 세심히 신경 써주신 주공의 은택을 어찌 다 갚겠습니까!"

그런데 도웅이 이번에는 친히 저곡을 일으켜 세우지 않고 갑자기 목소리를 높여 크게 외쳤다.

"저곡은 명을 받으라. 오늘 부로 그대를 유주자사 겸 중도후(中都侯)에 봉하고 식읍 3백 호를 내리노라!"

"네?"

저곡은 뜬금없는 명에 화들짝 놀라 벌린 입을 다물지 못했다. 그러더니 이내 자세를 고치고 정중히 아뢰었다.

"이처럼 분수에 넘치는 직책은 절대 받을 수 없습니다."

"내 얘길 끝까지 들어보시오."

도웅은 손을 절레절레 흔들고 설명을 이어나갔다.

"이 봉작은 그대가 날 위해 한 가지 임무를 수행한 후 내릴 것이오. 즉 이 임무를 완수해야만 비로소 봉작을 받을 자격이 생긴다는 말이오."

"분부가 있다면 개의치 말고 명을 내려주십시오. 주공의 하해 같은 은혜를 갚을 수만 있다면 펄펄 끓는 기름 속에라도 기꺼이 뛰어들겠습니다!"

저곡은 급히 공수하고 대답하며 마음속으로 흥분과 기대가 한꺼번에 몰려왔다. 왜냐하면 지금의 형세상 자신에게 어떤 명을 내릴지 감을 잡았기 때문이다.

"그대의 임무는… 장기 군중으로 가 거짓 투항하는 것이오."

아니나 다를까, 도응의 명은 저곡의 예상을 한 치도 벗어나지 않았다.

"그대는 기주의 옛 부하 20여 명을 이끌고 장기 영채로 가 이렇게 말하시오. 상황이 어쩔 수 없어 부득이하게 내게 투항했는데 내가 그대를 신임하지 않고 작은 상조차 내리지 않아 기회를 엿봐 서주 군영을 빠져나왔으니, 하루라도 빨리 원담에게 돌아가고 싶다고 말이오. 그리하여 장기의 신임을 얻고 중용되기만 하면 되오. 이 임무를 능히 맡을 수 있겠소?"

저곡은 막사가 떠나가라 쩌렁쩌렁 대답했다.

"말장, 주공의 명을 받아 이 임무를 수행하겠나이다! 그리고 제 부친과 장기는 오랜 동료 사이이자 교분이 매우 두터웠습니다. 저도 장기를 잘 알아 이번에 거짓 투항한다면 틀림없이 그를 속일 수 있습니다."

도응은 진중하게 고개를 끄덕인 뒤 목소리를 낮춰 일렀다.

"장기의 유주 병마는 먼 길을 달려오느라 몹시 지쳐 있는 관계로, 충분히 휴식을 취한 아군은 내일 아침 장기 영채로 달려가 싸움을 걸 것이오. 장기가 출전한다면 결전을 벌여 승부를 보고, 출전하지 않는다면 영채가 아직 안정되지 않은 틈을 타 총공격을 퍼부을 생각이오. 이때 아군의 피해를 최소화하고 단번에 장기를 격파하기 위해 장군이 먼저 손을 좀 써줬으면 하오."

그러고는 도응이 마충에게 눈짓을 보내자 마충이 즉각 기다란 목갑을 가지고 왔다. 도응은 목갑을 가리키며 말을 이었다.

"이 목갑 안에는 비수 한 자루와 우전 한 개가 있는데, 모두 극독이 발라져 있어서 스치기만 해도 바로 저승행이오. 내일 전투가 발발해 장기가 그대를 대동해 출전한다면 기회를 엿보다가 이 비수와 우전으로 장기를 죽이시오. 혹시 장기가 그대를 대영에 머물게 한다면 함께 데려간 군사들과 영채에 불을 질러 장기군의 군심을 어지럽히시오. 일이 성사된 후 장기의 군대는 곧 그대의 군대요, 장기의 직책은 곧 그대의 직책이 될 것이오!"

도응은 여기까지 말하고 저곡을 바로 응시하며 물었다.

"음, 그런데 숙부나 다름없는 장기에게 손을 쓸 수 있겠소?"

저곡은 머리를 조아리며 대답했다.

"염려 마십시오. 말장이 장기를 숙부로 존대하나 공은 공이

고 사는 사입니다. 곡이 이미 주공의 신하로 후한 은혜를 입었는데 어찌 공사를 혼동해 주공의 대사를 망치겠습니까? 말장이 손가락을 깨물어 반드시 장기의 수급을 베 주공께 바치겠다고 맹서하겠습니다!"

이어 저곡은 왼손 엄지손가락을 힘껏 깨물고 뚝뚝 떨어지는 피를 보이며 도응에게 맹세를 표했다. 도응은 이를 보고 크게 기뻐하며 재빨리 자리에서 일어나 공수하고 말했다.

"이로써 모든 일은 장군의 손에 달렸소이다. 아군이 이번 전투에서 장기의 유주군을 대파한다면 하북 전쟁을 적어도 1년 이상 앞당길 수 있을뿐더러 도탄에 빠진 백성의 피해를 최소화할 수 있소. 그리고 이는 모두 장군의 공이외다!"

저곡은 독검과 독화살이 담긴 목갑을 휴대하고 원담군 포로 20여 명을 데리고서 장기에게 거짓 항복하기 위해 서주 대영을 나섰다. 친히 저곡을 전송하던 도응은 또다시 은근슬쩍 저종 일가와 저수의 무덤 얘기를 꺼냈다. 저곡은 이것이 도응의 위협임을 알고 부아가 치밀어 독검과 독화살로 당장 도응을 죽여 버리고픈 마음이 굴뚝같았다. 하지만 이를 실행에 옮길 수 없었기에 속으로 중얼거렸다.

'도응 이 간적 놈아, 조금만 기다려라. 내 금방 좋은 소식을 가져오고 말 테다!'

*　　*　　*

순심은 각 군영을 다니며 군사들을 독려하다가 저곡이 장기 진영으로 떠났다는 소식을 듣고 크게 놀라 도응을 만나러 재빨리 중군 대영으로 향했다. 막사로 들어서니 도응은 지도를 펴놓고 가후와 두런두런 얘기를 나누고 있었다. 순심은 다급한 마음에 예를 행하지도 않고 도응 앞으로 달려가 물었다.

"저곡이 사병들을 이끌고 영채를 나갔다던데, 사실입니까?"

도응은 별일 아니라는 듯 순심을 힐끔 쳐다보고 대답했다.

"그렇소. 장기에게 거짓 투항하라고 내 저곡을 보냈소이다. 여기에 독검과 독화살을 주었으니 내일 진중에서 장기를 암살해 적군 대파에 큰 공을 세울 것이오."

"헉!"

순심은 저도 모르게 비명을 지르고 안타까운 표정을 지으며 발을 동동 굴렀다.

"주공처럼 영명하신 분이 왜 이토록 어리석은 일을 벌였습니까? 저수 부자가 원씨에 대해 얼마나 충심이 깊은지 귀가 닳도록 말씀드렸잖습니까? 그런데 지금 저곡을 장기에게 거짓 투항하라고 보내다니요? 저곡은 이 기회에 옳다구나 하고 원담에게 돌아갈 것입니다."

"설마 그럴 리가요?"

도응은 가볍게 웃음을 짓고 대꾸했다.

"내 저곡에게 후한 은혜를 베풀었는데, 그가 어찌 배은망덕하고 은혜를 원수로 갚는단 말이오?"

순심은 답답한 듯 가슴을 치며 말을 잇지 못했다. 그는 잠시 흥분을 가라앉힌 뒤 조곤조곤 아뢰었다.

"제가 목을 걸고 보증합니다. 저곡은 장기 군중에 당도한 후 모든 사실을 밝히고 어쩌면… 어쩌면……."

"왜 말을 못하시오? 어쩌면 장기를 부추겨 한밤중에 아군 영지를 기습할지 모른다는 말을 하려던 참 아니었소?"

도응은 회심의 미소를 띠고 설명을 이어갔다.

"저곡이 요 보름 동안 아군 영지 곳곳을 활보해 병력이나 초소 배치, 양초와 무기 쌓아둔 곳을 똑똑히 파악했을 것이오. 게다가 오늘은 아예 내 침소 위치까지 알려줬으니, 저곡이 장기에게 아군 영채를 기습하라고 권하지 않는다면 그동안 아군 영지에 머문 것이 모두 허사가 되지 않소?"

"그럼 주공은 이를 미리 다 알고……."

순심은 자신을 감쪽같이 속인 도응이 얄밉기도 하고, 이를 전혀 눈치채지 못한 스스로가 부끄럽기도 했다. 그는 얼굴에서 미소가 떠나지 않는 도응과 가후를 향해 옷깃을 여미고 정중하게 예를 갖춘 뒤 진심으로 심복해 아뢰었다.

"주공과 군사의 심모원려(深謀遠慮)를 제가 어찌 감히 따라 가겠습니까? 아군에게 있어서 저곡은 확실히 인중지룡이요, 크게 쓸 만한 재목입니다. 소신, 그저 탄복할 따름입니다."

第四章

한단을 기습하다

"네놈이 무슨 낯짝으로 날 보러 왔느냐!"

큰 소리로 호통을 친 장기는 자기 앞에 꿇어앉은 저곡의 가슴을 발로 세게 걷어찼다. 그러고도 분이 풀리지 않았는지 손을 들어 저곡의 뺨을 후려치고 씩씩거리며 노호했다.

"돌아가신 네 부친은 물론 양대 주공에게 부끄럽지도 않단 말이냐? 한단 같은 견고한 성을 하루가 안 돼 잃은 것도 모자라 뻔뻔하게 도웅 놈에게 투항을 해? 지하에 있는 네 부친이 통곡할 일이로다!"

"숙부……."

저곡이 제자리로 돌아와 앉고 신음을 하며 겨우 입을 뗐는데, 장기는 아예 그의 말을 자르고 버럭 소리쳤다.

"입 닥쳐라! 내게 너 같은 조카는 없다! 내 조카는 한단에서 이미 도응 손에 죽었다! 여봐라, 속히 중군에 저 감군의 위패를 설치해라. 저공 영전에 내 손으로 이 불효자 놈의 목을 바칠 것이다!"

저곡 역시 몸부림을 치며 소리를 질러댔다.

"숙부가 이 조카를 죽인다 해도 후회는 없습니다. 하지만 그전에 제 말을 끝까지 한 번 들어주십시오!"

이때 원담이 장기에게 연락을 취하러 유주로 보낸 음기가 끼어들어 권유했다.

"저곡이 제 발로 장군 영중을 찾아와 마음만 먹으면 언제든지 죽일 수 있으니, 일단 그의 말을 들어 보기로 합시다."

유주 대장인 염유(閻柔), 왕문(王門), 미돈(尾敦), 선우은(鮮于銀) 및 대군 대장 견가, 해준(解俊)까지 잇달아 저곡에게 기회를 한 번 주라고 간청하자, 장기도 어쩔 수 없이 흥, 하고 코웃음을 친 뒤 소리쳤다.

"좋다. 말해 보아라!"

"감사합니다, 숙부."

고개를 조아려 감사를 표한 저곡은 입가의 피를 닦으며 얘기를 시작했다. 서주군의 맹공으로 한단이 점령되고, 달아나

다가 조운에게 사로잡히게 된 과정을 상세히 설명한 저곡은 눈물을 흘리며 흐느꼈다.

"하지만 조카는 절대 부귀영화를 탐해 도웅에게 투항한 것이 아닙니다. 어떻게든 목숨을 보전해 주공께 돌아가 죄를 청하기 위해서였습니다. 제가 만약 부귀영화를 탐하는 마음을 먹었다면 죽어서 구천으로 가 무슨 면목으로 부친을 뵌단 말입니까!"

저수 부자의 충심에 대해 믿어 의심치 않았던 장기는 저곡의 눈물을 보고 다소간 화가 누그러져 계속 얘기해 보라고 일렀다.

저곡은 눈물을 닦고 말을 이어나갔다.

"조카가 투항을 표시한 후 도웅은 날마다 연회를 베풀고 중상을 내리는 등 저를 구슬리기 위해 갖은 노력을 기울였습니다. 처음에 전 더 많은 기주 장사의 마음을 사려고 일부러 도웅이 조카를 후대하는 줄로만 알았습니다. 그런데 오늘 비로소 도웅의 진짜 의도가 무엇인지 깨닫게 되었습니다. 그는 악독하게도 조카를 이용해 숙부를 살해하고, 그 틈을 타 유주 원군을 단숨에 격파하려 했던 것입니다!"

저곡은 울먹이며 도웅이 자신에게 장기를 척살하라고 명한 과정을 실토한 뒤, 독을 바른 칼과 화살을 꺼내 보이며 비장한 어조로 말했다.

"조카가 도응의 요구에 응한 것은 다른 뜻이 있어서가 아닙니다. 오직 도응의 영채를 속히 나와 숙부의 군중으로 돌아오기 위해서였습니다. 도응이 조카를 후대한 건 사실이나 맹세컨대 단 한 번도 이에 마음이 동한 적이 없으며, 오로지 도응을 갈기갈기 찢어발겨 양대 주공과 수십만 기주 장사를 위해 복수하겠다는 마음뿐입니다! 이 외에는 절대 아무것도 없습니다!"

장기는 저곡이 바친 비수를 만지작거리다가 돌연 비수를 저곡의 얼굴에 들이밀고 소리쳤다.

"항복한 지 반달도 안 된 너에게 이런 엄청난 일을 맡겼다고? 지금처럼 네가 그를 배반하면 그간의 노력이 모두 허사로 돌아가는데 경솔하게 널 보낼 리 있단 말이냐?"

저곡은 장기의 위협에도 꿈쩍하지 않고 대답했다.

"도응 놈이 조카의 숙부 저종 일가를 볼모로 절 협박했습니다. 광평에 사람을 보내 숙부 일가를 전란에서 구해주겠다는 구실을 댔지만 실제로는 그들을 인질로 삼아 조카를 위협하기 위한 것이었죠. 또한 도응은 조카 면전에서 의도적으로 허도에 있는 부친의 묘를 거론했습니다. 그 속뜻이야 순순히 명령에 복종해 숙부를 척살하지 않으면 부친의 묘와 유해를 훼손하겠다는 것 아니겠습니까?"

"정말 간악하기 이를 데 없는 놈이로구나!"

장기가 욕을 내뱉자 저곡이 재빨리 간했다.

"숙부에게 무리한 청이 하나 있습니다. 광평에 군사 몇 명을 보내 제 숙부더러 서둘러 고향을 떠나 유주로 가 도웅의 살해 위협에서 벗어나라고 일러 주시겠습니까?"

장기는 얼굴이 굳어져 곰곰이 생각에 잠기더니 마지못해 고개를 끄덕거렸다. 저곡은 안도의 한숨을 내쉬며 연신 고맙다고 사례한 뒤 말을 이었다.

"숙부, 조카가 죄를 씻기 위해 이미 적을 격파할 계책 하나를 생각해 두었습니다. 저는 서주 대영에 있으면서 서주군 영채의 각 요해처와 심지어 도웅의 침소 위치까지 몰래 기억해 두었습니다. 도웅은 내일 숙부와의 결전에 대비해 오늘 밤 필시 군대에게 휴식을 주며 체력을 보충하라고 명할 터이니, 이때 야음을 틈타 적군 영채를 급습한다면 일거에 대승을 거두고 도웅 간적 놈을 사로잡을 수 있습니다!"

"뭐? 야음을 틈타 영채를 습격하자고?"

장기는 의심스러운 눈초리로 저곡을 노려보며 쏘아붙였다.

"날 서주군 영채로 유인해 모해하려는 수작 아니냐?"

예상치 못한 장기의 의심에 저곡은 기가 막혀 벌린 입을 다물지 못했다. 한참 뒤에야 그는 큰 소리로 억울함을 토로했다.

"숙부, 제가 어찌 감히 그런 불측한 마음을 먹겠습니까? 조카는 오로지 속죄하고픈 일념에 적을 깨뜨릴 계책을 올렸을 뿐입니다!"

"그럼 믿을 만한 증거를 보여 봐라."

"그게……."

당장 내보일 증거가 없어 난처한 표정을 짓던 저곡은 천천히 두 무릎을 꿇고 정중히 진언했다.

"저에게 비단과 붓을 가져다주시면 모든 걸 증명해 보이겠습니다. 서주군 영채의 배치도를 그리고 도응의 침소 위치를 표시한 뒤, 조카가 숙부 앞에서 목을 찔러 자결해 죽음으로써 이를 증명하겠습니다!"

한 치의 거짓도 느껴지지 않는 저곡의 초롱초롱한 눈빛에 장기의 마음도 조금씩 움직이기 시작했다. 이때 호위병 하나가 막사 안으로 뛰어 들어와 장기 앞에 한쪽 무릎을 꿇고 보고했다.

"자사께 아룁니다. 저곡과 함께 온 항병들의 자백을 모두 받아냈습니다. 그들 말로는 도응이 그들에게 저곡의 자사 척살을 도우라고 명해, 기회가 나면 자사를 척살하고 기회가 없다면 아군 군중에 불을 질러 군심을 어지럽히라고 했답니다."

이 보고에 영중의 장수들은 모두 저곡을 믿는 듯한 눈빛을 보였다. 이어 음기가 저곡에게 물었다.

"장 자사가 서주군 대영을 습격하고 나면 도응은 필시 크게 노해 자네 부친의 묘를 훼손해 버릴 것 아닌가?"

저곡은 길게 탄식을 내뱉은 후 고개를 번쩍 들고 당당하게 말했다.

"구천에 계신 부친이 이 일을 아신다면 틀림없이 자식의 불효를 용서할 것입니다. 옛 주공을 위해 기꺼이 목숨을 바친 부친이 소주공을 위해 유해가 훼손된다 한들 어찌 슬퍼하겠습니까! 부친은 분명 옳은 일을 했다며 절 칭찬할 것입니다!"

그러더니 저곡은 장기에게 예를 행하고 큰 소리로 외쳤다.

"숙부, 얼른 필묵을 내주십시오. 서주군 영채의 배치도를 그린 후 목숨을 끊어 속죄함과 동시에 제 결백을 증명해 보이겠습니다!"

장기는 아무 대꾸도 하지 않고 계속 저곡만 응시했다. 한참 뒤 장기의 얼굴에 비로소 웃음이 드러나며 말했다.

"됐다, 그만 일어나라. 오늘 밤 네가 서주군 영채 기습에 길을 안내해야겠다."

"숙부……!"

저곡은 북받쳐 오르는 감정을 억제하기 못해 장기의 다리를 부여잡고 대성통곡하기 시작했다.

"일어나라. 넌 네 부친의 얼굴에 먹칠을 하지 않았다."

장기는 다정하게 저곡의 머리를 쓰다듬으며 부드러운 목소리로 말했다.

"제때 결단을 내린 조독의 일도 옳고, 치욕을 참으며 때를 기다린 이번 일도 옳은 결정이다. 지하에 있는 네 부친이 이 사실을 알면 틀림없이 널 자랑스러워 할 것이다."

장기의 격려에 저곡은 더욱 가슴이 저미고 감정이 격해졌다. 그의 울음소리는 더욱 커져 막사에 가득 울려 퍼졌고, 눈물은 장기의 옷을 흠뻑 적셨다.

이때 오환사마(烏丸司馬) 염유가 슬쩍 끼어들어 물었다.

"자사 대인, 정말로 오늘 밤 적의 영채를 급습할 생각입니까? 아군은 오늘 겨우 한단에 당도해 인마가 모두 지친 상황이라 무리가 아닐 런지요."

장기가 고개를 절레절레 저으며 대답했다.

"물실호기(勿失好機)라 했소. 기회를 놓치면 다시 오지 않는 법이오. 저곡이 도응의 신임을 얻고, 서주 대영의 배치 상황을 잘 알고 있는 지금이야말로 일거에 적을 대파할 절호의 기회요. 내일 진지를 나가 적과 대치할 때 저곡이 손을 쓰지 않는다면 도응은 계획이 탄로 난 걸 알고 영채 방비를 더욱 공고히 할 것이오. 그때가 되면 영채 급습은 고사하고, 이번 전쟁이 언제까지 이어질지 장담할 수 없게 되오."

견가도 장기의 생각에 동조했다.

"저 역시 오늘 밤 적의 영채를 기습하자는 데 찬성합니다. 아군이 먼 길을 달려와 피로한 건 사실이나 전쟁을 오래 끌어선 절대 안 됩니다. 유주에서는 오환 3부(部)와 선비(鮮卑) 부락이 항시 국경을 침범할 기회만 노리고 있는데, 만약 이때 아군의 남하 시간이 길어지면 제 부친이 저들을 당해내지 못할까 염려됩니다. 따라서 속전속결로 이번 전쟁을 마무리 지어야 합니다. 시간을 질질 끌다가 후방에 변고라도 생기는 날에는 돌이킬 수 없는 결과를 초래할지도 모릅니다."

장기는 천천히 고개를 끄덕인 뒤 그 자리에서 즉각 명을 내렸다.

"당장 전군에 전쟁 준비를 서두르라고 일러라. 오늘 밤 이경에 2만 군사를 이끌고 도웅 영채를 습격할 것이다. 견가는 오환돌기를 거느리고 선봉에 서서 적의 중군을 돌파하라. 나는 후군에서 너희를 접응할 것이다. 그리고 염유, 음기, 왕문 등은 나머지 2만 군사로 대영을 지켜라. 다시없는 이 기회를 잡아 일거에 꼭 적군을 대파하자!"

계획이 수립되자 유주군은 즉각 기습 준비에 돌입했다. 불을 피워 밥을 지어 먹고 횃불과 기름을 차곡차곡 준비하며 전마를 배불리 먹이는 한편, 짬을 내 교대로 휴식을 취했다.

저곡도 서둘러 서주 대영 지도를 그리고, 지도에 각 영지 요해처와 도웅의 침소 위치를 표시했다. 견가와 해준은 자세히 표기된 지도를 보고 크게 기뻐 오환돌기의 돌파 능력을 십분 발휘한다면 도웅의 머리를 취하는 건 주머니에서 물건 꺼내는 것만큼 쉽다고 호언장담했다.

또한 저곡이 스스로 길을 안내하겠다고 간청하자, 장기는 그의 부탁을 들어주었다.

초봄의 낮은 비교적 짧아 초경이 절반밖에 지나지 않았음에도 하늘에는 이미 저녁 어스름이 깔리기 시작했다. 밤에는 북풍이 다시 불어오고 달빛조차 비치지 않아 장기군의 기습 작전에 최적의 조건을 제공했다.

마음속으로 쾌재를 부른 장기 등은 이경이 되자마자 군사들은 하무를 입에 물고 말에게는 재갈을 물리라 명하고, 관도를 따라 조용히 서주 대영을 향해 나아갔다.

삼경이 절반쯤 지났을 무렵, 장기군 선후 부대가 잇달아 숨을 죽이고 서주 영채 앞에 이르렀다. 장기와 저곡 등은 서주 영채에 등불이 얼마 밝혀져 있지 않은 것을 보고 적군의 대비가 전혀 없다고 여겨 크게 기뻐했다.

장기의 명이 떨어지자 오환돌기 가운데서 20여 명이 야음을 틈타 몰래 영문 앞까지 침투했다. 몸을 숨기고 기회를 엿보던 이들은 쏜살같이 튀어나가 영문을 지키던 보초병들을 죽이고, 삼밧줄을 영문에 단단히 묶은 뒤 신호를 보냈다. 뒤이어 전마 수십 필이 영문과 이어진 밧줄을 끌어당기자, 거대한 서주군 영문이 쿵 소리를 내며 무너졌다. 선두에 선 견가는 함성을 지르며 4천 오환돌기를 이끌고 활짝 열린 서주 대영 안으로 곧장 쳐들어갔다.

서주 군영 안에서도 경보 징 소리가 울리고 횃불이 어지럽게 움직이며 서주군이 잇달아 달려 나왔다. 하지만 오환돌기는 이에 전혀 아랑곳하지 않고 저곡을 따라 번개처럼 중군 영지로 돌입한 데 이어 벽력같이 함성을 지르며 도웅의 침소를 향해 그대로 진격했다. 한편 장기가 거느린 후군도 이미 서주 영채 안에 난입해 사방에 불을 놓으며 군영을 마구 유린했다.

"도웅을 산 채로 잡아라! 도웅을 잡아 꼭 내 앞에 대령하라!"

선두에 서서 고함을 지른 저곡은 분노로 이글거리는 두 눈을 부릅뜨고 낮에 방문했던 도웅의 침소를 노려보았다. 그런데 도웅의 침소까지 채 30보도 남지 않은 지점에 이르렀을 때, 저곡이 탄 전마가 갑자기 앞발을 들어 올리며 비명을 질러댔다. 저곡이 대체 무슨 일인지 생각할 겨를도 없이 바짝 뒤따르던 견가의 전마가 그대로 저곡의 전마를 들이받았다. 그 충격으로 저곡은 고삐를 놓치고 하늘로 솟구쳤다가 바닥에 곤두박질쳤다.

"아야!"

땅에 떨어진 저곡은 낙하한 충격이 아니라 뾰족한 물체에 찔려 비명을 질렀다. 동시에 뒤쪽의 오환돌기도 바람같이 달려오던 속도를 늦추지 못하고 연이어 앞쪽 동료를 들이받아 비틀거리며 바닥으로 굴러 떨어졌다. 이로써 세차게 돌격하던 기세는 순식간에 사라지고 말발굽에 밟혀 죽는 병사가 속출하며 일대 혼란에 빠졌다.

"대체 무슨 일이지?"

저곡은 마침 오른손에 잡힌 뾰족한 물체를 들고 눈 가까이 가져가 유심히 살펴보았다. 그런데 그것은 바로 날카로운 뿔 네 개가 달린 작은 철구(鐵球)였다. 이 철구는 도응이 낭야 전투에서 원담과 싸울 때 사용한 것이다.

저곡이 철구를 보고 어리둥절해할 때, 서주 대영 양익과 배후에서 돌연 화광이 크게 일어나더니 손에 횃불을 든 서주군이 조수처럼 솟아져 나와 어찌할 바를 몰라 당황하는 유주군을 향해 돌진했다. 뒤이어 도응의 대장기가 바람에 펄럭이는 후영에서는 도응과 가후 등의 득의만만한 웃음소리가 메아리쳤다.

이와 동시에 서주군 영채 밖 어두운 곳 좌우에서 두 부대가 튀어나와 영채 안으로 들어가던 장기 후군의 허리를 끊었고, 먼 곳에서도 일지 군마가 달려오며 장기 대오의 퇴로를 가로막았다.

"적의 계략에 떨어졌단 말인가!"

그제야 상황 판단이 된 저곡은 이를 바득바득 갈며 주먹으로 바닥을 내려쳤다. 몸을 부르르 떨던 저곡의 눈에서는 자기도 모르게 통한의 눈물이 왈칵 쏟아졌다.

하지만 이제 와 후회한들 무슨 소용이 있으랴. 철구 공격에 당해 진영이 어지러워진 오환돌기는 수미의 연결마저 끊어져 자신들의 장점을 전혀 발휘하지 못한 채 각자 살길을 찾아 도망쳤다.

이런 혼전에서 가장 큰 장기를 발휘하는 군대는 단연 단양병이었다. 군영 우익에서 쏟아져 나온 위연 대오는 곧장 장기군에게 달려들어 마치 물 만난 고기처럼 좌충우돌하며 닥치는 대로 유주군을 베고 찔렀다. 단양병이 추풍낙엽처럼 적군을 쓰러뜨리고 점점 대장기가 펄럭이는 중군 가까이 다가오자, 장기는 단양병의 맹렬한 기세에 손발을 벌벌 떨며 아예 지휘를 포기하고 길을 열어 줄행랑을 쳤다. 위연 대오가 그 뒤를 바짝 추격함에 따라 장기군은 더욱 혼란에 빠졌다.

그리고 가장 비참했던 건 바로 선우은이 이끄는 유주군이었다. 오환돌기의 뒤를 따르며 서주 대영으로 진입한 선우은 대오는 갑작스레 서주군의 매복을 만나 양쪽으로 적의 공격을 받고 있었다. 그런데 이때 앞쪽에서 오환돌기가 자신들을 향해 돌진해 오는 것이 아닌가.

용병으로 이 전쟁에 참가한 오환돌기로서는 목숨이 위태로운 상황에서 앞쪽의 군사가 적인지 아군인지 따질 겨를이 없었다. 그저 도망치기 위해 앞을 가로막는 군사들을 칼로 베고 말발굽으로 밟을 뿐이었다. 동료들이 오환돌기에게 나가떨어지는 상황에 직면하자 유주군도 가만히 앉아서 당할 수는 없었기에 필사적으로 반격을 가했다. 결국 자기편끼리 싸움이 일어나 오환돌기의 칼에 목숨을 잃은 병사가 서주군 손에 죽은 병사보다 훨씬 더 많았다.

선우은은 오환돌기의 돌격을 피하기 위해 측면으로 몸을 피했다가 서주군 보병 일단과 맞닥뜨렸다. 선우은이 정신을 차리고 응전에 나서려는데 앞쪽에서 우람한 체구의 장수가 벽력같은 고함을 질렀다.

"초현의 허저가 여기 있다. 적장은 내 칼을 받아라!"

허저가 큰 칼을 휘두르며 달려들자 선우은도 창을 잡고 맞아 싸웠다. 그러나 단 삼 합 만에 허저의 칼이 선우은의 가슴을 관통하며 선우은을 말에서 고꾸라뜨렸다.

뜻밖의 허를 찌른 서주군의 우세 속에 교전은 여전히 계속되고 있었다. 장기가 이끄는 유주군은 셋으로 절단됐는데, 선봉의 오환돌기와 선우은 대오는 허저에 의해 뒤쪽과 연락이 끊겼고, 장기의 중군도 위연의 단양병에게 막혀 후군인 미돈 부대와 연락이 차단됐다. 수미를 돌아볼 수 없게 된 유주군은 어쩔 수 없이 각자도생에 나서 적진을 뚫고자 했다.

당연히 서주군은 기회를 주지 않기 위해 전투 시작부터 맹공을 퍼부어 유주군을 분산시키는 데 주력했다. 하지만 유주군의 저항도 만만치 않았다. 오랜 세월 북방 이민족과의 전투로 단련된 유주 병사들은 초반 적의 기습에 당황했지만 결코 대오가 무너지지 않고 완강하게 버텼다. 만약 도응의 기지로 기선을 제압하지 못했다면 아무리 전투력이 뛰어난 서주군이라 하더라도 큰 대가를 치렀을 게 분명했다.

한편 대영을 지키던 유주군 대장 왕문은 주력군이 매복을 만났다는 소식에 황급히 1만 군사를 거느리고 구원에 나섰다. 이들이 장기군의 퇴로를 차단하던 창희 대오와 맞닥뜨려 치열한 전투를 전개하면서 곤경에 처한 장기 대오에게도 포위를 뚫을 희망이 보이는 듯했다.

이 보고가 도응에게 전달됐지만 도응은 전혀 걱정하지 않았다. 왜냐하면 포위 작전을 펼칠 때 도응은 이미 구원병이 달려올 줄 알고, 창희에게 양쪽에서 공격을 받더라도 절대 당황하지 말고 필사적으로 대적하며 새로운 전기를 기다리라고 명해 놓았기 때문이다. 도응이 준비한 대비책이 있었으니, 1만 군사를 거느리고서 전장 동북쪽에 매복해 있던 조운은 유주군 대영에서 군사들이 빠져나오자마자 곧장 유주군 영채로 진격했다.

마음의 준비가 돼 있던 창희군은 미돈과 왕문 대오의 협공에도 전혀 동요하지 않고 군사를 둘로 나눠 사력을 다해 적의 공격을 막아냈다. 이에 미돈과 왕문이 신속히 퇴로를 열려고 안간힘을 썼지만 창희의 대오는 쉽사리 뚫리지 않았다.

유주군 대영으로 북상하는 조운은 도응과 가후의 안배에 따라 원담군 포로 수백 명에게 원담군 군복을 입히고 서주군에게 쫓겨 유주 대영으로 도망치는 것처럼 꾸몄다. 그리고 천여 군사가 짐짓 추살에 나서고, 나머지 부대는 다시 그 뒤를 따르며 유주 대영으로 향했다.

유주군 영채에서는 자기 군사들이 적에게 쫓겨 패주하는 것을 보고 주저 없이 영문을 열어 패잔병들을 영채 안으로 들였다. 그런데 이들은 영문에 들어서자마자 수문병을 죽인 후 영문을 활짝 열어젖혔고, 뒤따라온 서주군이 이 틈을 놓치지 않고 영채 안으로 쇄도해 들어왔다.

대영을 지키는 염유는 적의 계략의 떨어진 것을 알고 급히 군사를 모아 서주군과 교전을 벌였다. 그런데 이때 조운이 거느린 대부대가 영채 앞으로 돌진했다. 기병은 활짝 열린 영문 안으로 곧장 쳐들어가고, 보병은 비화창을 들고 가는 곳마다 불을 지르며 적진을 헤집고 다녔다.

주력군은 대부분 장기를 따라 적진 기습에 나선 데다 왕문까지 일부 군사를 이끌고 나가 유주 영채 안에는 군사들이 많지 않았다. 더군다나 이들은 말만 1만 군사지 전투력이 떨어지는 예비대가 대부분이었다.

이에 염유의 대오가 완강하게 저항해 봤지만 조운 대오의 맹렬한 공격을 당해내기에는 역부족이었다. 급하게 조직된 영내 방어선은 빠른 시간 안에 붕괴되고, 어지럽게 날아오는 비화창 세례에 유주 대영은 큰 혼란에 빠졌다. 영내 사방에서 불길이 솟아오르고 병사들은 앞다퉈 도망가는 모습에, 더 이상 영채를 지키기 어렵다고 판단한 염유는 호위병의 보호를 받으며 북쪽으로 재빨리 몸을 피했다.

북쪽 영지 방향에서 돌연 불길이 치솟아 하늘을 온통 빨갛게 물들이자, 창희군과 접전을 벌이던 왕문과 미돈의 대오는 화들짝 놀라 군심이 흐트러지고 마음이 어수선해지기 시작했다. 고전 중이던 창희군은 이 틈을 타 맹공에 나서 점점 좁아지던 미돈과 왕문 대오 사이의 거리를 다시 벌려놓았다. 영채가 걱정이 된 왕문이 일부 군사를 이끌고 대영을 구하러 가면서 미돈 대오의 돌파력은 현격히 약화되었다.

이때 허저와 조성, 송헌이 거느린 서주군은 악전고투 끝에 선봉에 선 선우은 대오를 완전히 격멸한 뒤 영채를 나가 장기의 주력군을 공격 중인 위연, 국종 대오와 합류했다. 그 사이 해준이 이끄는 오환돌기도 겹겹의 포위를 뚫고 장기군과 회합했는데, 이들은 장기를 돕기는커녕 오히려 장기군의 혼란만 더 가중시켰다.

장기의 통솔을 받지 않는 오환돌기는 빨리 전장에서 벗어나고픈 마음에 전투에 나서지 않고, 장기군이 밀집해 서주군의 공세를 막아내는 쪽으로만 골라 달아났다. 이로 인해 장기군 대오가 어수선해지고, 심지어 장기의 병사를 밟고 그대로 지나가는 자도 있어 서주군에게 수월하게 공격할 길을 열어주는 꼴이 되고 말았다. 장기는 분기탱천해 대체 저놈들은 누구를 도우러 왔느냐며 고래고래 소리를 질러댔다.

서주군이 이 기회를 놓치지 않고 거세게 밀어붙이자, 사방팔방에서 공격을 받게 된 장기군은 더 이상 버티지 못했다. 대부대는 점점 소부대로 쪼그라들고, 소부대도 점차 개별 군사로 뿔뿔이 흩어져 목숨을 부지하기 위해 사방으로 달아나기 바빴다. 서주군은 신바람이 나 유주 패잔병을 뒤쫓으며 사냥하듯 적을 몰아붙였다.

영내 높은 곳에서 유주군의 궤멸을 지켜보던 도응은 급히 마충을 불러 명을 내렸다.

"너는 속히 각 군 장수들에게 전령을 보내 투항하면 살려주겠다는 구호를 외치게 하고, 가능한 한 적군을 생포하라고 일러라."

마충이 예, 하고 대답한 후 전령 6명을 바로 전장에 보내자, 이번에는 도응이 곁에 있는 진의에게 명했다.

"진 장군은 1천 병사를 데리고 가 전장을 정리하며 부상병을 구조하시오. 그리고 투항을 원하는 유주 부상병을 절대 학대하지 말고, 순순히 포로가 되면 전투가 끝난 뒤 유주로 돌려보내 주겠다고 이르시오."

진의도 명을 받고 재빨리 자리를 떴다.

대영 안의 전투가 어느 정도 마무리되어 가는 가운데, 영채 밖 전장에서는 적진을 종횡무진 유린하던 위연이 마침내 장기의 대장기를 발견했다. 쾌재를 부른 위연은 재빨리 군사를 휘몰아 장기를 향해 달려들었다. 적에게 겹겹이 둘러싸여 고전 중이던 장기는 고함을 지르며 달려오는 위연을 보고 어쩔 수 없이 나가 맞아 싸웠다.

전의를 이미 상실한 데다 무공까지 열세인 장기는 단 수 합 만에 칼놀림이 점점 어지러워졌다. 위연이 날린 회심의 일격은 가까스로 피했지만 연속적으로 이어진 공격에 몸을 피하다가 그만 중심을 잃고 말에서 굴러 떨어지고 말았다. 뒤에서 이를 지켜보던 단양병은 우르르 장기에게 달려들어 그를 밧줄로 꽁꽁 묶었다.

장기가 생포되자 대장을 잃은 유주군은 더 이상 버티지 못하고 와르르 무너져 내렸다. 살길을 찾아 사방으로 흩어져 달아나다가 적의 칼에 목숨을 잃은 장사가 부지기수요, 투항하면 살려주겠다는 서주군의 구호에 무기를 버리고 항복하는 자도 무수히 많았다.

결국 왕문의 부대만이 겨우 대오를 유지해 대영으로 돌아왔건만 이들 역시 조운 군대의 통렬한 공격을 만나 대패하고 길을 돌아 북쪽으로 달아났다. 도응은 유주군이 아예 재기하지 못하도록 계속 이들을 추살하라고 명했다. 다만 중간에 혹여 실수가 있을까 염려해 50리 이상은 추격하지 말라고 당부했다.

장기가 서주 대영에 압송됐을 때는 날이 벌써 환하게 밝아 있었다. 장기가 막사 안으로 끌려오자마자 도응은 바로 달려가 친히 밧줄을 풀어주고 위로의 말을 건넸다. 그러나 장기는 호의를 거절한 채 고개를 빳빳이 치켜들고서 당장 목을 베라고 당당히 요구했다. 아무리 권해도 장기가 항복할 뜻을 비치지 않자, 도응은 어쩔 수 없다는 듯 한숨을 쉬고 말했다.

“군자는 남의 심지를 함부로 빼앗지 않는 법. 장군이 기어이 항복을 거부하니 나 역시 장군을 핍박하지 않겠소. 일단 우리 영중에서 며칠 푹 쉬고 있으시오. 내 급한 공무를 처리한 뒤 장군을 유주로 돌려보내리다.”

당장 목을 베라고 명할 줄 알았는데 도응의 입에서 뜻밖의 말이 나오자 장기도 적잖이 당황했다.

“날… 날 놓아준다는 말이오?”

도응은 정중히 고개를 끄덕거리고 대답했다.

"그렇소이다. 유주에서 오환과 선비가 시도 때도 없이 말썽을 일으킨다는 것쯤은 나도 잘 알고 있소. 견초 장군과 별가 한형(韓珩)이 악부에게 지극히 충성스럽다고 하나 저들을 진압할 힘이 부족해 국경의 안정을 위해서라도 장군을 유주로 돌려보낼 생각이오. 그리고 아군에게 포로로 잡힌 유주 장사들을 잘 돌봐주라고 명해 놓았으니, 그들 중 장군을 따라 유주로 돌아가길 원하는 자들을 데리고 귀환하시오. 양초와 여비는 넉넉히 챙겨 드리리다."

장기는 잠시 자신의 귀를 의심해 얼떨떨한 표정을 짓다가 물었다.

"진심으로 하는 소리요?"

"물론이지요. 악부가 장군을 유주자사에 임명한 건 북방 이민족의 침략을 막으라는 뜻이잖소? 지금 악부가 중풍으로 쓰러져 병상에 누워 있는데, 원담과 원상 형제는 오로지 권력에 눈이 멀어 천하 창생을 돌아보지 않은 채 골육상잔을 벌이고 있소. 그러니 내 사위 된 자로 마땅히 악부의 직분을 계승해 변방 이민족의 침입을 막아내려는 것이오."

"내가 유주로 돌아간 후 다시 병마를 이끌고 쳐들어올까 두렵지 않으시오?"

상대의 의중을 떠보는 듯한 장기의 물음에 도응은 눈 하나

꿈쩍하지 않고 대꾸했다.

"전혀요. 장군이 끝까지 귀순하지 않는다면 오늘처럼 다시 한 번 격퇴해 드리지요. 하지만 지금 장군을 죽일 생각은 없소. 반드시 유주로 돌려보내 장군의 힘을 빌려 잠시 이민족의 침범을 막게 한 뒤, 훗날 아군이 유주로 출격해 장군과 임무를 교대하고 내가 직접 오환과 선비를 상대할 것이외다."

장기는 도응의 위풍당당하고 자신감 넘치는 태도에 머릿속으로 고작 기주의 패권을 차지하기 위해 자신에게 남하하라고 명한 원담 형제의 모습이 겹쳐 지나갔다. 이런 생각이 들자 장기는 순간 가슴이 벅차올라 도응에게 두 무릎을 꿇고 공수하며 말했다.

"태위의 너른 도량과 백성을 염려하는 마음에 죄장 본디 머리 숙여 귀순해야 마땅합니다. 하나 견초와 한형은 원씨에 대한 충심이 깊은 자들인지라, 죄장이 투항한 후 유주로 돌아갔다가 저들이 불복하는 날에는 유주에 내란이 일어나 오환과 선비에게 국경을 침범할 기회를 주게 됩니다. 이런 이유로 태위께 투항할 수 없는 점 용서하십시오."

이어 장기는 한마디 더 덧붙였다.

"하지만 걱정 마십시오. 태위의 군대가 이르기 전까지 노주공의 명령을 받들어 전력을 다해 유주 문호를 사수하겠습니다. 이후 태위께서 유주에 당도하는 즉시 이 중책을 넘겨 드리겠습니다."

"좋소. 그럼 이는 장군에게 부탁하리다."

도응은 장기에게 예를 갖춰 답례한 연후 장기의 두 손을 꼭 잡고 좋은 말로 위로하고, 사람을 시켜 얼른 주연을 준비하라고 일렀다. 그런데 이때 장기가 고개를 들어 도응을 응시하며 물었다.

"태위, 한 가지 궁금한 게 있습니다. 저곡이 저에게 태위의 대영을 기습하라고 권한 건 태위의 지시에 의한 것이었습니까?"

도응은 잠시 머뭇거리다가 대답했다.

"저곡을 너무 탓하지 않았으면 하오. 적어도 대의에서 우러난 그의 행동으로 인해 아군이 북방 전쟁을 가능한 한 빨리 끝맺고, 무수한 하북 생령을 구제하는 데 도움을 주었소. 게다가 저곡은 불행히도 이미 난군 중에 죽었으니 그와 관련된 일은 다 잊어주시오."

질문의 핵심을 비껴간 애매모호한 답변에 장기는 사건의 진상을 좀 더 알고 싶었으나 이 자리에서 계속 묻는 건 결례가 될 것 같아 입을 다물었다. 그리고 곁에 있는 서주 관원들도 속으로 깜짝 놀라기는 마찬가지였다. 이들은 차마 내색을 하지 못하다가 장기가 주연을 차릴 때까지 잠시 쉬고 있으라는 도응의 명으로 먼저 막사를 나가자마자 득달같이 도응에게 달려가 물었다.

"주공, 저곡이 아군에게 생포돼 멀쩡히 살아 있는데 왜 죽었다고 말했습니까? 또 저곡이 마치 아군에게 협조해 계책을 바쳤다는 투로 얘기한 이유가 무엇입니까?"

"장기를 유주로 돌려보내려는 건 아군이 이를 때까지 잠시 오환과 선비를 막는 데 이용하기 위함이오. 하지만 그가 끝까지 아군에게 저항하는 건 내 바라는 바가 아니오. 그런데 저수와 지기인 장기는 저곡이 살아 있다는 걸 알게 된다면 틀림없이 그를 함께 풀어달라고 요구할 테고, 내가 이에 응해 저곡을 유주로 보낸다면 우리의 계략이 모두 들통 날 뿐 아니라 장기 곁에 완고하고 고지식한 충신 하나만 더해주는 꼴이 되오. 그래서 장래를 위해 저곡이 죽었다고 말할 수밖에 없었소."

서주 관원들 중 도응의 설명에 탄사를 내지르지 않는 자가 없었다. 이어 가후가 빙그레 웃으며 말했다.

"여기에는 원씨의 군심을 흔들어 놓으려는 의도도 다분했겠군요. 저수는 누구나 인정하는 원씨의 충신인데, 그의 아들이 아군에게 투항해 유주 원군을 배신했다는 사실이 알려진다면 원씨 가신들의 마음도 동요할 테니까요. 아군 입장에서는 유리한 결과만 있을 뿐, 불리할 일이 전혀 없습니다."

도응은 아무 말 없이 가후에게 미소로 화답했다. 그러자 진응이 건의했다.

"그렇다면 저곡을 살려둬선 안 되겠군요. 당장 그를 제거한 후 작위와 관직 따위를 추봉(追封)하여 원씨의 군심을 흔드는 데 이용해야 합니다."

도응도 진응의 말을 옳다 여겨 저곡을 교살한 뒤 중도후의 작위를 추증하고 '정회(丁懷)'라는 시호를 내리라고 명했다. '정'은 '술의불극(述義不克)' 즉, 의를 말하면서도 능히 이루지 못했다는 뜻이오, '회'는 지위를 잃고 요절했다는 뜻이니 저곡에게 유주군을 배신했다는 죄명을 덮어씌우기에 충분했다.

한편 견가는 극강의 돌파력을 지닌 오환돌기 덕에 겹겹이 쌓인 서주군의 포위를 뚫고 전장에서 벗어날 수 있었다. 뒤도 돌아보지 않고 북쪽을 향해 내달린 견가 부대는 낙하(洛河)를 건너 겨우 한숨 돌리고 휴식을 취했다. 그런데 이때 돌연 사방에서 함성이 일어나며 조운의 기병대가 숲 속에서 튀어나왔다. 유주 패잔병을 쫓던 조운은 오환돌기가 낙하를 건너는 걸 보고 주위에 병마를 매복시킨 채 적을 기다리고 있었던 것이다.

적의 추격에서 벗어났다고 여겨 마음을 놓고 있었던 오환돌기는 조운군의 공격에 속수무책으로 당했다. 아무리 전투력이 뛰어난 오환돌기라 해도 4천 병력 중 2천5백밖에 남지 않은 데다 종일 전투를 치르느라 피로가 누적된 관계로 조운군의 적수가 되지 못했다. 게다가 조운의 기병도 오환돌기 못지않은 무력을 지니고 있지 않은가.

결국 반 시진도 안 돼 오환돌기는 완전히 궤멸되었고, 친위대의 호위로 근근이 적의 공격을 막아내던 견가는 전세가 이미 기운 것을 보고 해준과 함께 조운에게 투항했다.

견가와 해준이 조운에게 붙잡혀 서주 군영으로 압송되자, 도응은 어찌 호병(胡兵)을 끌어들여 중원을 침략했느냐며 이들을 큰소리로 꾸짖었다. 이어 대군으로 돌아가 오늘 이후로 또다시 이런 일이 벌어진다면 견초 부자가 투항해도 받아들이지 않고 끝까지 추격해 대를 끊어버리겠다고 으름장을 놓았다.

꼼짝없이 죽을 줄 알았던 견가는 목숨을 살려준다는 도응의 말에 연신 머리를 조아리며 감사를 표했다. 그리고 도응은 견가를 장기와 함께 가둬두라고 명했는데, 이는 자신에게 진심으로 심복한 장기를 통해 견가를 설득하기 위함이었다. 자신이 견가의 마음을 얻으려 떠드는 백 마디 말보다 동질감을 느끼는 장기의 한마디 말이 더 큰 효과를 발휘할 수 있다는 판단에서였다.

어쨌든 유주 원군을 궤멸한 도응의 다음 목표는 당연히 업성의 원담군을 섬멸하는 것이었다. 유주 원군의 지원을 차단함으로써 고립된 성이나 마찬가지인 업성을 차지하는 것은 시간문제나 다름없었다.

하지만 도응에게도 고민거리가 있었으니, 더 이상 원군의 구원을 바랄 수 없게 된 원담이 도응의 군대가 이르기도 전에 포위를 뚫고 달아나 버릴까 염려했기 때문이다. 그렇게 되면 지금까지 공을 들여 설계한 원담 제거 계획이 모두 물거품으로 돌아갈 공산이 높았다.

관원들을 소집해 회의를 연 도응은 걱정스러운 빛을 띠고 말을 꺼냈다.

"우리에겐 시간이 그리 많지 않소. 한단과 업성은 고작 80리 밖에 떨어져 있지 않아 원담군 척후병이 늦어도 내일 정오 전에는 한단 전투 소식을 업성에 전할 것이오. 하지만 이제 막 전투를 끝낸 아군은 아무리 서두른다 해도 내일 저녁까지 업성으로 돌아갈 수 없으니, 그 사이 원담이 포위를 뚫고 도망치는 날에는 원담을 제거하기로 한 기존의 목표가 성공을 눈앞에 두고서 실패해 버리고 마오."

순심도 도응의 말에 맞장구치고 침중한 어조로 대꾸했다.

"주공이 구상한 포위망이 완벽히 준비되지 않았다면 아군은 기껏해야 원담군 추격에 나서 중상을 입힐 수 있을 뿐입니다. 원래 계획했던 전략이 수포로 돌아간다면 북방 전쟁이 언제 끝날지 장담하기 어려워집니다."

말없이 고민에 잠겨 있던 도응은 천천히 입을 열었다.

"음, 원담에게 업성을 굳게 지키면 승리가 보인다는 희망을 심어주는 게 무엇보다 중요하오. 원담이 업성에 머물게 할 좋은 방도가 있으면 허심탄회하게 얘기해 보시오."

어떻게 하면 원담이 업성을 버리지 않을까 도응 이하 관원들은 머리를 맞대고 논의했지만 좋은 방도가 바로 떠오르지 않았다. 막사 안에 긴장감이 팽배한 가운데, 도응과 가후는 약속이나 한 듯 유표가 강동 공격에 나섰다는 속임수를 생각해 냈다. 서주 주력군이 곧 남쪽 전선으로 돌아간다고 여기게끔 해 원담이 업성에 머물도록 유도하려는 것이었다. 그러나 이 정도로 엄청난 소식을 더 북쪽에 있는 유주군이 전한다면 원담이 바보가 아닌 이상 과연 이를 믿겠는가. 따라서 이 방법은 성공 가능성이 거의 없었다.

이밖에 도응은 자신이 거짓 부상을 입은 것처럼 꾸미려 했지만 이 수법은 이미 기주군에게 한 차례 써먹은 바 있어서 원담군이 다시 속을 것 같지 않았다.

이 방법 저 방법을 모두 강구해 보았으나 묘안이 떠오르지 않아 발만 동동 구르고 있을 때, 진응이 관원들의 눈치를 보며 슬며시 앞으로 나와 조심스럽게 입을 열었다.

"주공, 거짓 편지를 보내는 건 어떻겠습니까? 아군이 장기 대영을 공파했을 때, 그와 원담이 주고받은 서신을 다량 입수했습니다. 제가 장기의 필체를 똑같이 모사할 자신이 있으니, 위조한 그의 편지를 업성에 보낸다면 잠시 원담을 속일 수 있으리라 사료됩니다."

내내 침울하던 도응은 이 말을 듣고 눈이 번쩍 떠져 다급히 물었다.

"거짓 편지라고? 편지에 뭐라고 쓸지 생각해 두었소?"

"실수로 서주군의 계략에 떨어져 한단 전투에서 대패했으나 다행히 병력에 큰 타격을 입지 않아 일전을 겨룰 힘이 남아 있다고 쓰는 겁니다. 이어 군대를 이끌고 평향현으로 잠시 물러났다가 병마를 재정비한 다음 최대한 속히 업성으로 남하해 원담의 유주 북상을 돕겠다고 하는 것이죠. 그리하면 원담이 설사 포위를 돌파하려는 마음을 먹었더라도 좀 더 많은 병력의 지원을 받아 안전하게 포위를 뚫고 싶은 마음에 유주군을 기다릴 것이므로 아군이 업성으로 돌아갈 시간을 벌 수 있습니다."

진응의 설명에 도응은 고개를 가로저으며 답했다.

"그것이 가능하겠소? 원담의 세작이나 척후병은 장기가 포로로 잡힌 사실을 모를 수도 있겠지만 염유와 음기 등 원담군 관원들이 이미 달아난지라, 저들이 이 소식을 업성에 전한다면 우리의 계획이 실패하는 건 말할 것도 없고 재주를 피우려다 오히려 아군의 의도가 원담에게 그대로 드러나는 꼴이 되고 마오."

"그 점은 전혀 걱정할 필요가 없습니다. 어젯밤 전장이 몹시 혼란스러워 장기가 아군에게 사로잡혔다는 사실을 염유와 음기 등이 꼭 알았다고 보기 어렵습니다. 그리고 설사 이들이 이를 들었다 해도 곧이곧대로 믿고 사실 확인도 하지 않은 채 원담에게 즉각 보고했을 리 없습니다. 또한 저들이 바로 전령을 보냈다손 치더라도 우리가 선수를 쳐 장기가 보내는 가짜 서신을 먼저 업성에 전달한다면 원담이 과연 누구의 편지를 더 신뢰하겠습니까? 따라서 원담은 염유나 음기가 보낸 편지에 혹시 속임수가 있지 않을까 염려해 짧은 시간 안에 결정을 내리지 못할 가능성이 농후합니다."

진응의 장황한 설명에 순심도 동의하고 나섰다.

"적의 이목을 현혹시키는 진 주부의 계책은 시행해 볼 만합니다. 심이 오랫동안 기주에 있어서 원씨 부자의 성격을 잘 아는 편입니다. 성미가 조급하고 지모가 없는 원담의 손에 위조된 장기의 편지가 먼저 들어간다면 원담은 이를 믿고 성을 사수할 결심을 하게 돼, 이후 염유나 음기의 사자가 요행히 아군의 봉쇄를 뚫고 업성 안으로 들어가더라도 이미 첫 편지에 마음이 기운 원담은 두 번째 편지를 쉽사리 믿지 못할 것입니다. 심지어 이를 성 밖으로 자신을 유인해 내려는 아군의 계략이라고 의심할 가능성이 높습니다."

이어 순심이 한마디 더 덧붙였다.

"다만 주의해야 할 점이 있습니다. 이 편지를 장기가 보냈다고 믿게 하는 것이 가장 큰 문제지만 업성 안으로 들어갈 사신 역시 이에 못지않게 중요합니다. 그 사신이 성에 들어가게 되면 원담군의 집요한 심문은 물론 자칫 고문을 당할 수도 있습니다. 이로 인해 모든 사실이 들통 나는 날에는 도리어 원담군의 탈출을 재촉하는 꼴이 되고 맙니다."

"맞는 말이오. 절대적으로 믿을 만한 사람을 찾아야 할 텐데……."

순심의 말에 도응은 저절로 이맛살이 찌푸려졌다. 그도 그럴 것이 업성 안으로 들어가 원담을 속이지 못하면 그 자리에서 죽을 것이요, 설사 속인다 해도 나중에 진상이 밝혀지면 역시 죽음을 면치 못하는지라 필사의 임무를 맡을 자가 필요했기 때문이다. 이런 사람을 찾기란 결코 쉬운 일이 아니었다.

그러자 진응이 여유롭게 미소 지으며 입을 열었다.

"그건 걱정하지 마십시오. 제가 이 건의를 올리기 전에 어떻게 성안으로 편지를 보내고, 또 원담의 신임을 얻을지 미리 생각해 두었습니다. 제 생각에 아군이 이런 방법을 쓴다면……."

진응이 바친 계책에 도응은 손뼉을 치며 기뻐 어쩔 줄 몰라 했고, 가후와 순심 등도 사람을 다시 봤다는 듯 진응을 위아래로 훑어보며 예사롭지 않은 눈빛을 보냈다.

한바탕 웃음을 터뜨린 이들은 진응의 계획에 따라 곧바로 행동에 돌입했다. 호위병에게 유주군 영중에서 얻은 장기의 친필 편지를 가져오게 한 뒤, 진응에게 장기의 필적을 위조해 유주군이 곧 있으면 당도할 터이니 조금만 더 버티라는 내용의 편지를 쓰라고 명했다. 도응이 완성된 편지를 보고 흐뭇한 미소를 지으며 즉각 사람을 업성으로 보내려는데, 장기의 편지를 유심히 살피던 가후가 갑자기 소리를 질렀다.

"잠깐만요, 주공! 우리가 한 가지를 간과한 것 같습니다."

"그게 무슨 말이오?"

"여기 장기가 원담에게 쓴 편지를 잘 보십시오."

가후는 손에 든 서신을 도응 앞에 내밀고 손가락으로 특정 부분을 가리키며 말을 이었다.

"이는 장기가 한단 전장에 당도했음을 알리려는 내용의 편지로 글이 다 완성되지 않아 원담에게 보내지 않은 것으로 보입니다. 따라서 이 편지는 어제 오후에 썼을 가능성이 아주 높습니다. 저곡이 들이닥치는 통에 편지를 미처 다 쓰지 못한 것이죠. 물론 지금은 그것이 중요한 게 아닙니다. 여기 셋째 줄 여섯 번째 글자 밑에 작은 점을 보시지요."

가후가 가리킨 곳을 자세히 들여다보니, 과연 실수로 먹물을 떨어뜨린 것이 아니라 일부러 점을 찍어놓은 듯한 표시가 있었다. 도응은 가후의 눈썰미를 칭찬한 뒤 진응에게 분부했다.

"거기 점을 하나 찍어 넣으시오. 그것이 정말 장기와 원담 간의 암호가 맞는다면 우리 계획은 거의 성공한 바나 진배없소."

*　　*　　*

예상대로 원담군 척후병은 한단 전투가 끝난 다음 날 아침 일찍 전황을 가지고 업성에 당도했다. 장기가 영채를 습격당했다는 소식에 눈이 번쩍 떠진 원담은 재빨리 자리를 박차고 일어나 그 척후병에게 다그치듯 물었다.

"소상히 말해 보아라. 어쩌다 적에게 기습을 당한 것이냐? 장기는 살아 있느냐? 병력 손실은 대체 얼마나 되느냐?"

원담의 무차별 질문에 척후병은 거의 울상이 돼 답했다.

"솔직히 자세하게 알아볼 경황이 없었습니다. 장 자사가 패했지만 병력 손실을 얼마나 입었는지, 또 서주군의 기습에 영채를 빼앗기고 유주 병마가 북쪽으로 달아난 것까지는 확인했지만 구체적으로 어디로 갔는지는 소인도 잘 모릅니다."

"버러지 같은 놈!"

원담은 욕을 퍼붓고 노호했다.

"얼른 한단으로 다시 가지 않고 뭘 꾸물대고 있는 게냐! 장기가 어디로 도망갔고, 또 언제 업성을 구하러 올 수 있는지 당장 알아보고 오너라!"

척후병은 일단 예, 하고 명을 받은 뒤 쭈뼛쭈뼛하며 말을 꺼냈다.

"주공, 서주군이 장수 북쪽 기슭에까지 군사를 주둔시켜서 낮에는 봉쇄를 뚫고 지나가기 쉽지 않습니다. 그래서 야간에 성을 나가는 것이 어떠할지 여쭙습니다."

일개 척후병이 자신의 명을 거역하자 원담은 화가 치밀어 손이 저절로 허리의 보검으로 향했다. 이때 곽도가 원담을 만류하며 권했다.

"저자의 말이 틀리지 않습니다. 대낮에 적의 포위망을 뚫기 어려우니 일단 돌아가 쉬라고 명하시지요. 그리고 너무 조급해하지 마십시오. 한단 일대에 아군 척후병이 여럿 있고, 장기도 분명 우리와 연락을 취하려 백방으로 노력할 것입니다. 조금만 기다리면 틀림없이 후속 소식이 이를 것입니다."

원담은 칼을 뽑으려던 손을 멈추고 꼴도 보기 싫다며 척후병을 당장 내쫓았다. 여전히 분을 이기지 못한 원담이 씩씩거리고 있을 때, 고간이 냉정한 어조로 말했다.

"척후병의 말을 종합해 보면, 장기가 도응의 유인계에 속아 함부로 공격에 나섰다가 기습을 당한 것이 분명합니다. 성격이 진중한 장기가 어쩌다 도응의 간계에 넘어갔는지 모르겠습니다."

원담의 얼굴이 붉으락푸르락해지며 폭발할 기미가 보이자, 곽도가 급히 말을 꺼내 원담을 안심시켰다.

"너무 걱정 마십시오. 장 자사 휘하의 병사들은 변경에서 장기간 오환, 선비와 교전한 역전의 용사들입니다. 정예롭기로 이름난 이들이라면 필시 피해를 최소화하고 전열을 재정비하여 곧 권토중래에 나설 수 있습니다. 따라서 아군이 성안에서 조용히 기다리고 있으면 머지않아 희소식이 들려올 것입니다."

곽도가 건넨 위로에 원담의 낯빛이 조금 누그러지려는데 고간이 급히 진언했다.

"주공, 이제 더 이상 업성을 굳게 지키며 원군이 오길 기다려선 안 됩니다. 서주군은 병력과 양초가 충분해 아군과의 소모전을 절대 두려워할 리 없는지라, 우리 원군이 아무리 구원에 나선다 해도 적에게 격퇴당할 뿐입니다. 현재로서는 한단으로 출격한 도응의 주력군이 돌아오기 전에 기주 북부든 유주나 병주든 얼른 도망쳐야 재기할 기회가 생깁니다. 이대로 업성을 사수하는 건 스스로 죽음을 자초하는 바나 다름없습니다."

며칠 전이었다면 원담은 고간의 이 건의에 펄쩍 뛰며 화를 냈겠지만 지금은 사정이 달랐다. 장기의 원군이 패배했다는 소식에 두려움이 든 원담의 마음도 서서히 움직이기 시작했다. 그는 속으로 두서없이 중얼거렸다.

'이제 정말 포위를 뚫고 달아날 방법밖에 없는 건가? 업성을 버리긴 아깝지만 이대로 머물다간 꼼짝없이 갇혀 죽을지도 몰라. 도응 놈이 돌아오기 전에…….'

"주공! 주공!"

원담이 심각하게 고민에 빠져 있을 때, 심복 팽안이 문 밖에서 허겁지겁 안으로 뛰어 들어왔다. 그는 원담에게 편지가 묶인 우전을 바치고 숨을 헐떡이며 말했다.

"주공, 방금 전 아군 기병 하나가 서주 기병에게 쫓기며 업성 서문 쪽으로 달려오다가 미처 성에 들어오기 전 적군에게 포위됐습니다. 그런데 그 기병이 적에게 사로잡히기 전에 이 전서를 성안으로 쏘았습니다. 그가 고함치는 소리를 들어보니 유주 장 자사가 보낸 친병이라고 합니다!"

"잘됐구나! 장기가 과연 연락을 취하러 사람을 보냈어."

원담이 기쁨을 감추지 못하고 허둥지둥 서신을 펴 보려는데, 곽도가 미소를 띠며 원담을 일깨웠다.

"주공과 장 자사 간의 암호를 잘 살펴보십시오. 도응 놈이 혹시 가짜 편지를 보내 아군을 성 밖으로 유인하려는 것인지도 모르니까요."

第五章

마지막 일격을 준비하다

업성 안으로 날린 전서는 당연히 진웅이 위조한 장기의 친필 편지였다. 뭇 사람이 주시하는 가운데 유주 기병이 '죽음을 무릅쓰고' 성안으로 보낸 서신은 순식간에 효과를 발휘했다.

유주군이 큰 피해를 입지 않아 충분히 싸울 힘이 남았다는 장기의 편지에 원담은 다시 기운이 샘솟았다. 원담은 저곡이 후안무치하게도 부귀를 탐해 주인을 배신했다는 사실에 한바탕 욕을 퍼부은 뒤, 포위를 뚫고 달아나려는 생각을 곧바로 접고 계속 업성을 사수하며 장기군이 도착하길 기다리기로 결정했다. 물론 곽도는 원담의 결정에 쌍수를 들고 반겼다.

장기의 능력을 신뢰하는 고간 역시 유주군이 절대 서주군에게 완패했으리라고는 믿지 않았다. 이에 그도 당장 포위를 돌파하자고 권하지 않고 다른 건의를 올렸다.

"아군은 속히 장 자사와 연락을 취해 현재 그의 상황을 확인한 연후 아군의 포위 돌파와 그의 접응 시간을 확정해야 합니다. 그래야만 포위를 뚫는 데 피해를 최소화할 수 있습니다."

그러자 곽도가 딴죽을 걸고 넘어졌다.

"주공, 업성을 포기하는 문제에 대해서는 재논의가 필요합니다. 장기가 아군을 도와 능히 업성을 지킬 수 있다면 군이 포위를 돌파하지 않아도 됩니다."

"지금 군량이 기껏해야 두 달 치밖에 남지 않았는데, 유주군까지 합류하면 얼마나 더 버틸 수 있다고 보시오! 양도가 서주군에게 모두 차단된 상황에서 업성을 지키기란 불가능하오!"

고간의 곱지 않은 말투에 심기가 불편해진 곽도도 대거리하며 언성을 높였다. 둘 사이에 말다툼이 이어지자 원담이 이를 제지하고 말했다.

"이제 됐으니 그만 다투시오. 업성 문제는 장기에게 연락을 취한 뒤 그의 상황을 보고 다시 결정합시다. 업성은 요지라 함부로 버려선 안 되지만 지킬 가능성이 없다면 버리는 것이 옳소."

그제야 곽도와 고간은 싸움을 그치고 원담과 함께 장기에게 연락을 취할 방법을 논의했다.

한편 서주군은 또 한 차례 원담 측을 흔들 계략을 마련했다.

그날 밤 저녁, 서주군으로 변장한 전령 하나가 야음을 틈타 몰래 업성 아래까지 이르러 자신은 예주자사 음기가 보낸 부하로 그의 서신을 전하러 왔다고 외쳤다. 원담군 초병은 즉시 바구니를 내려 그를 성 위로 끌어 올렸고, 전령이 가져온 음기의 서신을 원담에게 바쳤다.

편지에서 음기는 원담에게 이렇게 고했다.

유주군이 한단에서 치명적인 패배를 당해 업성을 구하러 갈 여력이 없는 관계로 현재 평향현에 주둔하며 멀리서나마 한단의 서주군을 견제하고 있습니다. 그러니 주공은 서주 주력군이 아직 업성으로 돌아가지 않은 틈을 타 업성 동쪽 척구(斥丘) 방향으로 달아났다가 평향으로 북상해 유주군과 합류하시어 기주 북부와 유주에서 재기를 노리십시오.

편지의 내용은 모두 사실이었고, 음기가 올린 건의도 이치에 딱 부합했다. 하지만 애석하게도 편지 자체가 가짜라는 것이 문제였다. 필적은 음기의 것과 아주 유사했으나 원담의 눈에는 자신과 음기만의 암호가 전혀 보이지 않았던 것이다!

원담은 즉각 편지를 가져온 자를 잡아들이라 명하고 고문을 가하며 심문한 결과, 그 전령은 자신이 번양에 주둔하던 사병으로 수장을 따라 서주군에게 항복했다가 서주군이 제시한 돈에 눈이 멀어 위서를 가지고 업성으로 왔다고 자백했다.

"흥, 고작 돈 몇 푼 때문에 날 배반했단 말이냐!"

음기의 위서를 갈기갈기 찢은 원담은 큰 소리로 명을 내렸다.

"이 배신자의 목을 당장 베고, 사람을 동문 쪽으로 보내 적군이 그곳에 매복을 설치했는지 알아보도록 해라!"

정탐 결과 업성 동쪽에는 숫자를 알 수 없는 서주군이 깃발을 내리고 북소리를 멈춘 채 숲 속에 매복해 있었고, 그곳 서주군 병영에서도 군사들이 만반의 준비를 갖추고 언제든지 출격을 기다리고 있었다. 원담은 이 보고를 받고 자신에게 업성을 포기하도록 유도한 뒤 매복권으로 유인해 기습을 가하려 한 적군의 속셈을 알아채고 노발대발했다. 이에 그는 당분간 업성에 머물며 장기의 연락을 기다렸다가 돌파 시기를 정하기로 결정했다.

그렇게 하루라는 시간을 그냥 흘려보내고 세 번째 날이 되었을 때, 5천여 서주군이 홀연 업성 북문 밖에 나타나 장수를 건너더니 영채를 차리고 장기간 숙영할 태세를 취했다. 원담이 적군의 의도를 알 수 없어 안절부절못하며 척후병을 보내려는데, 동문 수장이 다급히 사람을 보내 업성 동쪽에 대규모 부대가 나타났다고 보고했다. 원담은 이 소식을 듣고 크게 놀라 황급히 무리를 이끌고 업성 동문으로 달려갔다.

원담과 곽도 등이 동문 성루에 올라가보니 멀리서 온 서주군이 도착한 순서대로 자리를 잡고서 영채를 설치하고 있었다. 그리고 업성 서문 밖 서주군도 포위망을 따라 남쪽으로 이동하고, 남문 밖 본영에서도 좌우로 둥글게 군사들이 움직여 점점 호형을 그리며 업성을 물샐틈없이 포위했다.

"어디서 저렇게 많은 서주군이 나타났단 말이냐?"

원담이 떨리는 목소리로 묻자마자 여기저기서 고함이 터져 나왔다.

"주공, 보십시오. 저기 도응의 대장기입니다!"

이 소리에 원담은 가슴이 덜컥 내려앉아 장수들이 가리킨 쪽으로 천천히 고개를 돌렸다. 과연 그곳에는 커다란 도응의 대장기가 바람에 펄럭이고 있었는데, 마치 이를 드러내고 발톱을 세우며 업성 수비군에게 시위하는 듯했다.

다리에 힘이 풀린 원담은 하마터면 바닥에 그대로 주저앉을 뻔했다. 성가퀴를 잡고 겨우 중심을 잡은 원담은 도무지 이해가 안 돼 소리쳤다.

"도응이 어떻게 업성으로 돌아왔단 말이냐? 장기의 부대가 군대를 재정비해 도응을 견제하고 있다고 하지 않았느냔 말이냐?"

누구도 그 이유를 몰라 서로의 얼굴만 바라보고 있는데, 곽도가 쭈뼛거리며 말했다.

"혹시 도응이 각개격파에 나선 건 아닐까요? 먼저 업성을 공파한 후 장기를 공격하려 군대를 돌렸는지도 모릅니다."

이 말에 고간이 펄쩍 뛰며 윽박을 질렀다.

"대체 그게 무슨 잠꼬대 같은 소리란 말이오? 도응이 설사 각개격파에 나섰다 해도 장기를 먼저 공격하지 튼튼한 업성을 공격하겠소?"

고간의 말이라면 일단 반대부터 하던 곽도도 이번만큼은 반박하기 어려워 눈을 깔고 고개를 숙였다. 고간은 그를 거들떠보지도 않고 원담에게 재빨리 간했다.

"주공, 당장 포위 돌파에 착수해야 합니다. 저들의 영채가 아직 안정되지 않은 오늘 밤이 적기입니다. 조금이라도 지체했다간 업성 안에 고립되고 맙니다!"

얼굴이 파랗게 질린 원담이 숙고에 잠겨 있을 때, 군사 하나가 달려와 보고했다.

“주공, 서주군 하나가 백기를 들고 성 아래에 나타났는데 뭔가 할 말이 있어 보입니다.”

원담이 아래로 내려다보니 정말로 백기를 든 서주군 하나가 자신이 있는 동문 쪽으로 달려오고 있었다. 원담은 화살을 쏘지 말라 명하고 그 병사에게 말을 걸려는데, 그 서주군은 아무 말도 없이 활을 당겨 성안으로 우전을 날린 뒤 쏜살같이 자기 군영으로 돌아갔다. 원담은 필시 이유가 있으리라 여겨 빨리 화살을 가져오라고 일렀다.

병사가 주워 온 화살에는 과연 서신이 묶여져 있었다. 원담이 서신을 급히 펼쳐보니 안에는 도응의 친필로 이렇게 씌어 있었다.

형님, 우리와 화친할 의사가 있으신지요? 화친을 원한다면 세 가지 조건이 있습니다. 첫째, 하내와 병주를 내줄 것, 둘째, 매년 식량 백만 휘를 진상할 것, 셋째, 상복을 입고 내 악모 영전에서 무릎을 꿇고 사죄할 것 등입니다. 협상 의사가 있다면 언제든지 사신을 보내십시오.

전혀 예상치 못한 도응의 편지에 원담을 비롯한 기주 관원들은 하나같이 어리둥절한 표정을 지었다. 이미 업성을 철통같이 포위하고 압도적인 우위를 점한 상황에서 왜 화친을 요청한단 말인가.

잠시 후 곽도는 뭔가 깨달은 듯 무릎을 치며 들뜬 목소리로 말했다.

"주공, 도응의 후방에 문제가 발생했을 가능성이 있습니다. 형주군이 강동이나 허도 공격에 나섰거나 아니면 조조가 이 틈을 타 허도를 습격했는지도 모릅니다. 그래서 도응이 부득불 남쪽으로 군대를 돌려야 해서 먼저 화친을 제의한 것이 아닐까요?"

"정말이오?"

"가능성이 충분합니다. 잘 생각해 보십시오. 장 자사에게 일전을 겨룰 여력이 있어 언제든지 업성을 구하러 달려올 수 있는 상황인데도 도응이 황급히 한단에서 군대를 돌리고 먼저 아군에게 화친을 제의했다는 건 후방에 변고가 생긴 것 외에 달리 설명할 방법이 없습니다."

"음, 그렇구려."

원담은 곽도의 설명에 크게 고개를 끄덕이고 웃음을 터뜨린 뒤 물었다.

"그럼 이 일은 어찌 처리하면 좋겠소?"

"당연히 도응에게 사람을 보내 짐짓 화친에 응하는 척하며 도응이 왜 화친을 요청했는지 몰래 알아봐야지요. 도응이 진심으로 아군과 정전을 원하는 것이라면 한두 개 군쯤 떼어주는 것이야 무에 대수겠습니까? 도응이 물러가는 대로 아군은 원상을 멸해 먼저 내부를 안정시킨 뒤 외부의 침입을 막으십시오."

곽도가 올린 건의에 쾌재를 부른 원담은 신비를 불러 당장 성을 나가 도응과 접촉한 뒤 적의 의도를 알아내라고 명했다.

그러자 곽도가 만류하며 권했다.

"너무 조급해하지 마십시오. 우리가 지금 당장 사자를 보내면 지나치게 약세를 보이는 꼴이 돼 적을 거만하게 만들 뿐입니다. 응당 오늘 밤을 넘기고 내일 신비를 적진에 보내십시오."

아비와 마찬가지로 체면을 중시하는 원담은 곽도의 말에 동의를 표했다. 하지만 고간은 발연대로해 성가퀴를 내려치고 포효했다.

"뭐, 오늘 밤을 넘긴다고? 한시를 지체할수록 우리의 돌파 가능성도 그만큼 줄어든다는 사실을 모르시오! 그랬다가 오늘 밤 도응이 꿍꿍이를 꾸민다면 그때 가서 후회해도 늦는단 말이오!"

원담은 주제넘게 나서는 고간의 행동이 고까워 흥, 하고 코웃음을 친 뒤 차갑게 말했다.

"정말 포위를 돌파해야 할 때가 오면 그대를 최전방에 세우고 달아날 터이니 너무 걱정 마시오. 두렵다면 지금 도망쳐도 좋소. 내 잡지 않으리다!"

이어 원담은 소매를 떨치고 자리를 떴다. 곽도는 경멸하는 눈빛으로 고간을 힐끗 보고 비꼬았다.

"고 자사, 당대 무장의 담력이 어찌 닭 잡을 힘조차 없는 나 같은 일개 문관만 못하시오?"

그러고는 재빨리 원담의 뒤를 따라갔다. 자리에 남은 고간은 낯빛이 점점 붉어지고 두 주먹이 부르르 떨렸다.

* * *

그 시각 서주군 영내에서는 도응이 함께 출전했던 관원들을 이끌고 중군 막사로 발걸음을 재촉했다. 업성 전장을 지키는 고순, 서황, 유엽 등이 도응을 보자 예를 갖췄지만 도응은 손을 저어 이를 물리친 뒤 다짜고짜 물었다.

"준비는 다 되었소?"

유엽이 대답했다.

"예. 호미 4만 자루, 광주리 2만 개, 횃불 30만 개는 물론, 2만이 넘는 인부와 현지 백성들을 대기시켜 놓았습니다. 다들 일찌감치 배불리 밥을 지어 먹고 기다리고 있으니 언제든지 명만 내려주십시오."

도응은 만족한 표정을 짓고 장중의 관원들을 둘러보며 말했다.

"아군의 다음 작전에 대해 궁금했으리라 생각되오. 오늘 밤 안으로 길이 40리, 너비 2길의 물길을 파 업성 안의 원담군을 수몰시킬 생각이오! 그래서 원래 업성 전장에 주둔하는 병사는 말할 것도 없고 방금 전 한단에서 돌아온 대오까지 전부 수로를 파는 데 동원해야 하오. 공들은 노고를 아끼지 않고 전력을 다해 원담에게 절대 달아날 기회를 주지 말길 바라오!"

서주 관원들은 일제히 허리를 굽혀 공수하고 비장하게 명을 받았다.

"조운, 허저, 위연!"

도응은 잇달아 세 장수의 이름을 부르고 명했다.

"그대들은 각기 5천 정예병을 거느리고 조운은 동문, 위연은 서문, 허저는 남문을 책임지시오. 밤새 경계 태세를 강화하고 원담군이 만약 성 밖으로 나올 경우 곧바로 영격해 적을 다시 성안으로 몰아넣으시오. 만일 적이 달아난다거나 우리의 공사를 방해한다면 누구를 막론하고 예외 없이 군법으로 다스릴 것이오!"

세 장수가 일제히 명을 받고 대답하자 도응은 다시 분부를 내렸다.

"나머지 장수들은 나와 함께 물길 파는 작업을 지휘할 것이오. 지금 신시가 절반 지났으니 한 시진 반 정도 휴식을 취한 후 술시에 본격적으로 작업에 들어가 다섯 시진 안에 반드시 공사를 마쳐야 하오. 임무를 태만히 하는 자는 그 자리에서 목을 베겠소!"

서주 관원들이 다시 한 번 공수하고 명을 받자 도응은 노파심에 한 번 더 당부했다.

"한 가지만 꼭 기억해 주시오. 우리에겐 오늘 밤밖에 시간이 없소. 공사가 마무리되지 않으면 원담은 우리의 계획을 눈치채고 내일 당장 포위 돌파에 나설 것이오. 하북 3주 백성들이 최소한 1년은 앞당겨 태평을 누릴 수 있도록 공들이 최선을 다해주길 바라오!"

서주 관원들은 모두 무릎을 꿇고 이구동성으로 대답했다.

"주공, 심려 마십시오. 저희들이 하북 백성을 위해서라도 전력을 다해 임무를 완수하겠습니다!"

도응도 그들에게 공수하고 답례한 뒤 뒤쪽의 마충에게 명했다.

"너희 친병대도 모두 호미를 준비해라. 오늘 밤 내 친히 수로 파는 작업에 동참할 것이다!"

한대의 1자[尺]는 오늘날의 23.1센티미터에 상당했다. 6자가 1보(步)요, 3백 보가 1리니, 1리는 지금의 415.8미터에 상당했다. 따라서 도응이 파려는 길이 40리 물길은 무려 1만 6,632미터에 달했다.

또한 10자가 한 길[丈]이니 깊이와 너비가 두 길인 수로의 총 공사 규모는 35만 5천 평방미터나 되었다. 서주군이 사전에 너비 네 자, 깊이 반 길의 구덩이를 팠다고 하나 여전히 33만 7,250평방미터 이상을 파야만 했다.

이처럼 워낙 방대한 작업이다 보니 7만 명이 넘는 서주군 외에도 2만 명 정도의 인부까지 투입되었다. 그래도 다섯 시진 안에 임무를 완수하기란 결코 쉬운 일이 아니었다. 따라서 이 작업에 반신반의하는 서주 관원도 적지 않았지만 도응 본인은 의외로 자신감에 충만했다. 그 이유는 역사적으로 조조가 해낸 일을 자신이 못해 내리라고 여기지 않았기 때문이다.

한 시진 반이 금세 지나고 술시 정각이 되자, 9만 명의 인원이 총출동해 야음을 틈타 전에 건설한 방어 공사 현장에 이르렀다. 나머지 최정예 1만 5천 군사는 방어 시설을 넘어 업성의 동서남 세 성문 밖에 진을 치고 몸을 최대한 숨긴 채 원담군이 성을 나오면 언제든지 저지할 태세를 갖추었다.

도응의 통솔 아래 7만 서주군과 2만 인부는 각기 자리를 잡고 분초를 다퉈 수로 파는 작업에 착수했다. 가능한 한 횃불을 밝히지 않고 희미한 빛에 의지해 도응에서부터 일반 사병에 이르기까지 열심히 호미로 진흙을 팠다. 가후를 비롯한 서주 문관들도 두 팔을 걷어붙이고 작업에 동참하거나 광주리로 흙과 돌을 날랐고, 아니면 작업에 매진하는 장사들을 위해 술과 물을 제공했다.

아직 추위가 가시지 않은 초봄인지라 밤바람이 얼굴을 아프게 때렸고, 구덩이 안에 고인 물은 뼛속까지 시릴 정도로 차가웠다. 그럼에도 서주군 장사와 인부들은 웃통을 벗어젖힌 채 무릎까지 차오른 물을 헤치고 땀을 비 오듯 쏟으며 질척거리고 무거운 진흙을 광주리에 담아 쉬지 않고 뒤쪽으로 옮겼다. 조잡한 호미가 춤추듯 쉴 새 없이 움직이고 광주리를 운반하는 사람들이 개미처럼 오가면서도 누구 하나 힘들다고 불평하지 않았다.

사실 수로 준설 작업을 시작할 때, 각급 관원들은 아래로 명령을 하달해 모든 사병과 인부들에게 다음과 같이 독려했다. 이 수로가 계획대로 완공돼 원담군 수뇌부를 업성 안에 가둬 죽인다면 서주 장사들은 적어도 1년 앞서 고향으로 돌아가 가족과 상봉할 수 있고, 백성들도 1년 앞당겨 태평을 누림은 물론 부세 면제 혜택까지 받을 수 있다고 말이다. 그러니 평생 원씨 부자의 가혹한 세금 징수에 시달렸던 백성들이 필사적으로 작업에 임하는 것도 당연했다.

호미질과 진흙 운반 소리 및 최대한 목소리를 낮춘 명령은 봄밤에 웅웅 소리를 내듯 공사 현장에 계속 울려댔다. 반면 2리 밖 업성 안은 사람 소리가 드물어 순라대의 발소리가 또렷이 들릴 정도로 고요했다.

보초 초소의 원담군은 벽에 기대 꾸벅꾸벅 졸고 있었고, 어쩌다가 아래를 두리번거리는 병사들도 작혈(爵穴 : 성가퀴에 술잔 크기로 작게 뚫은 구멍)의 불빛을 통해 서주군이 야밤에 성벽을 기어오르는지 살펴보는 정도였다. 아무 이상이 없으면 성벽 밖으로 내민 고개를 거두고 계속 잠을 청했다.

원담군이 이토록 경계심을 가지지 않은 데는 그만한 이유가 있었다. 당시 업성은 황하 이북에서 가장 견고한 성으로 이름이 높았기 때문이다. 성벽 높이는 평균 다섯 길이 넘었고, 특별히 불에 구워 만든 성벽의 벽돌은 무게가 18근이나 나갔으며, 강도는 청석(青石)보다 더 단단했다. 여기에 찹쌀 물을 주입해 접합했기 때문에 칼날이 들어가지 않을 정도로 촘촘한 데다 벽돌 위에 펴서 바른 흙도 세월이 오래 흐르면서 돌처럼 단단히 응결되었다. 더군다나 너비 세 길의 해자가 가로막고 있어서 서주군 최고의 공성 무기 벽력거도 위력을 발휘하기 어려웠다.

성이 워낙 견고하다 보니 야간에 서주군이 공격해 오리라고는 꿈에도 생각 못해 다들 상황을 봐가며 휴식을 취했고, 각 성문을 지키는 장수들 역시 이를 다 알면서 눈감아줬다. 보초병들은 보통 한 시진마다 성을 순시하는 순라대의 호통에 놀라 잠을 깨곤 했다.

이렇게 아무 일 없이 시간이 흘러가면서 서주군의 수로 준설 공사도 예정대로 착착 진행되었다. 3리 남았던 수로와 장수 사이의 거리가 점점 좁혀지는 가운데 성벽 안 원담군은 연신 하품을 해대며 꾸벅꾸벅 졸기 바빴고, 이와 대조적으로 구덩이 안 서주군은 땀을 비 오듯 흘리며 혼신의 힘을 다해 땅을 팠다.

그런데 삼경 초각 딱따기가 울렸을 때 예상치 못한 일이 일어났다. 살을 에는 북풍이 때마침 불어 닥쳐 업성 동문 밖 일부 작혈의 등불이 꺼져 버린 것이다. 이로 인해 업성 동문 성벽 일대가 암흑 상태로 변했다. 작혈은 안에 등불을 설치해 성벽 주변을 밝히고 야간에 적이 성벽을 기어오르는지 감시하는 용도로 쓰였으므로 수비군에게는 매우 중요한 방어 수단이었다.

이에 업성 동문을 책임지는 장남(張南)은 바람에 작혈이 꺼진 것을 보고 한 병사에게 바구니를 타고 내려가 작혈에 다시 불을 밝히라고 명했다. 그 병사는 성벽 바로 아래로 내려가 작혈에 바로 불을 붙였는데, 높은 곳에 매달려 있다 보니 신경이 곤두서 있던 터라 어렴풋이 멀리서 호미질 소리가 들리는 듯했다. 수상한 낌새를 챈 병사는 곧장 성벽을 향해 큰 소리로 외쳤다.

"장 장군, 멀리서 무슨 소리가 들리는 것 같습니다. 경계를 강화하십시오."

"그래?"

장남은 주위 병사들에게 아무런 소리도 내지 말라 명하고 바깥쪽으로 조용히 귀를 기울였다. 그랬더니 정말 희미하면서도 기이한 소리가 들려오는 것이 아닌가. 다만 거리가 너무 멀어 무슨 소린지 분별하기는 어려웠다. 장남은 귀신이 곡할 노릇이라고 생각돼 아래쪽 병사에게 분부했다.

"조교를 내려줄 테니 좀 더 가까이 가서 무슨 소리가 나는지 알아보고 오너라. 이상이 감지되면 즉각 돌아와 보고하라."

원담군 병사가 명을 받은 데 이어 조교가 천천히 내려가 지상에서 사람 키 높이쯤 되는 곳에 멈추었다. 바구니를 타고 좀 더 아래로 내려간 그 병사는 조교로 풀쩍 뛰어오른 뒤 조용히 서주군 공사 현장 쪽으로 향했다.

업성 동문 밖의 백 보 지점에 매복해 있던 조운의 부대는 이 광경을 보고 심장이 덜컥 내려앉았다. 조운은 아예 이마에서 땀을 줄줄 흘리며 어찌해야 좋을지 몰랐다.

"장군, 어쩌죠? 화살을 쏴 죽일까요?"

좌우의 병사들이 물었지만 조운은 쉽사리 결정을 내리지 못했다. 잠시 고민에 잠겨 있던 조운은 이를 꽉 깨물고 병사들에게 손을 저어 활을 내려놓으라고 명했다.

이어 친히 허리를 구부리고 앞으로 가 그 병사가 지나갈 길에 숨어 있었다. 어두운 곳에 매복해 있던 조운은 그 병사가 가까이 다가오자 호랑이처럼 순식간에 달려들었다. 조운은 왼손으로 그 병사의 입을 막고, 오른손으로는 그 병사의 목을 잡고 비틀었다. 뚝 소리가 나며 경추가 부러진 그 병사는 영문도 모른 채 찍소리도 내지 못하고 즉사하고 말았다.

대사를 그르칠까 안절부절못하던 조운은 그제야 자리에 털썩 주저앉아 안도의 한숨을 내쉬며 이마의 땀을 훔쳤다. 그런데 이때 조운의 머릿속으로 뭔가가 섬광처럼 지나갔다.

"아뿔싸!"

만약 그 병사가 한참이 지나도 성으로 돌아가지 않으면 성 안의 사람들이 이를 의심하고 십중팔구 다시 병사를 내려 보내 무슨 일인지 알아볼 것이라는 생각이 퍼뜩 들었기 때문이다.

조운의 불길한 예감은 그대로 현실이 되고 말았다. 업성 안의 장남은 아무리 기다려도 그 병사가 돌아오지 않자 슬슬 의심이 들기 시작했다.

"왜 아직까지 아무 소식도 없는 거지? 설마 이 틈에 도망가 버린 것일까? 음, 병사 둘을 더 보내 무슨 일인지 알아보도록 해라."

이에 두 원담군 병사가 다시 바구니를 타고 성벽을 내려간 뒤 반쯤 내려온 조교에 올라 성 밖으로 발을 디뎠다. 조운은 어쩔 수 없이 함께 손쓸 병사 둘을 데리고 가며, 적군이 아무 소리도 내지 못하도록 쥐도 새도 모르게 없애 버려야 한다고 신신당부했다.

곧이어 두 원담군 병사가 주위를 살피며 가까이 다가오자, 조운은 부하들에게 손짓으로 신호를 보냈다. 부하들은 앞쪽의 적을 책임지고 자신은 뒤쪽의 적을 맡기로 결정한 뒤 동시에 적에게 달려들었다.

조운의 부하 중 한 명이 뒤쪽에서 적군의 입을 틀어막는 사이, 나머지 한 명은 칼로 적의 심장을 찔러 그 자리에서 황천길로 보냈다. 조운의 부하들은 훌륭히 임무를 완수했는데, 뜻밖에 조운에게서 실수가 발생했다. 조운이 뒤쪽의 병사를 처리하려고 할 때, 그만 둥근 돌을 밟아 몸이 기우뚱하는 바람에 왼손이 미끄러져 적의 입을 막지 못하고 턱을 잡았던 것이다.

"으악!"

조운이 재빨리 오른손으로 적군의 목을 부러뜨렸지만 병사의 입에서는 이미 비명 소리가 터져 나온 뒤였다.

"무슨 소리지?"

어둠 속에서 비명 소리는 유달리 크게 퍼져 나가 성 위의 장남 귀에도 똑똑히 들렸다. 그는 곧 성 밖을 향해 큰 소리로 외쳤다.

"무슨 일이냐? 대답해라! 얼른 대답하지 않고 뭐 하는 게냐?"

하지만 장남에게 들려온 것은 칠흑 같은 어둠 속의 침묵뿐이었다. 조운은 병사들에게 아무런 소리도 내지 말라고 명해 시간을 벌어보려고 했으나 이미 이상한 낌새를 챈 장남은 즉각 명을 내렸다.

"화살에 불을 붙이고 불화살을 쏘아라!"

불화살 수십 발에 주변이 환하게 밝아지자 조운은 병사들에게 바닥에 납작 엎드려 몸을 숨기라고 명했다. 다행히 불빛에 서주군의 모습이 드러나지 않았으나 이미 수상한 낌새를 챈 장남은 의심을 거두지 못하고 명령했다.

"10명이 더 내려가 횃불을 밝히고 정탐에 나서도록 하라!"

또다시 바구니를 타고 내려간 원담군 병사들은 양손에 횃불을 들고 다섯 명이 한 조가 돼 조심조심 앞을 향해 나아갔다. 어찌할 바를 몰라 이마에서 식은땀을 비 오듯 흘리던 조운은 순간적으로 기지를 발휘해 큰 소리로 외쳤다.

"전고를 울리고 총공격에 나서라!"

둥둥 북소리가 울리고 5천여 서주군이 어둠 속에서 고함을 지르며 업성 동문을 향해 진격해 들어갔다. 이 소리에 깜짝 놀란 원담군 병사 10명은 일제히 횃불을 내던지고 뒤쪽으로 줄행랑을 쳤다. 이들이 필사적으로 해자를 건너 맞은편으로 도망칠 때, 성 위의 장남 대오 역시 대경실색해 신속히 조교를 들어 올리고 경보 징을 마구 울렸다.

해자 앞까지 달려간 조운은 성을 향해 목 놓아 소리를 질렀다.

"여광, 여광 장군! 어서, 어서 성문을 여시오!"

"서주군의 기습? 여광이 내응이 됐다고?"

장남은 얼굴이 창백해져 급히 큰 소리로 명했다.

"빨리 화살을 쏴라! 그리고 징 소리를 더욱 크게 울려라!"

화살이 어지럽게 날아오자 조운은 서둘러 군사를 이끌고 뒤로 퇴각했다. 하지만 업성 안은 난장판이 돼 성문마다 횃불이 동시에 피어오르고, 군사들이 앞다퉈 성벽 쪽으로 달려와 경계 태세를 취했다. 단잠에 빠져 있던 원담과 곽도 등도 서둘러 옷을 챙겨 입고 사고가 발생한 동문 쪽으로 달려갔다.

서주군 진영에서도 조운이 즉각 도응에게 전령을 보내 업성 동문에서 벌어진 사태를 보고했다. 도응은 이를 듣고 짐짓 태연한 체하며 웃음을 지었다.

“자룡이 임기응변으로 적절히 대처했구나. 돌아가 자룡에게 일일이 보고할 필요 없이 알아서 일을 처리하라고 일러라.”

온몸에 진흙을 뒤집어쓴 도응은 조운의 전령이 자리를 뜨자마자 주위에 명을 내렸다.

“교대로 휴식을 취하는 사병들에게 바닥에 열을 맞춰 횃불을 꽂아두라고 일러라. 아군의 업성 기습에 접응하는 모양새를 취해놓고 공사에 더욱 박차를 가하라. 그리고 허저와 위연에게도 사람을 보내 횃불을 밝히고 북을 울려 적을 기습하는 체해 적이 감히 성을 나오지 못하도록 하라.”

도응의 명령이 떨어짐과 동시에 공사 현장 주변에는 대량의 횃불이 밝혀졌고, 남문의 허저와 서문의 위연 대오도 업성에 기습을 가하는 척했다. 이때 시각이 삼경 삼각이었다.

사경이 다 되었을 때 업성 동문에 이른 원담과 곽도 등은 사방에 밝혀진 서주군 횃불을 보고 아연실색했다. 원담은 어리둥절해 물었다.

“저게 대체 뭐지? 저 많은 적이 왜 저기 나타났단 말이냐?”

장남이 황급히 아뢰었다.

“서주 적군이 기습을 가하려다가 아군에게 발각됐습니다. 그런데 조운이 방금 전 여광에게 성문을 열라고 외치는 소리를 들었습니다."

원담은 크게 노하여 버럭 성을 냈다.

"여광이 감히 날 배신했다고? 당장 여광을 잡아들여라! 그리고 사대문을 굳게 지키며 내 명령 없이 함부로 성문 가까이 가는 자는 그 자리에서 목을 베어라!"

한편 남문을 지키는 여광은 경보 징 소리를 듣고 급히 성 위로 올라가 적군의 동태를 살펴보았다. 다행히 적군이 성으로 쳐들어오지 않아 안도의 한숨을 내쉬고 있는데, 원담이 보낸 친병대가 이르러 영패를 보인 후 다짜고짜 여광을 체포했다. 여광이 억울하다며 노호했지만 친병대는 막무가내로 여광을 끌고서 원담에게 데려갔다.

억울하게 누명을 쓴 여광은 사건이 발생했을 때 거처에서 휴식을 취하고 있었다고 항변했다. 철저한 조사 끝에 사건의 경위가 낱낱이 밝혀지자 원담은 도무지 서주군의 의도를 몰라 고개를 갸우뚱거렸다.

"적군이 왜 뜬금없이 성 밖에 군사를 배치한 거지? 그리고 왜 여광을 모해했을까?"

이때 곽도가 자신만만한 어조로 대꾸했다.

"내부에 첩자가 있는 게 분명합니다. 도응이 고의로 화친을 요청하는 전서를 날려 아군을 방심하게 한 연후 첩자를 이용해 성문을 열려 했는데, 마지막 순간에 산통이 깨지자 여광을 모함해 첩자를 보호하려 든 것이죠. 따라서 오늘 밤 성문 가까이 간 자들을 철저히 조사하면 첩자를 금방 가려낼 수 있습니다."

곽도의 말이 일리가 있다고 여긴 원담은 각 성문을 지키는 관리를 당장 불러들이라고 명했다. 전령이 명을 받고 출발하자 가까스로 혐의에서 벗어난 여광은 화를 억제하지 못하고 원담에게 청했다.

"주공, 말장이 3천 군사를 이끌고 나가 조운 필부 놈과 결사전을 벌여 이 치욕을 꼭 씻고 말겠습니다!"

하지만 원담은 손을 휘저으며 단호히 반대했다.

"적정이 불분명한 데다 도응의 병마가 3리 밖에 집결한 상황에서 성문을 열고 나갔다간 적군에게 역습을 당해 오히려 대사를 그르칠 수 있소."

원담의 명에 여광은 어쩔 수 없이 씩씩거리며 뒤로 한 걸음 물러났다.

사경이 절반쯤 지났을 때, 성문을 지키는 관리들이 잇달아 동문으로 달려와 오늘 밤 성문 가까이 다가간 자는 하나도 없었다고 보고했다. 원담이 도무지 이해가 되지 않아 연신 고개를 갸웃거리자, 일의 경과를 대충 이해한 곽도가 설명했다.

"음, 아군은 삼경 초각 정도에 상황이 심상치 않음을 깨달았습니다. 이로써 보건대 도응의 첩자는 삼경 반각쯤에 손을 쓰려고 했다가 성 밖의 적군이 이미 발각된 것을 보고 행동을 멈춘 것이지요. 그러니 성문을 지키는 관리들이 상황을 모르는 것도 정상입니다."

원담은 이번에도 곽도의 말을 옳다 여기고 이맛살을 찌푸리며 말했다.

"귀찮게 됐구려. 도응의 첩자를 찾아내지 못했으니 이후 어찌 발 뻗고 잠을 잔단 말이오?"

이때 고간이 남문 쪽에서 총총히 달려와 숨을 헐떡이며 원담에게 말했다.

"주공, 상황이 심각합니다. 말장이 경보 징 소리를 듣자마자 업성 서문에 올라갔는데, 적군이 3리 밖에 집결한 것 외에 서문에서 동문까지 일제히 횃불이 밝혀졌습니다. 업성을 겹겹이 포위하려는 듯하니 아군도 이에 대응해 손을 써야 합니다."

"아무래도 밤새 성 방어 공사를 강화하려는 것이 아닐까요?"

신비의 의문 제기에 원담은 코웃음을 쳤다.

"흥, 그러거나 말거나. 장장 40리에 달하는 방어 공사를 얼마나 강화하는지 이 두 눈으로 똑똑히 지켜보리다."

"시간이 없습니다. 당장 군사를 출격시켜 도응이 무슨 짓을 꾸미는지 꼭 알아내야 합니다."

원담은 고간의 다급한 제의를 일축하고 대꾸했다.

"적정이 불명한 이때 절대 성문을 열어선 아니 되오. 게다가 성 밖의 조운은 만만히 볼 상대가 아니어서 헛되이 죽음을 자초할 뿐이오."

고간이 재차 간권했지만 원담은 꿈쩍도 하지 않았다. 곽도까지 그 틈에 첩자가 난리를 일으킬 우려가 있다고 거들자, 원담은 다시 한 번 성을 나가자고 하는 자가 있다면 참수에 처하겠다고 엄명을 내렸다. 고간이 하는 수 없이 자리에서 물러났을 때는 사경 삼각이었다.

이에 따라 성 위의 원담군은 감히 성 밖으로 출격하지 않고, 성 아래의 서주군은 본영으로 물러나지 않은 채 계속 대치하고 있었다. 이 와중에도 시간은 점점 흘러 오경 인시 정각이 되었다. 서주군이 수로를 판 지 벌써 네 시진이 지난 시각이었다.

서주군이 물러갈 기미를 보이지 않자 원담도 쉬이 성벽을 떠나지 못했다. 그는 곽도와 여광의 건의를 듣고 성루 안으로 들어가 추위를 피하며 잠깐씩 눈을 붙였다.

대다수 원담군 관원들은 원담을 따라 성루로 들어가고, 고간과 신비 등 몇 명만 성벽에 남아 멀리 적의 동태를 감시했다. 그러면서 기습 작전이 이미 실패로 돌아간 상황에 서주군이 왜 후퇴하지 않고 계속 그곳에 남아 있는지 몰라 의아하게 생각했다.

인시 초각이 지났을 즈음에 도웅이 친히 지휘한 수로 굴착 공사가 마침내 완성되었다. 거의 파김치가 된 도웅은 마충 등의 손을 잡고 땅 위로 기어 올라왔다. 불 가까이 다가가 몸을 녹이던 도웅은 피멍울로 가득한 두 손을 보고 통증이 밀려왔지만 이내 뿌듯한 마음이 들어 웃음이 절로 나왔다.

그 시각 업성 성벽을 지키던 신비가 문득 한 가지 일이 생각나 황급히 고간을 보고 물었다.

"참, 서문 쪽은 장수 상류인데 서주군의 방어 공사 부근에서도 횃불이 보였습니까?"

"그게……."

기억을 더듬던 고간은 머뭇거리며 대꾸했다.

"그런 것 같기도 하고, 아닌 것 같기도 한데… 기억이 잘 나지 않소."

"아군의 생사와 관련된 일이라 꼭 기억해 내야 합니다! 지금 현장을 살필 시간이 없습니다!"

고간은 눈을 깜빡이며 곰곰이 생각에 잠겨 있다가 갑자기 큰 소리로 외쳤다.

"있었소. 분명히 있었소! 어렴풋이 보기에 장수 가에도 많지 않지만 확실히 횃불이 있었소!"

이 말에 신비는 머리가 어찔해 성벽으로 몸이 기울었다. 고간이 놀라 급히 그를 부축하고 이유를 묻자, 신비는 고간의 옷깃을 부여잡고 사색이 돼 소리쳤다.

"빨리, 빨리 성을 빠져나가야 합니다! 도웅, 도웅 놈은 장수 물을 끌어 모아 아군을 수몰시키려 하고 있습니다!"

"뭐? 장수 물로 아군을 수몰시킨다고?"

고간은 동공이 커질 대로 커져 신비를 응시하다가 갑자기 얼굴이 파랗게 질려 버렸다.

"아, 내가 왜 깜빡하고 있었을까? 업성은 땅이 움푹 패여 지세가 장수 수면보다 낮잖아! 도웅이 강물을 끌어 모으는 날에는 우리 모두 끝장이라고!"

비명을 지른 고간은 성큼성큼 성루로 뛰어올라 앞길을 가로막는 무사들을 물리치더니 꾸벅꾸벅 졸고 있는 원담을 흔들어 깨우고 소리쳤다.

"주공, 얼른 성을 빠져나가야 합니다! 이대로 있다간 적군의 수공에 몰살되고 맙니다!"

인시 이각에 고간은 현재 처한 위험에 대해 원담에게 낱낱이 설명했다. 처음에 원담은 하룻밤 안에 서주군이 그 방대한 공사를 완성하리라 믿기 어려웠다. 하지만 서주군 전원이 공사에 매달린다면 불가능한 일도 아니라는 고간의 설파에 원담은 그제야 꿈에서 깬 듯 사태를 깨닫고 전군에 출격 명령을 내렸다.

일각 만에 대충 병력을 집결한 원담군은 동서남 세 성문의 조교를 동시에 내리고 성문을 열더니 벌 떼처럼 성을 나가기 시작했다. 이때 성 밖에 주둔하던 조운과 허저, 위연 부대도 방향을 돌려 일제히 본진으로 달아났다. 적군이 미친 듯이 추격해 올 때, 이들 부대는 벌써 수로 근처에 다다라 미리 설치한 교량을 이용해 참호를 건넜다.

잠시 후 서주군 방어 공사 현장 앞까지 이른 원담군은 누구랄 것도 없이 입이 모두 쩍 벌어졌다. 원래 한달음이면 풀쩍 뛰어넘을 수 있던 서주군 참호가 하룻밤 새에 너비 두 길이 넘는 거대한 참호로 변해 있었기 때문이다!

"돌격하라! 빨리 참호를 건너라!"

원담은 애가 타는 마음에 목청이 찢어져라 병사들을 재촉했다. 그러나 참호 맞은편에서 비 오듯 쏟아지는 서주군의 화살 공격에 수많은 병사가 그 자리에서 쓰러졌다. 원담군이 어쩔 수 없이 뒤로 물러나는 틈을 타 서주군은 재빨리 참호에 걸쳐져 있던 임시 교량을 파괴해 버렸다.

그때 마침 멀리서 벼락이 치듯 우르릉 소리가 들려오더니 차디차고 혼탁한 장수 물이 빠른 속도로 수로를 타고 내려와 거대한 호형을 그리며 순식간에 업성을 에워쌌다. 수위는 급속히 높아져 어느새 참호와 수평을 이루었고, 참호에 가득한 물은 업성 쪽으로 마구 흘러 들어갔다.

으악, 하고 비명을 지른 원담은 입에서 선혈을 토하고 전마와 함께 물길에 휩쓸려가다가 그만 정신을 잃고 말았다.

第六章

원담이 투항을 청하다

원담군은 무거운 흙 포대와 바위, 모래주머니를 메고서 4백 보 떨어진 참호를 향해 뚜벅뚜벅 발걸음을 옮겼다. 저 빌어먹을 참호에 이것들을 던져 넣어 물길을 막은 뒤 자기 군사들의 도주로를 확보하기 위함이었다.

하지만 업성 주위가 물바다로 변해 무릎까지 물이 차오른 탓에 무거운 짐을 들고 전진하기란 마음처럼 쉽지 않았다. 발밑의 진흙은 걸음을 옮길 때마다 커다란 아가리처럼 발목을 잡아끌었고, 땅이 질척거리고 미끄러워 서너 걸음도 못 가 자빠지기 일쑤였다.

그래도 원담군은 젖 먹던 힘을 다해 끝내 참호 근처까지 이르렀다. 그러나 이번에 그들을 기다리고 있는 건 맞은편 흙담 뒤에 일렬로 늘어선 서주군 궁수 부대였다. 영기가 올라가자 기다렸다는 듯 하늘을 뒤덮는 무수한 우전이 곡선을 그리며 원담군의 머리 위로 그대로 떨어졌다.

절망의 비명 소리가 여기저기서 잇달아 터져 나오며 화살에 맞은 병사들이 그 자리에서 픽픽 쓰러졌다. 다리마저 자유롭지 못해 도망치기도 어려웠던 이들은 마치 적군의 연못 속 과녁과 다를 바 없었다. 선혈은 진흙과 섞여 바닥이 온통 분홍빛으로 물들었고, 처절한 울부짖음 속에서 원담군은 흙 포대와 모래주머니를 내던지고 적의 사정권에서 벗어나기 위해 필사적으로 몸을 돌려 달아났다.

그러나 사방에는 이미 시체들이 널브러졌고, 살려 달라고 아우성치는 부상병의 비명이 메아리쳐 흡사 수라지옥을 방불케 했다.

돌파 작전을 지휘하는 기주 대장 장남은 이 광경을 보고 눈물이 앞을 가렸다. 마음이 약해져 몇 번이나 징을 치고 싶었지만 쉽사리 입이 떨어지지 않았다. 서주군이 수공을 펼친 뒤 닷새 동안 원담군은 두 차례 이와 유사한 방법으로 돌파를 강행하고, 또 두 차례 야습을 시도했다. 그러나 철통같은 서주군의 수비망에 막혀 매번 막심한 사상자만 낸 채 격퇴를 당했다.

원담군에게는 시간과 기회가 얼마 남지 않았다. 업성 안의 양식은 조만간 바닥을 드러낼 테고, 군사들의 사기도 이미 바닥으로 떨어져 이 닷새 동안 서주군에게 투항한 사병이 천 명이 넘었다. 따라서 신속히 서주군의 포위를 뚫지 못한다면 얼마 못 가 저항할 힘조차 잃을 게 빤했으므로 장남으로서도 어쩔 수 없이 병사들에게 화살 비를 무릅쓰고서 전진하라고 재촉했다.

원담은 의식을 잃고 강물에 떠내려가다가 다행히 친병들의 도움으로 목숨을 건질 수 있었다. 그는 전세가 이미 기운 것을 보고 일찌감치 도응에게 사자를 보내 화친을 구걸했다. 그런데 도응은 모든 군권을 자신에게 넘기고, 투항 후 허도로 가 한관(閑官)을 지내라는 요구 조건을 내걸었다. 자부심이 강한 원담은 당연히 이런 굴욕적인 조건을 받아들일 수 없어 어떤 대가를 치르더라도 반드시 서주군의 포위를 돌파하기로 결심했다.

물론 문제는 포위 돌파가 결코 쉽지 않다는 것이었다. 원담도 이를 잘 알고 있었기에 군사들의 희생으로 최대한 버티며 새로운 전기가 나타나기만 간절히 바랐다.

이번 돌파 역시 서주군의 완벽한 포위망에 가로막혀 첫 번째로 보낸 1천5백 병사 중 한 사람도 살아 돌아오지 못했다.

장남은 뒤로 돌아 장사들에게 외쳤다.

"이번에는 누가 가서 저 도랑을 평평히 메우고 아군의 탈출로를 열겠느냐? 임무를 완수하면 직책을 세 등급 올려주고, 금과 은 각각 5백 근을 상으로 내리겠다. 자, 누가 나서겠느냐?"

관직과 상금의 유혹에도 누구 하나 감히 찍소리를 내지 못했다. 사방에 널린 시체를 보고 무모하게 죽음을 선택할 자가 과연 몇이나 되겠는가. 아무도 나서는 이가 없자 장남은 화를 참지 못하고 노호했다.

"죽음이 두렵단 말이냐? 그럼 내 손으로 직접 지명하겠다. 명을 거부하는 자는 그 자리에서 목을 베리라!"

그러자 원담군 장령 몇 명이 무릎을 꿇고 눈물로 하소연했다.

"장군, 우리가 감히 가지 않으려는 것이 아닙니다. 하지만 간다고 해도 포위를 뚫기란 불가능에 가까워 장사들이 헛되이 희생될 뿐입니다!"

뭇 장수들의 울부짖음을 듣고 장남의 눈에도 눈물이 글썽거렸다. 한참 동안 고개를 돌리고 있던 장남이 나지막이 분부했다.

"징을 쳐라. 죄를 묻는다면 내가 다 짊어지겠다."

징 소리가 울리자 원담군은 대사면이라도 받은 듯 서둘러 무기를 버리고 물이 한 자나 차오른 업성 안으로 돌아갔다. 성 위에서 줄곧 이 광경을 지켜보던 원담은 노발대발해 전군이 입성하기도 전에 호위병을 보내 장남을 자기 앞에 끌고 오라고 명했다. 장남이 이르자 원담은 다짜고짜 다그쳤다.

"네가 감히 무슨 자격으로 징을 울린 것이냐? 성을 나가기 전에 시체로라도 도랑을 메우라고 그리 일렀건만 한 차례 공격 후 왜 징을 쳐 군대를 철수시켰느냔 말이다!"

장남은 고개를 떨구고 낙담한 어조로 답했다.

"주공, 성벽 위에서 보셨겠지만 서주군의 방비가 너무 주밀해 뚫고 나갈 방법이 없습니다. 계속 공격에 나섰다간 장사들이 이유 없이 목숨을 잃고 맙니다."

장남의 호소에도 원담은 버럭 화를 냈다.

"그런 건 나와 상관없다! 나로서는 도랑을 메우고 아군의 돌파로를 열기만 하면 그만이다. 멋대로 퇴병한 죄는 참수에 처해 마땅하다. 여봐라, 당장 장남을 끌고 가 본보기로 목을 베어라!"

고간을 위시한 원담군 장수들은 이 명에 화들짝 놀라 일제히 무릎을 꿇고 용서를 구했다. 고간이 앞장서서 간했다.

"주공, 이 상황에서 장 장군의 목을 벤다면 군심이 더욱 어지러워질까 두렵습니다. 그간의 공을 봐서라도 목숨을 살려 주십시오."

원담은 흥, 하고 코웃음을 친 뒤 다시 명을 내렸다.

"그대들의 얼굴을 보아 사형만은 면해주리다. 다만 군령은 엄정한 것, 내 명을 어긴 죄로 장형(杖刑) 80대에 처하라!"

고간 등이 재차 은혜를 베풀어 달라고 간청했지만 원담은 눈을 부릅뜬 채 미동도 하지 않았다. 부하들을 위해 스스로 퇴병을 결정한 장남은 성 아래로 끌려가 장사들이 지켜보는 가운데 모진 매질을 당했다. 피부가 찢기고 살이 터져 피가 줄줄 흘렀으며, 고통에 몇 번이나 까무러치기를 거듭했다.

원담의 이런 처사에 군사들은 반감을 넘어 분노하기에 이르렀다. 그날 밤, 장남 덕에 목숨을 구한 장사 수백 명은 보복 행동에 들어가 먼저 중상을 입은 장남을 구한 다음 업성 남문을 열고 서주군에게 투항하러 달려갔다. 이들은 당연히 도망치기 전 성안에 불을 질러 막심을 피해를 입혔다.

이 소식에 대로한 원담은 즉시 팽안을 보내 반역자들을 추살하라고 명했다. 그런데 팽안이 3천 군사를 이끌고 성을 나간 지 얼마 지나지 않아 무려 그중 절반이 대오를 이탈해 서주군 진영 쪽으로 도망쳐 버렸다. 상황이 심상치 않음을 깨달은 팽안은 급히 군대를 돌려 업성 안으로 다시 들어갔다.

군심 이반이 이 지경까지 이르자 원담군 관원들의 고민은 더욱 깊어질 수밖에 없었다. 그러자 다음 날 아침, 고간이 원담에게 싸울 여력이 남은 지금 성안의 병마를 총동원해 야간에 동문 포위를 뚫고 달아나자고 건의했다. 원담은 숙고 끝에 승부수를 던지는 이 제의를 받아들였다.

그날 원담은 야간 탈출에 대비해 휴대 가능한 양초와 치중을 전부 수레에 싣고 병사마다 사흘 치 건량을 준비하라고 명했다. 퇴각 명령이 떨어지자마자 사졸들은 앞다퉈 짐을 싸기 바빴는데, 탈출이 불가능하다고 여긴 일부 병사가 퇴각 준비로 성안이 어지러운 틈을 타 저녁에 몰래 성을 빠져나가 도응에게 이 사실을 모두 고해 바쳤다.

도응은 이 소식을 듣고 크게 기뻐 투항한 원담군 병사들에게 중상을 내린 후, 즉각 동문 쪽에 대단위 방어 병력을 배치했다. 물론 혹시 모를 역습에 대비해 서문과 남문에도 방비를 철저히 하라고 일러두었다.

원담은 삼경에 성을 나가 동문 밖에 집결한 뒤 포위를 뚫겠다고 미리 얘기해 두었다. 그런데 한시라도 빨리 포위를 벗어나고픈 서문 수장 풍례가 이경 절반쯤 지났을 때 벌써 성문을 열고서 군사를 이끌고 업성 동문 밖으로 달려갔다. 이렇게 되자 팽안 역시 한 발짝이라도 뒤처질까 두려워 급히 남문을 열고 동문으로 가 집결했다.

이 와중에 인마가 서로 밀치락달치락해 작전을 수행하기도 전에 이미 사상자가 속출하기 시작했다. 군심과 사기는 떨어질 대로 떨어지고 어수선한 분위기가 계속 이어지자 원담은 대경실색해 시간을 앞당겨 전군을 거느리고 포위 돌파에 나섰다.

엎친 데 덮친 격으로 태항산에서 발원한 장수가 봄비로 인해 크게 범람했는데, 원담군이 탈출하려는 때에 공교롭게도 큰물이 업성 일대로 들이닥쳤다. 그리하여 장수의 수면이 급격히 높아져 지세가 낮은 업성 쪽으로 강물이 쏟아져 들어오자, 원담군은 발이 모두 잠긴 채 돌파에 나설 수밖에 없었다.

반면 비교적 높은 위치에 자리하고 진흙을 파 보루를 쌓은 서주군은 이에 거의 영향을 받지 않았다. 원담군이 필사적으로 참호를 건너려 노력했지만 고지를 점령한 서주군의 맹공에 시체만 잔뜩 늘어날 뿐이었다.

거의 삼경에 이르러 시작된 돌파 작전은 사경이 절반쯤 지났음에도 성공할 희망이 전혀 보이지 않았다. 지면의 수위는 점점 높아져 사람 허리 높이까지 차올랐을 뿐 아니라 전투에 가담하는 병사보다 외려 서주군에게 투항하는 군사 수만 점점 더 늘어나고 있었다. 상황이 최악으로 치닫자 원담은 하는 수 없이 군사를 이끌고 업성 안으로 퇴각해 성문을 꽁꽁 걸어 잠갔다.

참패한 원담이 숨을 돌리고 병마를 점검해 보니 3만이 넘던 군사는 1만도 채 남지 않았고, 탈출 때 가져간 양초와 치중은 어디에도 보이지 않았다. 게다가 굶주림과 추위에 시달린 백성들까지 이 틈을 타 창고를 습격해 양식을 약탈하기 시작했다. 원담은 이 사실을 알고 크게 노해 민가를 샅샅이 뒤져서라도 훔쳐간 식량을 한 톨도 남기지 말고 도로 가져오라고 명했다.

그리고 이튿날 원담은 성으로 돌아오지 않은 팽안 등이 난군 중에 죽은 것이 아니라 실은 서주군에게 투항했다는 사실을 듣게 되었다. 원담이 분노에 치를 떨고 있을 때 의외의 일이 벌어졌다. 가장 먼저 성문을 열고 도망치려 한 서문 수장 풍례가 업성으로 돌아와 서주군에게 끝까지 저항한 자신의 공로를 자랑하며 아부를 떨었다. 물론 원담은 이 말들이 귀에 거슬리는 데다 저런 자를 곁에 두고 싶은 마음도 없어 큰 소리로 명했다.

"당장 저자를 끌고 가 목을 베고 시체를 개에게나 줘버려라!"

"주공, 살려주십시오! 제발 살려주십시오! 말장 같은 충신을 어찌 죽이려 하십니까?"

사실 풍례는 성으로 돌아온 뒤 기회를 엿봐 도응에게 성을 바치고 중상을 얻으려는 꿍꿍이를 품고 있었다. 한도 끝도 탐심 때문에 죽음을 자초했으니 어찌 인과응보가 아니겠는가.

성루 위 의자에 축 늘어져 지상에 가득 고인 물을 멍하니 바라보던 원담은 연신 작은 목소리로 웅얼거렸다.

"어쩌지? 이제 어떡하면 되지? 솟아날 구멍이 더는 없단 말인가?"

"주공, 염려 마십시오. 저에게 대세를 완전히 뒤바꿀 묘책이 하나 있습니다."

고간은 여전히 의연한 어투로 대꾸한 뒤 원담에게 다가가 귓속말로 속삭였다.

"며칠 전 주공의 투항 요청은 도응의 무리한 요구로 결렬된 바 있습니다. 하지만 지금 아군이 연전연패해 막다른 길목에 몰린지라 사람을 보내 모든 요구 조건을 수용하겠다고 밝히면 도응은 필시 이를 믿게 돼 있습니다. 이때 주공은 지난번 관도 전투에서 도응이 아군을 속인 일로 또다시 약속을 어길까 걱정되니, 도응에게 친히 성 아래로 와 투항 권유의 성의를 보여 달라고 말하십시오. 그러면 도응은 속히 북방을 평정하고 싶은 욕심에 반드시 이에 동의할 테고, 그 다음에……."

원담은 고간의 계책을 다 듣고 신음성을 흘리더니 이내 어금니를 꽉 깨물고 말했다.

"좋소, 도박을 한번 걸어봅시다. 도응을 제거해 버리기만 하면 성 밖의 적군이 아무리 많다 해도 전혀 두려워할 필요가 없소!"

*　　　*　　　*

장수를 끌어와 업성을 물바다로 만든 도응은 두 달 넘게 끈 지루한 전쟁을 하루속히 끝내고 싶었다. 원담군의 도주로를 완벽히 차단한 지금이야말로 목표를 이룰 적기였으나 업성이 워낙 견고한 데다 그 일대까지 물이 차올라 공성이 여의치 않은 관계로 피해가 커질까 우려해 도응은 쉽사리 총공격 명령을 내리지 못했다.

이에 도응은 이리저리 방법을 고민하다가 원담군이 탈출을 시도하려다 심각한 타격을 입은 이 기회를 이용해 목표 달성 시간을 절약할 책략 하나를 생각해 냈다. 그것은 바로 현재 병력을 둘로 나누어 절반은 계속 업성을 압박하고, 나머지 절반은 기주 내지로 북상해 각 요지를 점령해 나가는 것이었다.

그런데 도응이 세부적인 방안을 궁리하고 있던 차에 장패로부터 급보가 전해졌다. 장패군이 예상 외로 거센 기주군의 저항에 부딪혀 힘겹게 안평군(安平郡) 치소인 신도를 취하고 원담군의 북부 원군을 견제하러 출격하려는데, 안평군 북부

대부분이 원상군 수중에 들어갔다는 소식을 듣게 되었다.

알고 보니 원상은 도응의 견제가 느슨한 틈을 타 기주 동북부로 출격해 원담에게 신복하는 발해와 하간 두 군을 점령한 뒤, 다시 안평 북부로 방향을 돌려 요양(饒陽)과 안국(安國) 일대에 병마를 집결하고 북쪽 유주나 서쪽 중산군(中山郡)으로 진격하려는 태세를 취하고 있었다. 도응을 더욱 분노케 만든 건 원상이 뜻밖에 장패에게 서신을 보내 안평군의 귀속권 문제를 제기하면서 거들먹거리는 투로 안평 남부를 내놓으라며 윽박질렀다는 점이다.

도응은 원상의 세력 확장을 두고만 볼 수 없어 한단을 지키는 조성에게 즉각 사람을 보내 장기와 견가 등을 풀어주고 유주로 돌려보내라고 명했다. 이는 당연히 이들을 통해 견초와 한형이 원상에게 들러붙는 것을 막기 위한 조치였다. 물론 저들이 창을 거꾸로 잡을지도 모르는 일이었기 때문에 도응은 장수 북쪽으로 1만 군사를 분병해 방어를 한층 더 강화했다.

모든 안배를 마친 도응은 이어 가후와 유엽 등을 소집해 마침 원상도 견제할 겸 머릿속에 그려 두었던 기주 북부로의 출병 문제에 대한 얘기를 꺼냈다.

그런데 도응의 생각은 예상 밖으로 모사들의 강력한 반대에 부딪혔다. 가장 중요한 이유는 양초 문제 때문이었다.

현재 서주군의 군사력으로 기주 성지를 점령하기란 그리 어려운 일이 아니었다. 하지만 원씨 형제가 군량을 마련하려고 백성에게 가혹한 세금을 징수해 민간에 식량이 많지 않은 데다 때마침 춘궁기가 닥쳐 현지에서 식량을 구하기 어려운 관계로 오로지 후방의 식량 지원에 의존해야 하는데, 적의 영토에서 당장 양도를 확보하기란 거의 불가능에 가까웠다. 모사들의 상세한 설명을 듣고 난 도응은 아쉬움을 뒤로하고 며칠 동안 고심했던 생각을 바로 접었다.

그럼에도 도응의 얼굴에는 여전히 실망하는 기색이 가득했다. 곁에 있던 유엽이 이를 눈치채고 한 가지 건의를 올렸다.

"주공, 10만이나 되는 병력이 곧 있으면 무너질 업성 하나에 매어 있는 게 낭비라고 생각된다면 호관의 진도에게 증원군을 보내는 건 어떻겠습니까? 호관을 점령하기만 하면 병주 최대의 식량 생산지인 상당군은 믿고 버틸 만한 요새가 사라지게 됩니다. 그때에 이르러 진도는 동쪽에서, 후성은 남쪽에서 진격해 들어가면 상당을 손에 넣기란 여반장과 같습니다. 그리 되면 태원군까지도 자연히 손에 들어오고, 또 기주 북부에 식량 지원까지 가능해집니다."

도응은 유엽의 말이 일리가 있다고 여겨 즉각 호관에 2만 군사를 증원하기로 결정했다. 국종에게 이번 임무를 맡김과 동시에 새로 투항한 팽안을 함께 보내기로 했는데, 이는 호관에서 완강하게 버티는 하소와 등승에게 관문을 열라고 권유하기 위해서였다.

이리하여 국종 등은 출정 준비를 서두르고 도응과 가후 등은 업성을 속히 공파할 대책을 논의하고 있을 때, 막사 밖에서 병사 하나가 나는 듯이 달려와 보고했다.

"주공께 아뢰옵니다. 자칭 진림이라는 자가 업성에서 백기를 들고 나와 원담의 투항 요청 편지를 가지고 왔다며 주공을 뵙게 해달라고 간청하고 있습니다."

도응은 놀랍기도 하고 기쁘기도 해 눈이 동그래졌다.

"뭐라고? 원담이 투항을 요청해 왔다고? 음, 진심으로 투항하려는 것일까?"

"지금으로서는 단정 짓기 어렵습니다. 궁지에 몰린 원담에게 투항이 유일한 선택이긴 하나 자부심 강하고 남의 밑에 있길 천성적으로 꺼리는 자라… 진림을 만나보면 답이 나오겠지요."

도응도 가후의 생각에 동의를 표한 후 급히 진림을 안으로 들이라고 명했다. 잠시 뒤 진림이 호위병을 따라 막사 안으로 들어섰는데, 나이에 비해 용모가 청아하고 말투가 점잖아 도응도 절로 흡족한 미소가 지어졌다. 진림은 자리에 앉자마자 원담의 편지를 꺼내 도응에게 건네며 공손히 말했다.

"이는 태위께 바치는 우리 주공의 친필 항서이니 한번 살펴

보십시오."

호위병은 항서를 건네받아 다시 도응에게 올렸다. 그런데 도응은 잠시 이를 옆으로 밀어둔 채 웃음 띤 얼굴로 먼저 진림을 슬쩍 떠보았다.

"공장 선생, 자대(自大)하기로 이름 높은 그대의 주공이 돌연 투항하는 데는 속임수가 있는 것 아니오?"

성격이 충직한 진림은 어리둥절한 표정을 짓더니 공수하고 말했다.

"제가 주부직을 사임한지라 투항을 논의할 때 비록 자리에 없었으나 주공의 이번 결정에는 한 치의 거짓도 없는 줄 아옵니다. 태위의 수공으로 업성이 물바다가 돼 군사와 백성이 이루 말할 수 없는 고통을 겪고 있고, 사방 어디에도 빠져나갈 구멍이 없어 목숨을 부지하려 투항하는 것은 지극히 정상입니다. 바라옵건대 업성의 수만 백성을 위해 우리 주공의 지난 과오를 너그러이 용서하시고 투항을 받아주십시오."

거짓 한 점 없어 보이는 진림의 진솔한 어투에 도응은 그저 고개를 끄덕일 뿐 아무 대꾸도 없이 밀어두었던 원담의 항서를 펼쳐 보았다. 그런데 편지에는 정말로 어떠한 요구 조건도 없었고, 도응이 응하기만 한다면 시간을 정해 업성 성문을 활짝 열고 스스로 문무 관원들과 함께 포박된 상태로 나와 관인과 병부를 모두 넘기겠다고 씌어 있었다.

업성 전투를 하루빨리 끝내고 싶었던 도응은 속으로 쾌재를 부르고 가후 등에게 원담의 항서를 돌려보라고 한 뒤 진림에게 말했다.

"돌아가 원담에게 이르시오. 진심으로 항복하는 것이라면 목숨을 살려줄 뿐 아니라 진남장군에 봉하고 열후의 작위를 내려 종신토록 부귀를 누리도록 하리다."

"감사합니다, 명공."

무릎을 꿇고 사례한 진림은 잠시 머뭇거리다가 조심스럽게 말을 꺼냈다.

"그런데 이번 투항과 관련해 우리 주공의 작은 청 하나가 있으니 삼가 은전을 베풀어 주시길 바랍니다."

"말해 보시오. 다만 아군에게 참호를 평평하게 메워 달라거나 뒤로 몇 리 퇴병해 달라는 요구라면 아예 입 밖에도 꺼내지 말아 주었으면 하오."

도응의 말에 진림은 황급히 손사래를 치고 대꾸했다.

"염려 마십시오. 우리 주공은 그토록 염치를 모르는 분이 아닙니다. 주공의 말을 그대로 옮기면, 지난번 관도 전투 때 명공께서 하루 동안 투항할 시간을 준다고 약속하고서 그날 밤 돌연 기습을 가하는 바람에……."

이 말에 도응은 얼굴이 살짝 붉어졌다. 하지만 이내 너털웃음을 짓고 넉살 좋게 대답했다.

"하하, 그때야 뭐. 그리고 그때 난 생각할 시간을 준다고 했지, 생각할 시간에 공격하지 않겠다고 약속한 일은 없었소. 어쨌든 지금은 내 분명히 약속하리다. 그대들이 진심으로 투항한다면 약정한 기간 내에 절대 업성을 공격하는 일은 없을 것이오."

진림은 다시 한 번 감사를 표한 후 정중히 말했다.

"지난번 일이 마음에 걸려서인지 우리 주공이 외람되게 명공께서 친히 업성 아래로 납시어 사람들 앞에서 죄를 사면해 주는 성의를 보여주십사 청했습니다."

"뭐? 나더러 직접 업성 아래로 가 투항을 수락하라고?"

도응은 순간 강한 의심이 들기 시작했다. 혹시 나를 성 아래로 유인해 난전을 쏘아 죽이려는 속셈이 아닐까?

도응의 이런 속마음을 꿰뚫어보았다는 듯 진림이 즉각 말을 이었다.

"명공, 걱정하실 것 없습니다. 그때가 되면 아군은 성 위에서 전부 철수하고 성루의 문과 창을 모두 활짝 열 뿐 아니라 성 밖에 성벽보다 높은 망루를 설치해 명공의 장사들이 성안을 쉬이 감시하도록 조치할 예정입니다."

"정말이오?"

도응은 다시 얼굴이 환하게 밝아져 재빨리 물었다.

"그럼 언제 성문을 열고 투항할 생각이오?"

"그 시기는 명공께서 정해 주십시오."

이 정도라면 원담이 술책을 부릴 리 없다는 생각에 도응은 잠깐 고민하다가 이튿날 오시 정각에 업성 남문 아래에서 원담의 투항을 받아들이기로 결정했다. 그러고는 그 자리에서 진림을 군모좨주(軍謀祭酒)에 임명했다. 진림이 크게 기뻐 고두하고 사례하자, 도응은 친히 진림을 일으켜 세우고 사람들에게 얼른 주연을 준비하라고 명했다.

한바탕 마시고 떠든 뒤 영문까지 나가 진림을 전송한 도응은 중군 막사로 돌아오자마자 가후 등에게 대뜸 물었다.

"어떻소? 믿어도 되겠소?"

먼저 가후가 조심스럽게 대답했다.

"오늘 밤 아무 일도 일어나지 않는다면 진짜가 아닐까 사료됩니다. 따라서 야간에 세 성문을 지키는 인원을 배로 증원해 혹시 모를 원담군의 기습에 대비하십시오."

순심도 고개를 끄덕거리며 이 의견에 동조했다.

"저 역시 같은 생각입니다. 원담이 주공을 업성 아래까지 청하긴 했지만 사전에 위험 요소를 모두 제거한 것으로 보아 투항 요청에 속임수는 없을 듯합니다. 그래도 모르니 사전에 업성 남문과 그 주위를 완전히 장악하고, 망루에서 조금이라도 수상한 낌새가 없는지 철저히 감시하며, 주공 주변에 호위병을 다수 배치하십시오. 그리하면 저들이 혹여 불순한 마음을 먹었다 해도 감히 손을 쓰기 어렵습니다."

도응은 원담의 요청을 호쾌하게 받아들였지만 사실 찝찝한 마음을 완전히 지우기는 어려웠다. 그런데 모사들이 원담의 투항에 긍정적인 반응을 보이자 절로 기운이 나 말했다.

"그 말인즉 오늘 밤만 무사히 넘기면 내일 업성 전투를 끝낼 희망이 있다는 말이구려. 원담이 농간을 부리지 않고 성문을 열어 투항한다면 그 목숨 하나 살려둔다고 무슨 위협이 되겠소? 당장 전령을 보내 오늘 밤 참호 수비 병력을 배로 늘리라고 이르시오. 아무 일도 일어나지 않는다면 내일 직접 업성으로 가 항복을 받아내리다!"

관원들이 명을 받고 각자의 위치로 돌아가려는데,

"주공! 주공!"

멀리서 갑자기 귀에 거슬리는 쇳소리가 울려 퍼지더니 양굉이 헐레벌떡 막사 안으로 뛰어 들어왔다. 그는 도응에게 예를 행하지도 않고 막사가 떠나가라 물었다.

"방금 주공이 원담의 사자를 전송했다고 들었는데, 혹시 그 자가 항복을 청하러 오지 않았습니까?"

"소식도 참 빠르구려."

기분이 고조된 도응은 미소를 띠고 양굉을 바라보았다. 의복이 너절하고 진현관(進賢冠)도 쓰지 않은 것으로 보아 금방 침상에서 나온 게 분명했다. 그 모습이 너무 우스꽝스러워 도응은 웃음을 그치지 못하고 물었다.

"그런데 이리 급하게 달려온 이유가 무엇이오?"

여유로운 도응과 달리 양굉은 발을 동동 구르며 고래고래 소리쳤다.

"절대 속지 마십시오! 이는 적의 속임수입니다! 원담은 절대, 절대로 투항할 리 없습니다! 제 목을 걸고 장담합니다. 이는 맹세코 원담의 거짓 항복입니다!"

그런데 도응은 이런 양굉의 다급한 외침에도 별다른 반응을 보이지 않고 태연하게 물었다.

"중명은 어찌 그리 장담하시오?"

양굉은 아예 바닥에 철퍼덕 꿇어앉아 간곡한 어조로 간했다.

"제가 기주에 몇 차례 사신으로 갔을 때 원담과 접촉한 일이 많아 그의 됨됨이를 잘 알고 있습니다. 그는 아군에 대한 원한이 골수에 사무쳐 있고, 특히 주공을 불공대천의 원수로 여기고 있습니다. 게다가 권력욕이 아주 강해 일찍이 제 부친에게까지 불온한 마음을 먹었던 자가 고작 부귀영화 때문에 투항해 올 리 절대 없습니다. 부디 이 점을 깊이 헤아려 살피십시오."

도응은 실눈을 뜨고 위아래로 양굉을 잠시 훑어보더니 빈정거리는 투로 말했다.

"음, 원담의 투항을 받아들이지 말라고 주장하는 건 업성을 약탈할 기회가 사라질까 걱정됐기 때문 아니오?"

"헉! 주공, 정말……."

전부터 서주군이 성을 점령할 때마다 양굉은 무리를 이끌고 관원과 부호의 집을 골라 찾아다니며 각종 보화를 약탈해 자기 집 창고에 쌓아두었다. 도응은 이를 알면서도 그의 공을 참작해 눈감아 주곤 했는데, 지난번 관도 전투 때 양굉이 유엽의 이름을 도용한 일 이후로 그를 대하는 도응의 태도가 사뭇 달라졌다.

양굉은 자신의 진심을 몰라주는 도응이 너무 야속했지만 지금까지 저지른 일이 있었던지라 감히 반박하지 못하고 머리를 조아리며 진언했다.

"주공, 정말 억울합니다! 제가 어찌 그런 사소한 일로 주공의 대사를 그르친단 말입니까? 어쩌면 원담은 거짓 투항으로 아군의 경계심을 늦춰 놓고 한밤중에 포위를 돌파하거나 영채를 기습해 올지 모릅니다."

이 말에 도응의 입에서 피식하고 바람 빠지는 소리가 새어 나왔다. 이어 도응이 말했다.

"굳이 일깨워 주려 애쓰지 않아도 되오. 문화 선생이 이미 일러주어 오늘 밤 평소보다 방비를 더 강화하라고 명해 놓았소."

"네?"

양굉은 할 말을 잃고 멀뚱멀뚱 도응만 바라보았다. 원담이 절대 순순히 항복할 리가 없는데 이를 증명할 길이 없으니 답답해 미칠 노릇이었다. 도응은 귀찮은 듯 손을 휘저어 멍하니 앉아 있는 양굉을 물리쳤다.

"다른 일이 없다면 이만 물러가시오. 내 병영을 순시하러 나가 봐야 하오."

양굉은 힘없는 목소리로 대답하고 어깨가 축 늘어져 막사를 나왔다.

물론 이날 밤 업성 밖에서는 성을 감시할 망루를 세우느라 원담군 병사 수십 명이 서주군의 감시 아래 횃불을 밝히고 분주히 움직였을 뿐 아무런 변고도 일어나지 않았다.

원담군이 말썽을 일으키지 않고 무사히 하루가 지나가자, 북방 평정에 몸이 단 도응의 입가에도 절로 미소가 지어졌다. 그는 이번 투항 권유가 거의 성공한 바나 다름없다고 확신했다.

더욱이 사시가 조금 못 됐을 때 척후병이 대영으로 돌아와 원담군이 이미 성 위에서 철수하기 시작했고, 사대문에 백기를 세워 두고서 투항 준비에 들어갔다고 보고했다. 도응은 크게 기뻐 망루에 올라가 원담군의 철수 과정을 철저히 감시하라고 명한 연후, 문무 관원들을 전원 소집해 업성 남문에서 항복을 받아들일 준비에 들어가라고 일렀다.

이와 함께 혹시 모를 사태에 대비하기 위해 정예병을 여섯 부대로 나눠 동서북 삼문 좌우에 배치해 놓고, 조금이라도 이상한 낌새가 보이면 즉각 성안으로 돌진해 적에게 한 치의 기회도 주지 말라고 엄명을 내렸다. 그리고 자신은 허저와 마충의 보호 아래 1만 5천 군사를 이끌고 남문으로 가기로 결정했다.

도응이 군대를 집결하고 영채를 나서려는데, 양굉이 또다시 함부로 원담을 믿어서는 안 된다고 간곡하게 청한 뒤 자진해서 나섰다.

"주공, 업성 아래에서 항복을 받아들이는 건 아주 위험하니 절대 가지 마십시오. 꼭 가야 한다면 제가 주공을 대신해 업성으로 가겠습니다. 원담이 정말로 항복한다면 제 손으로 그를 주공 앞에 데려오고, 만약 거짓 항복이라면 홀로 이를 감당해 주공의 지우지은에 보답하겠습니다."

양굉의 이 제의에 도응의 안위가 걱정된 일부 관원들이 맞장구를 치며 좀 더 신중할 필요가 있다고 권유했다. 하지만 도응은 이 틈을 타 양굉이 산통 깨려 한다고 여겨 그 자리에서 이 제의를 거절해 버렸다.

양굉이 누차 간했으나 씨알도 먹히지 않자 하는 수 없이 답답한 심경을 뒤로하고 도응을 따라나섰다.

사시 이각 즈음에 도응은 친히 1만 5천 대군을 거느리고 영채를 나와 먼저 업성을 에워싼 참호를 건넌 뒤 무릎까지 차오른 흙탕물을 밟으며 업성 남문 쪽으로 다가갔다. 그러고는 성 밖 1리 지점에 진을 치고 원담이 성을 열어 투항하길 기다렸다.

이때 원담군은 약속대로 이미 성 위의 군사를 모두 물리고 성루의 문과 창을 활짝 열어 놓았다. 망루에서 성안 동태를 확인한 척후병은 도응에게 달려와 성벽 위의 수비군이 전부 물러갔다고 보고했다. 도응은 계속해서 철저히 감시하고 수상한 움직임이 보이면 즉각 보고하라고 분부한 뒤 오시가 되기만 초조하게 기다렸다.

성 안팎으로 긴장이 고조된 가운데, 마침내 오시 정각이 되었다. 업성 남문의 조교가 천천히 내려가고 이어 성문이 천천히 열렸다. 원담은 진왕(秦王) 자영(自嬰)이 유방에게 항복한 의식을 본떠 소복을 입고 흰 비단으로 양손을 가슴 앞으로 묶고서 성을 나왔다.

곽도, 고간 등 문무 관원과 호위대도 느릿느릿 원담의 뒤를 따랐다. 조교가 닿는 해자 맞은편에 이르러 원담이 무릎까지 찬 진흙물에 무릎을 꿇자 좌우의 관원들도 일제히 그를 따라 꿇어앉았고, 곽도가 두 손으로 관인과 호적 명부를 받쳐 들었다.

성을 나올 때 원담군 장수와 호위대는 수중의 무기를 전부 성문 양쪽에 던져 빈손임을 알리고 물을 건넜다. 그런 다음 모두 진흙 속에 무릎을 꿇고 두 손으로 바닥을 짚으며 도응이 항복을 수락하러 오길 기다렸다.

멀리서 이를 유심히 지켜보던 도응은 속으로 저들의 투항에 협사가 없다고 여겨 마음을 놓았다. 가후도 안도의 한숨을 내신 뒤 도응에게 신호를 보내고 말했다.

"주공, 아무 문제도 없어 보입니다. 가서 투항 요청을 받아들여도 좋습니다."

도응은 고개를 끄덕여 응하고 좌우 호위대의 보호를 받으며 선두에 서서 원담 일행이 꿇어앉은 곳으로 달려갔다. 서주 장사들도 걸어서 혹은 말을 몰아 힘겹게 진흙을 헤치며 바짝 그 뒤를 따라갔다.

오직 혼자만 멍하니 서서 꼼짝 않고 있던 양굉은 수종 고량의 신호를 보고 문득 정신을 차려 그제야 대오의 뒤를 따라 나섰다.

한편 예상대로 도응이 최전방에서 말을 달려오고 있는 것을 본 원담은 마음속으로 기쁨과 흥분이 밀려왔고, 동시에 긴장감도 최고조에 달해 퍼덕퍼덕 뛰는 자신의 심장 소리가 귀에 생생히 들리는 듯했다. 고간과 학소, 여광 등도 이와 다를 바 없는 심정이었고, 곽도는 아예 온몸을 부르르 떨고 있었다.

도응 무리가 점점 가까이 다가옴에 따라 원담도 더욱 긴장해 사지가 차갑고 끈적끈적한 진흙탕 속에 잠겨 있음에도 이마에서는 식은땀이 줄줄 흘러내렸다. 그는 마음속으로 제발 도응이 말에서 내려 자신을 부축하러 다가오게 해달라고 하늘에 기도를 올렸다.

마침내 도응은 원담과 10보 떨어진 곳에서 전마를 멈추었다. 고삐를 잡고 말에서 풀쩍 뛰어내린 도응이 예의 가식적인 미소를 짓고 자기 앞으로 걸어오자, 원담은 심장이 튀어나올 것만 같아 자기도 모르게 고개를 숙이고 신복하는 태도를 취했다.

"주공, 멈추십시오!"

긴장감으로 고요한 정적이 흐르는 가운데 우렛소리와도 같은 외침이 업성 하늘에 울려 퍼졌다. 이어 밀집된 사람들 사이를 비집고 나온 양굉이 재빨리 앞으로 달려가 말에서 뛰어내린 뒤 도응의 소매를 붙잡고 큰 소리로 말했다.

"주공, 가지 마십시오! 원담 주위의 작자들이 칼을 빼들고 덤비면 어찌한단 말입니까?"

원담과 고간 등이 일제히 고개를 들어 놀란 눈으로 양굉을 바라볼 때, 일을 망칠까 염려한 도응이 대로해 꾸짖었다.

"양굉, 이제 그만하지 못할까? 언제까지 그런 허튼소리를 지껄일 테냐! 여봐라, 당장 양굉을 끌고 가라!"

하지만 양굉은 이에 개의치 않고 목청껏 맞대응했다.

"저는 다만 충심에서 드리는 말씀입니다! 잘 보십시오. 원담 곁에는 곽도를 제외하고 전부 무장과 건장한 무사들뿐입니다. 원담에게 다가갔다가 저들이 갑자기 칼을 휘두르며 공격해 오면 어찌 막아내려 하십니까?"

"그럼 저들의 칼이 어디에 있느냐?"

"저들의 칼은……."

화가 날 대로 난 도응의 다그침에 양굉은 말을 잇지 못하고 머뭇거렸다. 그제야 양굉은 원담 등이 성을 나오며 무기를 모두 버린 일이 생각났다.

"중명, 그대의 충심은 주공도 잘 알고 있소이다."

이때 괜한 이유로 일이 커질까 우려한 가후가 급히 양굉을 위해 변명하고 말을 이었다.

"하지만 보다시피 원 장군 측 사람들은 모두 빈손인데 무기가 어디 있단 말이오?"

"저들의 무기는……."

양굉은 고개를 돌려 원담을 노려보다가 문득 한 가지 생각이 섬광처럼 머릿속을 스쳐 지나갔다.

"저기, 저기 원담 앞에 놓인 붉은 천을 잘 보시오. 저건 원담이 미리 준비한 표지가 틀림없소. 성을 나와 저곳에 꿇어앉기로 약속하고 물속에 미리 무기를 숨기고 있다가 주공이 가까이 오기를 기다려……."

"네 이놈!"

계략이 들통 난 원담은 큰 소리로 고함을 지른 뒤, 흐린 물속에 감추어 두었던 날카로운 칼을 빼어들고 대여섯 걸음 떨어진 곳의 도응을 향해 성큼성큼 달려들었다.

"역적을 죽여라!"

이와 동시에 고간과 학소, 여광은 물론 호위대까지 일제히 진흙 속의 무기를 쥐고 함성을 내지르며 도응에게 돌진했다. 심지어 곽도마저 관인을 내팽개치고 진흙탕 속의 칼을 빼어들었다.

순식간에 벌어진 일에 서주 장사들은 모두 대경실색했고, 도응 역시 꿈에도 생각지 못했던 원담의 기습에 놀라 그 자리에서 몸이 얼음처럼 굳어버렸다.

"주공을 보호하라!"

허저와 마충은 동시에 앞으로 튀어나갔고, 호위대도 황급히 그 뒤를 따랐다.

"역적 놈아, 내 칼을 받아라!"

하지만 만반의 준비를 갖추고 기다리던 원담이 허저와 마충보다 한 발 더 빨랐다. 눈이 벌겋게 충혈된 원담은 두 손으로 칼을 움켜쥐고서 당황해 어찌할 바를 모르는 도응의 심장을 그대로 찔러갔다.

"주공, 피하십시오!"

일발천균(一髮千鈞)의 순간에 양굉이 몸을 날려 도응을 꼭 감싸 안았다. 이 때문에 도응의 심장을 향하던 원담의 칼은 정확히 양굉의 등짝에 적중했다.

"으악!"

업성 아래에 양굉의 고통스러운 비명이 메아리쳤다.

이와 동시에 마충의 장창이 원담의 흉부를 향해 날아왔다. 하지만 원담은 이를 전혀 피하지 않았다. 그는 도응의 심장에 칼을 박기 위해 필사적으로 양굉 등에 박힌 칼을 계속 찔러 넣었다.

양굉의 처절한 비명이 다시 한 번 울려 퍼지며 선혈이 양굉의 등을 순식간에 붉은색으로 물들였다.

第七章

남피로 출격하다

쉬익!

이때 득달같이 달려온 허저의 칼이 바람을 가름과 동시에 원담의 목은 허공으로 높이 솟구쳤다가 차디찬 진흙 속으로 맥없이 떨어졌다. 이와 함께 서주 군사들도 도응 곁으로 떼로 몰려와 원담군 용사들의 공격을 필사적으로 막아냈다.

그제야 정신을 추스른 도응은 양굉을 끌어안고 뒤로 물러나 눈물을 쏟으며 방성대곡했다.

"중명, 중명, 어서 눈을 뜨시오! 제발 눈을 뜨란 말이오! 이렇게 죽어선 아니 되오! 여봐라, 빨리 의원을 불러 중명을 살려내라!"

이때 양굉의 손이 까딱까딱 움직이다가 도응의 소매를 잡고 떨리는 목소리로 힘겹게 입을 열었다.

"주… 공……."

"아, 살아 있었구려!"

도응은 양굉의 반응에 너무 기쁜 나머지 눈물로 범벅된 얼굴에 보기 흉한 웃음이 떠올랐다.

"아무 말 마시오. 내 반드시 그대를 살려내겠소. 이제 금방, 금방 의원이 올 터이니 그때까지만 참으시오! 다 그대의 충정을 몰라준 내 잘못이오. 그대의 말만 깊이 새겨들었어도 이런 불상사가 생기지 않았을 텐데……."

양굉의 입에서 흘러나온 붉은 피는 도응의 손을 따뜻하게 적셨고, 양굉은 몸을 일으키려는 듯 도응의 소매를 잡고 있는 손에 힘을 꽉 주었다. 양굉은 고통에 얼굴을 찡그리며 겨우 입을 뗐다.

"주공… 무사… 하셔서… 다… 다행입니다… 후… 후…, 저는 다… 다만 주공의 안위가……."

"그대의 맘은 다 알고 있소. 제발 가만히 있으시오! 여봐라, 의원은 아직도 멀었느냐?"

도응은 다급한 마음에 고래고래 소리를 질렀고, 양굉은 꼭 쥔 도응의 소매를 사력을 다해 잡아당겼다.

"주공… 제 입이 살… 살아 있는 걸로 보아… 아직 저승 갈 때는 아… 아닌가 봅니다."

양굉은 잔뜩 찌푸린 얼굴에 억지 미소를 띠며 가쁜 숨을 힘들게 몰아쉬었다. 양굉의 얼굴을 조심스레 어루만지던 도응도 웃음으로 화답하고 말없이 그를 바라보기만 했다. 생사의 갈림길에도 양굉은 진심인지 농인지 이렇게 말했다.

"주공… 업성이 함락되면… 제게… 성을 약탈할 기회를… 주시겠습니까?"

도응은 목이 떨어져라 사정없이 고개를 끄덕거리고는 흐느껴 울며 대꾸했다.

"물론이오. 암, 당연히 그래야지. 그뿐이겠소? 살아나기만 하면 군사 5백, 아니, 3천 명을 보내주리다."

"고맙습니다, 주……."

양굉은 미소를 짓고 대답하다가 힘에 부쳤는지 정신을 잃고 옆으로 고개를 떨어뜨렸다.

"중명, 정신 차리시오! 제발 정신 좀 차리란 말이오!"

양굉의 뺨을 계속 때려도 깨어나지 않자, 도응은 양굉의 얼굴에 머리를 묻고 미친 듯이 오열했다. 잠시 후 헐레벌떡 달려온 의원은 양굉의 맥을 짚어보고 다행히 의식을 잃은 것뿐이라고 얘기했다. 그제야 안도의 한숨을 내쉰 도응은 재빨리 양굉을 대영으로 후송해 치료하라고 명했다.

사실 양굉은 문관 신분이면서도 목숨을 잃을까 두려워 전장에 나갈 때마다 엄심갑을 걸쳤다. 그 덕에 원담의 칼이 양굉의 몸을 관통하지 못한 데다 다행히 칼이 급소를 비켜가 구사일생으로 목숨을 건질 수 있었다.

원담군의 원래 계획은 사실 이러했다. 일부러 망루를 설치해 서주군의 주의력을 성벽 위로 집중시키고, 또 용사들의 무장을 해제하고 맨손으로 도응 앞에 꿇어앉아 적을 안심시킨 다음 사전에 진흙탕 안에 몰래 숨겨둔 무기로 기습을 가하는 것이었다.

여기에 도박을 걸게 된 가장 중요한 요인은 평소 도응의 행동에서 기인했다. 도응은 인심을 사기 위해 항상 말에서 내려 친히 적장을 부축했기 때문에, 이번에 도응이 원담을 일으켜 세울 때 진흙 안의 무기를 빼들어 행동을 개시하기로 했다. 도응을 사로잡을 수 있다면 인질로 삼아 서주군의 퇴병을 강요하고, 기회가 없다면 단칼에 도응을 죽인 뒤 결사대의 보호를 받아 성안으로 도망칠 요량이었다.

계획은 너무나 절묘하고 용기가 아주 가상했으나 훼방꾼 양굉으로 인해 불과 몇 초를 남겨두고서 계략이 탄로 나 다 된 밥에 재를 뿌리고 말았으니, 원담으로서는 구천에 가서도 눈을 감지 못할 노릇이었다.

어찌 됐든 원담의 목이 떨어지고 서주군의 신속한 대응으로 도응을 척살할 기회가 영영 사라지자, 고간과 학소, 여광 등 원담군 장령들은 하는 수 없이 즉각 업성 안으로 철수했다. 하마터면 도응이 목숨을 잃을 뻔한 일로 이미 이성을 상실한 서주군은 적의 뒤를 맹렬히 추격해 성문 용도까지 이르렀다.

사전에 이런 일이 일어날 것에 대비해 원담군은 성문의 용도 끄트머리에 무게가 천 근이나 나가는 철문을 설치해 두고 서주군의 진입을 막을 생각이었다. 그런데 누가 알았으랴. 고간 등이 용도를 지나 성안으로 들어가기도 전에 예상치 않게 철문이 쿵 하고 떨어져 퇴로를 막아버린 것이 아닌가!

고간 등이 혼비백산이 돼 큰 소리로 아우성쳤지만 모두 부질없는 짓이었다. 앞쪽은 거대한 철문이 가로막고 있고, 뒤쪽은 서주군이 철통같이 틀어막고 있으니 그야말로 독 안에 든 쥐라는 말이 딱 어울렸다.

철문을 굳게 닫아 고간 등의 퇴로를 끊은 이는 바로 업성령(令) 신비였다. 신비는 이를 보고 깜짝 놀란 장사들을 진정시키고 외쳤다.

"주공이 이미 돌아가셨는데 고간 무리를 성안으로 들이게 되면 전성의 군민이 그들 때문에 몰살당할 위험에 처하고 만다. 따라서 난 백성을 위해 이런 결정을 내릴 수밖에 없었다.

살고 싶다면 당장 성가퀴로 가 백기를 내걸어라!"

우두머리를 잃은 원담군 장사들은 누구 하나 신비의 결정에 반대를 표하지 않았다. 이들은 서로 뒤질세라 성가퀴로 곧장 달려가 손에 백기를 들고 있는 힘껏 흔들었다.

이렇게 되자 용도에 갇혀 옴짝달싹 못하게 된 고간 무리는 눈에 불을 켜고 달려드는 서주군 손에 태반이 목숨을 잃고 말았다. 곽도는 난리 통에 양군 사병의 발에 밟혀 몸이 갈기갈기 찢겨져 죽었고, 여광은 순순히 무기를 버리고 투항했으며, 고간은 마충의 손에 생포되었다. 오직 학소만이 서주군의 투항 요청을 단호히 거부한 채 끝까지 저항하다가 마지막 남은 병사 10여 명과 함께 장렬히 전사했다.

용도에서의 처절한 몸부림이 종료되자마자 신비는 굳게 닫힌 철문을 열라 명하고, 군사를 이끌고 나가 서주군에게 항복했다. 서주군은 성안으로 들어가 모든 권한을 넘겨받은 뒤 투항에 응하지 않는 원담군 잔당 소탕 작전에 들어갔다. 저녁 무렵에 이르러 섬멸전이 끝남으로써 기주 제일의 요지 업성이 마침내 도응의 손아귀에 들어오고, 장장 석 달에 걸친 업성 대전이 막을 내렸다.

도응은 논공행상을 통해 신비를 의랑(議郞)에 제수하고, 진림이 원담의 음모에 가담하지 않았음이 확인되자 그 죄를 사면해 주고 주부직을 복임토록 했다. 투항한 나머지 관원들도 모두 능력에 따라 직분을 내렸다.

“드디어 업성을 손에 넣었구려.”

겨우내 극심한 추위에 시달리고, 또 스스로 수로 굴착 작업에 동참한 일들이 주마등처럼 도응의 뇌리를 스쳐 지나가면서 그의 어조에는 자못 탄식의 느낌이 배어 나왔다.

그러자 순심이 위로의 말을 건넸다.

“주공, 마음을 편히 가지십시오. 난공불락의 요새인 업성을 점령했으니 뒤이은 전쟁은 이제 탐낭취물(探囊取物)이나 다름없습니다. 하북 3주의 주군이 사라진 지금, 원상은 3주의 인심을 얻지 못해 아군이 격문을 띄우면 업성처럼 완강하게 저항하는 일은 없을 것입니다. 따라서 빠르면 2년, 늦어도 3년 안에 능히 북방 3주를 평정할 수 있습니다.”

“우약의 말처럼 남은 전쟁은 그리 힘들 일이 없습니다.”

가후도 고개를 끄덕여 이에 동조하고 건의를 올렸다.

“주공, 북방을 하루속히 평정하고 싶다면 지금부터 원상을 멸할 준비에 돌입해야 합니다. 즉각 조정 명의로 원상에게 업성으로 와 북방 대사를 논의하자는 조서를 내리십시오.”

유엽이 손뼉을 치고 웃으며 말했다.

“그것 참 절묘하구려! 만약 원상이 온다면 입조시켜 관리로 삼으면 되고, 오지 않는다면 조정의 명을 공공연히 거역했다는 명분으로 토벌에 나설 수 있으니까요. 게다가 조서가 오고 가는 사이에 지친 군대가 휴식하고 정비할 시간까지 벌 수 있습니다."

모사들의 의견에 도응은 흡족한 미소를 띠고 진응에게 서신을 작성하라고 명하려는데, 가후가 다시 진언했다.

"음, 제 생각에는 주공이 대신 조서를 보내면 지나친 감이 없지 않으니 천자께 이 조서를 보내도록 청하는 게 가장 좋겠습니다. 그 김에 주공을 기주목에 봉해 달라고 청하여, 원상의 망상을 꺾고 도의적으로도 우위를 점하십시오."

"알겠소. 업성에서 허도까지 별로 멀지 않으니 그리합시다. 겸사겸사 장사들에게도 며칠 더 휴식할 시간을 줄 수 있고 하니."

이어진 일들은 아주 순조롭게 진행되었다. 서주군은 북상 준비에 착수하는 동시에 기주 각 군현에 조정의 명을 받들라는 격문을 반포했다. 업성이 소재한 위군에서는 원담이 죽었다는 소식을 듣고 모든 군현이 귀순 의사를 밝혀왔다.

위군과 접경한 조국군과 거록군의 대다수 현성도 잇달아 표를 올려 투항을 알렸다. 오직 거록태수 관통 홀로 투항을 거부했는데, 수중에 고작 향병 수천 명이 전부라 도응이 직접 손쓸 필요 없이 장패에게 관통 공격 임무를 맡겼다.

허도 쪽에서도 별다른 문제는 일어나지 않았다. 도기와 조굉, 시의 등의 위협으로 헌제는 내키지 않았지만 원상에게 업성으로 와 북방 업무를 논의하고, 또 도응을 기주목에 봉한다는 조서를 내렸다.

유일한 골칫거리는 도응의 정처 원예였는데, 원담이 이미 죽었다는 소식을 들은 원예는 도응에게 서신을 보내 자신의 얼굴을 봐서라도 제발 원상을 살려 달라고 간청했다. 이에 도응도 원상이 순순히 자신의 말을 따른다면 결코 험한 일이 벌어지지 않을 것이라는 답서를 보냈다.

시간이 어언 달포가 흘러 장수 둑은 서주군과 백성의 노력으로 어느 정도 원상 복구되었다. 둑을 허문 이번 조치가 너무 심했다고 여긴 도응은 업성의 세금을 2년간 면제하고, 창고를 열어 피해를 입은 백성을 구휼하라고 명했다. 백성들은 환호작약하며 도응의 은덕에 감읍하지 않는 자가 없었다.

*　　　*　　　*

원상과 심배, 봉기 등은 헌제의 조서를 받고 도응이 곧 쳐들어오리라는 사실을 알았다. 이에 원상은 그 자리에서 업성 남하를 거부하고, 스스로 기주, 유주, 병주 3주 주목 겸 거기장군에 올랐다. 이어 북방 각지에 자신의 호령을 따르라는 격문을 띄우고, 중산으로 출격하려던 병마를 거둬들여 하간과 발해에 병력을 집결한 후 일찍이 수족처럼 가까웠던 도응과의 결전에 대비했다.

한편 도응은 원상으로부터 조서에 대한 답신이 오기도 전에 이미 원상 토벌의 양초 공급로가 될 장수와 청하 항로를 열기 시작했다. 이는 물론 원상이 업성에 오길 거부할 줄 알았기 때문이다. 이후 원상이 과연 조서 받들길 거부하자, 도응은 주저 없이 원상이 반란을 꾸민다는 구실로 친히 10만 대군을 이끌고서 장수를 따라 호호탕탕하게 북상했다.

도응이 출병할 때 기주 대부분 지역은 실질적으로 서주군의 통제권에 들어왔다. 장패는 가볍게 거록군 치소 영도를 점령했다. 원씨의 충신인 관통은 성이 공파되자 목을 매 자살했다. 거록이 평정됨으로써 방패막이를 잃은 조국군 북부 제현은 고분고분 표를 올려 항복을 청했다. 기주 서북부인 중산과 상산 양군도 원상의 지휘를 따르길 거부하고 장패와 암암리에 결탁해 투항을 준비했다.

이로 인해 원상의 세력권은 기주 동북부로 축소되어 하간과 발해 두 군과 안평군 일부 현성을 통제하는 데 불과했다. 병력 역시 명목상 5만에 육박했으나 정예군은 고작 만 명 정도였고, 나머지는 대부분 강제로 징집한 신병이어서 전투 경험이 부족할뿐더러 전투력도 크게 떨어졌다. 따라서 이들은 일격에 무너질 가능성이 높은 종이호랑이에 지나지 않았다.

물론 원상도 가만히 앉아서 죽음을 기다리지는 않았다. 도응이 대군을 이끌고 친히 북상한다는 소식에 원상은 가장 먼저 하간, 발해와 접경한 유주에 긴급히 서신을 띄워 장기와 견초에게 구원병을 요청했다. 이와 동시에 심배의 건의를 받아들여 하간의 병력과 양초를 모두 남피(南皮)로 물리고 원소가 가문을 일으킨 땅에서 도응과의 결전을 준비했다.

서주군 입장에서 봤을 때, 이번 원상 정벌의 가장 큰 적은 원상군의 완강한 저항이 아니라 아득히 먼 원정길이었다. 업성에서 남피까지는 무려 천 리 가까운 거리라 최대한 휴식을 자제하고 하루에 50리씩 행군한다 해도 스무 날 정도를 가야만 했다.

길에서 허비하는 시간과 군사들의 피로 누적을 생각하면 이는 고행길이나 다름없었다. 장수와 청하가 남피로 직접 통해 운량 등 후방 지원에 별다른 문제가 없다는 것이 그나마 다행이라면 다행이었다.

어쨌든 아무리 멀고 지루한 길도 끝이 있게 마련. 건안 8년 5월 중순, 서주군은 마침내 남피 남쪽 30리 지점에 당도했다. 도응은 서둘러 진공 명령을 내리지 않고 우선 영채를 차리게 한 후 사람을 시켜 남피의 동정을 탐문했다.

현재 원상은 군대를 둘로 나눠 심배가 1만 군사를 거느리고 성안에 주둔해 있고, 자신은 4만 군사를 이끌고 남피 서쪽에 주둔해 성 주변을 보호하며 서로 협력하는 형세를 취했다. 또한 원담군의 패배를 교훈 삼아 강가 고지에 영지를 설치하고, 영채를 두르는 참호도 삼중으로 팠다.

도웅은 이 보고를 받고 가소로운 듯 미소를 띠었다.

"원상의 조치를 보아 하니 유주의 원군을 기다리고 있구려. 먼저 성을 견고하게 지킨 뒤 장기나 견초의 구원병이 이르면 협격에 나설 생각이구먼."

"적을 얕잡아봐선 안 됩니다."

가후는 도웅의 얼굴에서 경적의 뜻을 읽고 다급히 경고했다.

"아군은 천릿길을 달려와 병마가 피로하고 영채가 아직 안정되지 않았습니다. 이 틈을 탄 원상의 야습에 반드시 대비해야 합니다."

도웅은 자세를 고쳐 세우고 가후에게 공수한 뒤 말했다.

"내 너무 경솔했구려. 문화 선생의 충고가 아니었으면 일을 그르칠 뻔했소. 즉시 전군에 오늘 밤 보초를 배로 강화하고, 병사들은 갑옷을 벗지 말고 무기를 놓지 않고서 적군의 기습에 철저히 대비하라 이르시오."

그러자 순심이 한술 더 떠 건의했다.

"주공, 제 생각에는 소극적으로 방비할 것이 아니라 아예 영채 밖에 복병을 설치하는 게 어떨까 합니다. 제가 여러 해 원상, 심배와 함께 지내 저들의 성격을 잘 알고 있습니다. 심배는 강직하고 오만하면서도 불시에 허를 찌르길 좋아하고, 원상은 심배를 가장 신임하는 데다 지략이 모자라면서도 스스로 비범하다고 자부하고 있습니다. 저들의 성격으로 봤을 때, 먼 길을 오느라 피로한 아군에 오늘 밤 기습을 가할 것이 확실합니다."

도응 역시 원상의 자고자대(自高自大)한 성격을 잘 알고 있었기에 순심의 분석을 심히 옳다 여기고 즉시 조운과 여광, 장남을 불렀다. 이어 여광과 장남에게는 각기 3천 군사를 이끌고 영채 좌우에 매복하고 있다가 원상군이 기습하러 오면 즉각 협공에 나서고, 조운에게는 본부 인마를 거느리고 앞쪽 영채를 지키며 원상군을 영전하라고 명했다. 세 장수는 한목소리로 영을 받고 군사를 정비하러 막사를 나갔다.

그런데 도응의 이런 배치에 유엽이 꺼림칙한 표정을 지으며 주의를 환기시켰다.

"주공, 여광과 장남은 모두 항장입니다. 저들에게 군사를 주고 임무를 맡겼다가 도리어 적과 합세해 창을 거꾸로 잡으면 어찌합니까?"

"안심하시오. 저들이 바보가 아닌 이상 원씨의 세력이 기운 지금 무엇이 옳은 선택인지 모를 리 없소. 아마도 공을 세울 절호의 기회가 왔다며 쾌재를 부르고 있을 거요. 만에 하나 반란을 일으킨다 해도 듬직한 조운이 있으니 의외의 사태에 능히 대처가 가능하오."

유엽은 도웅의 말이 일리가 있다고 여겨 고개를 끄덕여 수긍했다.

그날 밤 삼경이 조금 넘은 시각, 서주군 측 예상대로 원상군은 적진이 아직 어수선하리라 여기고 대영을 급습해 왔다. 하지만 조운이 앞에서 길을 막아서고 여광과 장남이 좌우에서 갑자기 튀어나와 삼면에서 협공을 가하자, 원상군은 적의 계략에 빠졌음을 알고 황급히 방향을 돌려 패주했다.

조운 등은 여세를 몰아 그 뒤를 맹렬히 추격했으나 원상군에게 후속 원군이 있는 것을 보고 조운은 과감히 후퇴 명령을 내렸다. 적군의 수가 얼마나 되는지 가늠할 수 없는 데다 지형에 익숙지 않은 관계로 혹시 모를 실수를 예방하기 위함이었다.

여기서 도웅 등이 전혀 예상치 못한 사실 하나가 있었으니, 이번 기습을 지휘한 대장이 바로 원상 본인이었다는 점이다. 도웅은 이 소식을 듣고 연달아 탄식을 내쉬며 안타까워했다.

"아, 원상이 이리도 대담한 줄 알았다면 매복을 이중 삼중으로 설치했을 텐데! 그놈만 제거했으면 북방 전쟁도 여기서 끝났을 것 아닌가!"

가후가 이런 도응을 위로하며 진언했다.

"너무 자책하지 마십시오. 남피는 곧 원상의 무덤이 될 테니까요. 원상이 하간을 버리고 남피로 물러난 이유는 남피가 바로 원씨의 집안이 일어난 땅이라 민심이 귀순하고, 또 장기간 이곳에 터를 닦아 성지가 상대적으로 견고하기 때문입니다. 따라서 원상은 쉽게 남피를 포기할 리 없습니다. 이때 아군이 가급적 빨리 성 밖의 영지를 공파해 원상을 성안으로 몰아넣은 다음 사방으로 퇴로를 차단하고 맹공을 퍼붓는다면 원상을 손쉽게 멸할 수 있습니다."

"그러면 시간만 질질 끌게 될 터인데……."

도응은 못내 아쉬운 듯 한탄하고는 어쩔 수 없이 고개를 끄덕이고 대꾸했다.

"알겠소이다. 지금으로서는 달리 뾰족한 수가 없으니 원상을 일단 독 안에 든 쥐로 몰아 놓고 봅시다."

이리하여 사흘이 지나 대영이 완성되고 군대도 어느 정도 휴식을 취하자, 도응은 친히 3만 군사를 거느리고 원상 영지 공격에 나섰다. 또한 조운에게는 1만 군사를 통솔해 원상의 영지 뒤쪽으로 질러가고, 고순에게는 1만 군사를 이끌고 남피 남문을 봉쇄해 원상이 북쪽으로 도주하거나 심배가 성을 나와 배후를 기습하지 못하도록 했다.

도응의 출격에 원상도 2만 군사를 거느리고 영채를 나와 서주군과 대치했다. 뜻밖에 원상이 직접 나온 것을 본 도응은 이게 웬일이냐며 한달음에 최전방으로 달려가 원상과 마주했다.

양군이 채 2백 보도 안 되는 거리를 두고 둥글게 대치한 가운데, 한때 형제처럼 친밀했던 도응과 원상은 언제 그랬냐는 듯 서로에게 한바탕 욕을 퍼부었다. 도응은 왜 조정의 명을 거역하고 모반을 일으켰느냐며 당당하게 원상을 꾸짖었고, 원상은 아예 울화가 치밀어 도응의 배은망덕하고 기군망상한 사례를 조목조목 열거하며 분통을 터뜨렸다. 도응은 더 이상 이를 들어줄 수 없어 뒤를 보고 크게 소리쳤다.

"누가 나를 대신해 저 역적 놈을 사로잡겠느냐?"

도응의 명이 떨어지기 무섭게 허저가 냉큼 말을 몰아 달려나갔고, 원상 곁에서도 양기(梁岐)가 창을 비껴들고 허저를 맞이하러 나왔다. 결과야 당연히, 수 합도 되지 않아 허저의 칼에 양기가 비명을 지르며 말에서 고꾸라졌다.

허저는 여기에 만족하지 않고 벽력같은 고함을 지르며 곧장 원상에게 달려들었다. 화들짝 놀란 원상이 다급히 말 머리를 돌려 달아났는데, 빠르기가 귀신같은 적토마는 눈 깜짝할 새에 허저와의 거리를 벌리고 재빨리 자기 대오 깊숙한 곳으로 숨어들었다. 도응은 이 기회를 놓칠세라 즉각 전고를 울리고 진공하라는 명을 내렸다.

전투는 서주군의 일방적인 우세로 전개되었다. 형제간에 다툼을 벌이느라 정예병 손실이 막심했던 원상군이 급조한 신병으로 사기가 드높고 전쟁 경험이 풍부한 서주군을 당해내기에는 역부족이었다. 고전을 면치 못하던 원상군은 전투가 벌어진 지 얼마 되지 않아 대오가 크게 어지러워지며 점점 궤멸의 조짐을 보이기 시작했다.

적군이 보이면 닥치는 대로 베고 찌르는 서주군의 공세 앞에 2만이 넘는 원상군은 반 시진도 채 못 버티고 철저히 붕괴돼 앞다퉈 대영을 향해 달아났다. 원상군이 자기들끼리 서로 밟고 밟히며 사상자가 속출하는 자중지란에 빠진 가운데, 뒤를 바짝 추격해 온 서주군은 원상군 패잔병이 벌 떼처럼 영채 안으로 몰려드는 틈을 타 맹렬히 돌진해 들어갔다.

서주군의 위세에 눌러 이미 영중으로 피신한 원상은 까딱하다간 영채가 뚫리게 생기자 즉각 영문을 걸어 잠그고 화살을 날리라고 명했다. 이 덕에 서주군의 돌격 기세를 늦출 순 있었지만 영문과 서주군에게 양쪽으로 가로막혀 진퇴양난이 된 가련한 원상군은 옆길로 겨우 빠져나간 일부 병사를 제외하고 모두 몰살되고 말았다. 그 수는 무려 1천 명이 넘었다.

어찌 됐든 원상군의 이 영채는 공손찬의 역경 대영을 본떠 만들어, 참호가 삼중에 녹각 차단물이 겹겹으로 보호하고 있어서 견고하기 그지없는 데다가 산중턱 높은 곳에 영채를 차려 방어에 매우 유리한 조건을 갖추고 있었다. 이에 서주군이 총공격에 나섰음에도 고지에서 어지럽게 날아오는 화살과 돌에 막혀 해가 떨어지기 시작할 때까지도 좀처럼 영채를 무너뜨리지 못했다. 더 이상 공격이 무리라고 여긴 도응은 군사들의 희생을 줄이기 위해 징을 쳐 군대를 거두고 재빨리 본영으로 철수했다.

서주군이 조수처럼 물러감에 따라 전투 내내 조마조마해하던 원상군은 그제야 안도의 한숨을 내쉬었다. 대영 안에서는 일부 환호성이 들리기도 했고, 원상 역시 천 근 같은 짐을 내려놓은 듯 연신 식은땀을 훔쳤다. 그러면서 모사들의 반대에도 불구하고 출전을 강행한 결정이 얼마나 무모한 짓이었는지 뒤늦게 후회가 밀려왔다.

하지만 서주군의 위력에 간이 콩알만 해진 것도 잠시, 원상의 얼굴에는 어딘지 모르게 자신감 가득한 미소가 떠오르며 중얼댔다.

"흥, 언제까지 네놈이 오늘처럼 미친 듯이 날뛸 수 있는지 두고 보자. 우리 원군이 당도했을 때 네놈 표정이 몹시 궁금하구나! 곧 있으면 도착할 우리 원군이 얼마나 무시무시한지 상상도 못할 테니까 말이다!"

*　　*　　*

“어제 전투를 치르면서 원상군 대영 안을 유심히 살펴보니 정면 쪽에 벽력거가 36대 배치돼 있었소.”

도응은 직접 원상군 대영 지도에 벽력거 위치를 표시하며 설명을 이어나갔다.

“정면에 36대가 있고, 좌우로는 청하와 남피성의 보호를 받고 있어서 굳이 벽력거가 필요 없을 듯한데, 후영 쪽에도 틀림없이 배치가 돼 있을 테니 어림잡아 벽력거 수량은 최소 50대에서 60대가 아닐까 생각되오. 이 정도면 나름대로 꽤 준비한 셈이오.”

“원상군이 고지의 우위를 점하고 있다 하나 벽력거 이동에는 불편한 점이 있어서 아군이 비슷한 수량의 벽력거만 제작한다면 충분히 대항할 수 있습니다.”

유엽은 여기까지 설명하고는 이맛살을 찌푸리며 말했다.

“하지만 척후병의 보고에 따르면 남피 일대에 목재를 벌목할 만한 수림이 거의 없어, 벽력거를 만들려면 후방에서 목재를 운반해 와야 합니다. 아무래도 시간이 좀 더 소요될 듯합니다.”

도응은 그쯤이야 아무 문제도 안 된다는 표정을 지었다.

“상관없소. 어쨌든 공성에 필요한 것이니 되는 대로 운반해서 제작에 들어가시오."

유엽은 공수하고 명을 받은 후 한 가지 계책을 올렸다.

"주공, 적의 방어 태세로 볼 때 이번 전쟁은 십중팔구 지구전이 될 가능성이 높습니다. 따라서 남피 서북쪽의 성평(成平)과 낙성(樂成), 두 성을 점령하고 남피 북쪽에 군대를 주둔시켜 남피와 유주의 연결을 차단해야 합니다. 이리하면 장기와 견초 등이 돌연 원상을 구하러 와도 수월하게 대처할 수 있습니다."

도웅이 이 건의에 동의하고 모사들과 분병 숫자와 통솔 장수를 논의하려는데, 막사 밖에서 병사 하나가 나는 듯이 달려와 보고했다.

"주공께 아룁니다. 행상 차림을 한 자가 단기로 아군 영채를 찾아와 자신은 유주 어양(漁陽) 사람으로 주공과 오랜 교분이 있었는데, 마침 주공께서 이곳에 주둔하신단 얘기를 듣고 특별히 만나 뵙기를 간청하고 있습니다."

도웅은 멍한 표정을 짓고는 놀랍고도 의아해 말했다.

"내 평생 유주에 한 번도 가본 일이 없는데 나와 오랜 교분이 있다고?"

그 병사 역시 눈을 멀뚱멀뚱 뜨고 물었다.

"네? 그럼 어쩔까요? 쫓아낼까요, 아니면 잡아다가 심문을 할까요?"

도응은 누가 찾아왔는지 갑자기 궁금증이 생겨 분부했다.

"아니다. 이리로 데리고 와라. 대체 어떤 자인지 한 번 봐야겠구나. 문화 선생과 우약은 수고롭겠지만 내 대신 영채를 순시하고, 자양은 여기 남아 원상군의 영채 지도를 완벽히 보완해 주시오."

병사는 명을 받고 급히 달려 나갔고, 가후와 순심도 영채를 순찰하러 곧 자리를 떴다. 얼마 지나지 않아 자칭 도응과 교분이 두텁다는 남자가 안내를 받아 중군 막사 안으로 들어왔다.

서른 줄을 갓 넘긴 나이에 얼굴이 네모났고 용모가 단정했으며, 행동거지에서는 자못 문인의 기품이 풍겨 나오는 한편으로 무사의 절도 있는 풍모도 엿보였다. 하지만 도응이 아무리 머리를 쥐어짜도 이 사내를 어디서 봤는지 기억이 나지 않았다. 반면 그 남자는 도응을 잘 알고 있다는 듯 막사로 들어서자마자 도응에게 한쪽 무릎을 꿇고 정중히 예를 갖춘 후 아뢰었다.

"소인, 한실의 태위를 뵙게 되어 영광입니다."

도응이 이 남자를 다시 한 번 위아래로 자세히 훑어보았으나 낯선 감을 지우지 못했다. 도응은 의혹이 짙어져 물었다.

"나와 교분이 있다고요?"

"그렇습니다."

이 남자는 고개를 끄덕이고 미소를 지으며 말했다.

“수년 전, 소인이 일찍이 태위를 몇 번 뵙고 술잔을 기울이며 환담을 나눈 적이 있습니다. 다만 세월이 오래 흐르고 태위께서 정무와 군무로 다망하여 소인을 잊으신 듯합니다.”

이 남자의 말투와 기색에서 조금도 거짓이 없음을 느낀 도응은 황급히 수하에게 일렀다.

“여봐라, 이분께 자리를 안내해 드리고 차를 내와라.”

이 남자는 공수하고 사례한 뒤 스스럼없이 호위병이 지정해준 자리에 꼿꼿하게 앉았다. 이를 유심히 지켜본 도응이 물었다.

“선생은 무관입니까?”

“일찍이 무관으로 임관했는데 지금은 문직에 종사하고 있습니다.”

도응은 애매모호한 대답에 고개를 갸우뚱하고 다시 물었다.

“선생의 고성대명과 현재 어떤 관직에 있는지 묻습니다. 그리고 어디서 날 만났는지요?”

“이 몸 던져 국난을 구하고 죽음 보기를 고향에 돌아가듯 한다네(捐軀赴國難, 視死忽如歸), 자고로 죽지 않는 이가 어디 있으리오. 이 마음 후일 역사에 전해지길 바랄 뿐이다(人生自古誰無死, 留取丹心照汗青)!”

이 남자는 도응의 질문에 대답하지 않고 대뜸 시를 읊더니 장엄한 표정으로 말을 이었다.

"이 강개한 시의 여운이 지금까지도 제 가슴을 울리고 있습니다."

"내가 읊은 이 시를 안단 말이오?"

도응이 놀라 묻자 그 남자가 고개를 끄덕이며 대꾸했다.

"물론입지요. 소인은 당시 서주성에서 도공이 서주 백성을 위해 기름 솥에 뛰어드는 장면을 두 눈으로 똑똑히 목격했으니까요."

"그때 서주성에 있었다고요?"

도응은 화들짝 놀라 자리에서 벌떡 일어났다. 그러고는 지난 일을 곰곰이 떠올려보다가 돌연 한 가지 큰 사건이 생각나 그 남자를 가리키며 소리쳤다.

"아, 기억났소! 그때 내 부친께서 주연을 열어 유비를 환대할 때 그대도 자리에 있었소. 아마, 조운 옆에 앉아 있었고, 내 그대와 술잔을 나누기도 했소!"

도응이 자신을 기억해 주자 이 남자는 비로소 자리에서 일어나 다시 절을 올리고 공손하게 말했다.

"어양 태수부의 장사 전예(田豫)가 태위께 인사 올립니다. 9년 전, 소인은 유비를 따라 함께 서주로 갔습니다. 당시 유비의 아장으로 자못 신임이 두터웠는데, 옛 도공이 표를 올려 유비를 예주자사에 임명한 뒤 소인은 유비 곁을 떠나 어양 고향으로 돌아왔습니다."

전예란 말에 도응은 기쁜 기색을 감추지 못했다. 역사에서 조비가 즉위한 후, 오환을 물리치고 변방을 안정시키는 데 큰 공을 세운 자가 제 발로 찾아왔단 말인가. 그 사이 유엽이 끼어들어 못마땅한 표정으로 물었다.

"유비의 신임이 그렇게 두터웠다면서 왜 유비를 떠난 거요?"

"연로한 노모를 돌볼 사람이 없었던 데다 유비가 소패에 상주하려 했기 때문이오."

전예는 이유를 설명한 뒤 다시 도응을 보고 말했다.

"당시 유비를 떠난 일이 얼마나 다행인지 모릅니다. 그렇지 않았다면 지금 예는 태위의 적이 됐거나 아니면 일찌감치 태위 손에 목숨을 잃었을 테니까요. 솔직히 그때 일개 서생에 불과하던 태위께서 오늘 이렇게 위대한 업적을 이룰지 상상도 하지 못했습니다."

도응은 호탕하게 웃음을 터뜨린 뒤 얼른 술상을 내오라 분부하고, 서주를 떠난 후 유주에서 벌어진 일에 대해 물었다. 유주로 돌아간 전예는 공손찬에게 동주(東州) 현령에 임명돼 원소군 수만 대군의 공격을 물리쳐 명성을 떨쳤고, 공손찬이 멸망한 후에는 어양태수 선우보(鮮于輔)에게 장사로 발탁돼 내정과 외교에서 발군의 실력을 보였다. 도응은 자신이 알고 있는 상황과 별반 다르지 않음을 확인하고 물었다.

"전 장군이 오늘 날 찾아온 이유는 무엇이오?"

"두 가지 일 때문입니다. 먼저 선우보를 대신해 태위께 항서를 전하러 왔으니 받아주십시오."

이어 전예는 소매에서 선우보의 항서를 꺼내 두 손으로 도응에게 바쳤다. 도응은 이를 보고 크게 기쁘면서도 의구심이 들어 물었다.

"지난번에 아군이 유주군을 대파하고 선우은까지 죽였는데, 선우 태수가 순순히 항복을 청했단 말이오?"

전예가 공손히 대답했다.

"장기가 대패하고 유주로 돌아온 틈을 타 오환과 선비가 변경을 침범해 살인, 방화 등 온갖 악행을 저질렀습니다. 유주군은 이를 막아낼 재간이 없었고, 어양도 막심한 피해를 입었습니다. 이에 예가 선우 태수에게 원씨의 세력이 크게 기운 지금, 도공이 가슴에 큰 뜻을 품고 민심이 귀순해 천하를 안정시킬 수 있는 자는 오직 도공 한 분뿐이므로 재앙이 닥치기 전에 얼른 도공에게 몸을 의탁해야 한다고 권했습니다."

전예는 잠시 숨을 고르고 말을 이었다.

"또한 창칼에 눈이 없는 전장에서 선우은 등이 죽은 일을 어찌 도공의 탓으로 돌릴 수 있으며, 게다가 왕업의 뜻을 가진 도공은 절대 사사로운 원한에 개의치 않고 태수를 중용할 것이라고 설득했습니다. 선우보도 제 설명이 일리가 있다고 여겨 이런 결정을 내리게 된 것입니다."

"오, 그렇게 된 것이구려. 정말 수고가 많았소. 장군이 이번에 대공을 세웠으니 마땅히 중상을 내려야……."

"잠깐만요."

도웅이 크게 기뻐 합당한 보답을 하려고 하는데, 전예가 급히 도웅의 말을 끊고 진언했다.

"도공, 봉상(封賞)은 급하지 않습니다. 또 한 가지 큰일을 아뢰려 하니 사전에 철저히 대비하십시오."

"그게 무엇이오?"

"오환 추장 답돈(踏頓)이 오고 있습니다. 저와 선우보가 받은 급보에 의하면, 답돈은 원상을 구원한다는 구실로 친히 2만여 철기를 이끌고서 노룡새(盧龍塞)를 넘고 우북평(右北平)을 경유해 곧장 남피로 달려오고 있다고 합니다. 준미(俊靡)와 서무(徐無), 두 현은 이미 함락되었고, 노정상 대엿새면 남피에 이를 것으로 보입니다."

"그렇게 빨리?"

도웅과 유엽은 너무 놀란 나머지 동시에 괴성을 질렀다. 전예가 고개를 끄덕이고 다시 말했다.

"한 가지 소식이 더 있습니다. 답돈은 이번에 천주(泉州), 장무(章武), 부양(浮陽) 길을 따라 남하할 것으로 확인되었습니다. 이 노선에는 장애물이 장수밖에 없어서 일단 장수를 건너게 되면 지세가 개활한 벌판이 끝없이 펼쳐지는지라, 답돈의 철기가 활개 치기 딱 좋은 곳이 됩니다. 그러니 부디 조심하시기 바랍니다."

"부양 길로 온다고요?"

"그렇습니다. 죄송한 말씀이지만 천주는 어양 관할인데 저희 힘이 너무 미약하여 답돈 철기를 제지하지 못하는 점 양해해 주십시오."

하지만 도응은 아무렇지도 않다는 듯 실실 웃으며 대꾸했다.

"상관없소이다. 장군은 속히 편지를 가지고 선우 태수에게 가 답돈을 막지 말고 남하하도록 내버려 둔 뒤, 답돈이 떠나면 천주에 병마를 배치해 답돈이 패주하는 길을 차단하라고 이르시오."

유엽도 미소를 지으며 한마디 덧붙였다.

"한 가지 더, 준비가 빨라야 할 거요. 답돈이 아군에게 격퇴됐는데 그대들의 병마가 제때 갖춰져 있지 않으면 이빨 빠진 호랑이를 통타할 기회를 잃게 될 테니 말이오."

"네?"

두 사람이 대체 무슨 얘기를 하는지 몰라 얼이 빠져 눈만 껌뻑거리던 전예는 급히 정신을 차리고 간했다.

"도공, 절대 적을 얕봐선 안 됩니다! 부양 길은 사방이 허허

벌판이어서 오랑캐의 철기가 전투력을 발휘하기 이상적인 공간입니다. 저들은 결코 만만히 볼 상대가 아닙니다!"

하지만 도응의 얼굴에서는 여유로운 웃음이 여전히 떠나지 않았다.

"부양의 지세는 이미 순심에게 들어서 잘 알고 있소. 그래서 성평과 낙성에만 따로 군대를 배치하고 부양에는 전혀 신경을 쓰지 않았던 거요. 그런데 답돈이 죽여주십사 이 길로 온다니, 내 그의 소원을 들어주어야지요."

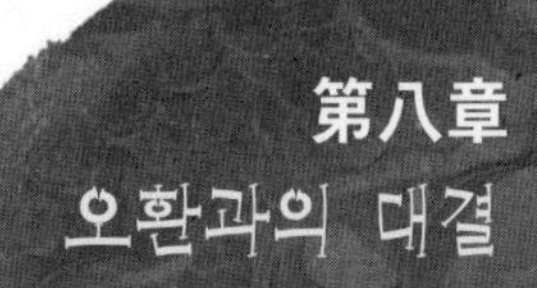

第八章

오환과의 대결

2만여 새외(塞外) 호인 철기는 장수를 건넌 후 장무현을 몽땅 약탈하고 기세등등하게 남쪽으로 진격했다. 몇 년간 태평을 누리던 성지가 폐허로 변하고, 거리에는 온통 시체로 가득했으며, 가옥마다 불길이 활활 타올랐는데, 이는 원상이 장무령에게 오환 철기가 오면 무조건 성문을 열라고 명했기 때문에 벌어진 일이다.

유목 민족은 특성상 한 곳에 정착하지 못해 성지를 맞닥뜨리면 죄 약탈하는 습성이 있었다. 따라서 성 밖에 양초를 마련해 두고 가져가도록 했으면 됐을 텐데, 원상이 이 사실을 몰랐는지 아니면 오환 철기의 사기를 높여주려 한 것인지 백성만 도탄에 빠뜨리는 결정을 내리고 말았다.

오환왕 답돈은 대오 선두에 서서 의기양양하게 말을 몰아 내달렸고, 그 곁에서는 원상의 사자 양림(楊林)이 답돈의 비위를 맞추며 남쪽 상황에 대해 설명했다. 양림은 전에 원소가 답돈과 손잡고 공손찬을 물리칠 때, 사신 자격으로 두 곳을 자주 왕래해 답돈과 교분이 두터운 자였다.

"대왕, 장무에서 남피까지는 260리인데 가는 내내 평원이라 지금의 행군 속도라면 빠르면 사흘, 늦어도 나흘 안에 남피성 아래에 도착할 수 있습니다. 우리 주공이 그곳에 대왕의 철기가 먹을 양식을 충분히 쌓아놓고 기다리고 있습니다."

"도중에 또 다른 성지는 없소?"

장무를 약탈해 양식과 재물 수백 수레를 얻은 답돈이 입맛을 다시며 물었다.

"부양성이 있긴 합니다만 별로 건질 건 없습니다. 갈지 말지는 대왕이 결정하십시오."

양림의 말에 답돈이 거드름을 피우며 대꾸했다.

"성지가 있다면 당연히 가야지. 우리가 그대 주공을 구원하러 천릿길을 달려오느라 인마가 모두 지쳐 쉴 만한 성이 필요하오. 그렇지 않으면 어떻게 그대 주공을 대신해 도응을 물리치고 기주 성지를 되찾아오겠소?"

양림은 재빨리 허리를 굽실굽실하며 아부를 떨었다.

"그래야지요. 암, 그래야 하고말고요. 부양성에 당도하면 성문을 열어 대왕을 영접하고 오환의 용사들이 휴식을 취할 수 있도록 조처하겠습니다."

양림의 대답에 답돈은 큰 소리로 웃음을 터뜨리고 만족한 웃음을 지었다.

전에 공손찬과 원소가 살아 있을 때 오환은 장성을 넘기도 어려웠던지라 기주 내지에 발을 붙인다는 건 언감생심이었다. 그러나 지금은 상황이 완전히 달라졌다.

중원에서는 도웅이라는 자가 갑자기 흥기하고, 원소의 두 아들은 서로 자기에게 원병을 보내 달라고 요청해 왔다. 이에 답돈도 구력거(丘力居)의 아들 누반(樓班) 선우의 반대를 무릅쓴 채 구원에 응하고, 친히 2만 철기를 이끌고서 노룡새를 넘어 유주로 진입했다.

답돈은 원래 오환의 수령 구력거의 조카였는데, 구력거가 죽었을 때 그의 아들 누반의 나이가 어렸으므로 답돈이 대신 세력을 이어받았다.

답돈은 수백 년간 분열을 거듭하며 3부로 갈라져 싸우던 오환을 통합하고, 당시 중국 북부의 기마민족 중 가장 두각을 나타냈다. 이후 원소에 의해 공손찬을 물리친 공으로 선우에 봉해졌다. 훗날 누반이 장성하자 주변에서는 누반에게 선우를 이어받게 하고 답돈을 왕으로 강등했지만, 답돈은 여전히 실권을 장악해 대외적으로는 오환의 선우로 여겨질 만큼 강력한 위세를 떨치고 있었다.

누반은 답돈 철기가 기주 내지는커녕 장기와 견초가 지키는 유주도 넘지 못할까 우려했다. 그런데 어찌 된 영문인지 장기와 견초는 답돈 철기의 남하를 전혀 저지하지 않았다. 여기에는 이유가 있었으니, 장기가 서주군과 싸우다 군사를 절반이나 꺾인 데다 선비 부락을 견제하기에도 벅찼기 때문에 답돈 철기를 막을 여력이 없었던 것이다. 이리하여 2만 답돈 철기는 수월하게 유주를 뚫고 기주 땅에 진입할 수 있었다.

아무 저항도 없이 중원에 발을 딛게 되자 답돈의 야심은 자기도 모르게 점점 커져만 갔다. 하루빨리 원상을 도와 도응을 제거한 뒤 풍요로운 중원 땅을 요구한다면 오환의 중원 진출도 더 이상 꿈만은 아니었다.

답돈이 이런 달콤한 환상에 빠져 있을 때, 전방의 병사 몇 명이 달려와 앞쪽에서 이상한 소리가 난다고 보고했다. 답돈 등이 가만히 귀 기울여 들어보니 병사들의 말이 거짓이 아니었다. 답돈은 당장 군사들을 거느리고 급히 앞쪽으로 달려갔다.

그런데 그곳에는 1천여 기병대가 기주군과 다른 살굿빛 군복을 입고 가지런하면서도 듬성듬성한 5열 횡대로 서서 웃고 있는 것이 아닌가. 게다가 이들은 답돈 대오가 가까이 다가왔음에도 전혀 놀라는 빛을 보이지 않고 오히려 깔보는 듯한 조소를 날리고 있었다.

답돈의 부장 난루(難樓)는 이 광경을 보고 화가 치밀어 목소리를 높였다.

"대왕, 군사도 얼마 돼 보이지 않는데 당장 쓸어버리고 이번 원정의 제물로 삼읍시다!"

하지만 답돈은 손을 들어 난루를 제지했다.

"저놈들은 대체 뭐지?"

최고의 기병대를 2만이나 거느린 답돈도 여유작작한 표정으로 중얼거렸다. 그는 철기에게 백 보 밖에서 전마를 멈추라고 명한 뒤 양림을 보고 물었다.

"저들은 그대의 대오요?"

"아닙니다. 바로 우리의 적 도응의 대오입니다."

양림은 마주한 적을 가리키며 믿지 못하겠다는 표정을 지었다.

"그런데 남피에서 여기까지 족히 2백 리가 넘는 길을 어떻게 달려왔는지 이해가 되지 않습니다."

"그대의 대오가 아니라면 됐소."

답돈은 그제야 기쁜 기색을 드러내며 좌우를 둘러보고 소리쳤다.

"앞에 우리의 적이 있다. 돌격해 저들을 모조리 죽여 버려라! 가장 많이 죽이는 자에게는 다음 성에서 노획하는 미녀를 상으로 내리겠다!"

오환 대오에서는 일제히 와하는 환호성이 터지며 시새워 적을 향해 돌진해 들어갔다. 그중에서도 답돈의 아들 활미(滑彌)는 미녀를 품을 욕심에 최전방에서 부대를 통솔했다.

친히 군대를 이끌고 출전한 도응은 오환 철기의 흉포하고 무질서한 돌격을 가소로운 표정으로 지켜보다가 영을 내렸다. 곁에 있던 연빈이 재빨리 깃발을 들어 올리자 앞쪽 두 열의 군자군 중기병이 즉각 뒤로 물러나고, 뒤쪽 세 열의 경기병이 앞으로 돌진하며 달려드는 적을 향해 화살을 발사했다.

현재의 군자군은 수십 발을 쏴서야 겨우 적 하나를 맞히던 9년 전의 그들이 아니었다. 그 기간 동안 부단한 훈련과 실전 경험을 통해 군자군의 궁술은 이미 최고 경지에 다다랐다. 첫 부대가 날린 화살 5백 발 중 적어도 칠 할은 목표에 정확히 명중했다.

중원 제후들이야 군자군의 무시무시한 위력을 잘 알고 있었지만 이렇게 많은 기병이 말을 달리며 화살을 쏘는 걸 난생 처음 본 오환 철기는 크게 당황해 어쩔 줄 몰라 했다. 화살에 맞아 낙마한 자가 부지기수요, 부상자의 비명 소리도 여기저기서 연이어 울려 퍼졌다.

선두에 서서 돌진하던 활미는 반짝거리는 갑옷 탓에 군자군의 주목표가 되어 전마와 함께 화살 십여 발을 맞았고, 그 중 한 발이 그대로 얼굴에 적중하며 말에서 굴러 떨어졌다. 활미는 뒤따르던 수하들의 전마에 밟혀 찍소리도 지르지 못하고 즉사해 버렸다.

"활미야!"

멀지 않은 곳에서 아들의 참사를 목도한 답돈은 처절하게 자식의 이름을 부르며 울부짖었다. 하지만 아들의 생사를 확인하러 갈 틈도 없이 군자군 제2, 제3의 경기병이 다시 습격해 왔다. 방금 전과 마찬가지로 답돈 대오는 미처 화살을 피하지 못하고 병사들이 픽픽 바닥에 쓰러졌다. 이어 군자군은 자신들만의 절기를 시전해 중기병이 앞에 서고 경기병이 뒤를 따라 5열 횡대의 정연한 대형을 유지한 채 일사불란하게 뒤로 철수했다.

"활미야! 활미야!"

답돈은 마침내 아들 곁으로 다가갈 수 있었지만 그의 절망과 분노는 극에 달하고 말았다. 온몸에 화살이 박힌 그의 아들은 말발굽에 밟혀 형체를 알아볼 수 없을 정도로 짓이겨져 있었다. 두 주먹을 부르르 떨던 답돈은 돌연 칼을 빼들고 미친 듯이 소리를 질러댔다.

"쫓아라! 세상 끝까지라도 쫓아가라! 한 놈도 빠뜨리지 말고 모조리 죽여 내 아들을 위해 복수하라!"

오환 기병의 전력을 다한 추격이야말로 군자군이 바라던 바가 아닌가. 그러나 군자군은 성급히 치고 빠지는 전술을 펼치지 않았다. 이들은 숙련된 기술로 전마의 속도를 조절하며 등 뒤의 적과 계속 일정한 거리를 유지했다. 적에게 쫓아올 기회를 주지 않으면서도 따라잡을 수 있다는 희망을 주면서 적의 대부대가 질주하도록 유도한 것이다.

뒤를 힐끔힐끔 돌아보며 답돈 부대의 상황을 살피던 군자군 대장 연빈은 나란히 말을 달리는 도응에게 말했다.

"주공, 적 대오의 간격이 앞뒤로 많이 벌어졌습니다. 우리가 앞으로 좀 더 내달려 적에게 군대를 정비할 시간을 준 다음 다시 출격한다면 더 많은 적을 포위권 안으로 유인할 수 있지 않을까 생각됩니다."

"하하, 이제 머리도 쓸 줄 아는구나. 나를 따른 십 년이 결코 헛된 시간은 아니었어."

도응은 웃음을 터뜨리며 연빈을 칭찬한 뒤 명을 내렸다.

"전군에 좀 더 속도를 높여 적과의 거리를 더욱 벌리라는 신호를 보내라!"

이날 답돈은 평생 한 번도 겪어보지 않은 굴욕을 당했다. 아들이 전사하고 적을 따라잡지 못한 것은 물론, 간격이 벌어진 대오를 막 다시 모아놨더니 서주군이 어느 샌가 되돌아와 어지럽게 화살을 날리고는 말 머리를 돌려 달아나는데, 그의 부대가 맹렬히 추격해도 멀리서 적의 엉덩이만 보일 뿐 좀체 거리를 좁히지 못했다.

마상에서 살았다 해도 과언이 아닌 답돈으로서는 도무지 믿기 어려운 이 상황에 자존심이 크게 상하고 화가 머리끝까지 치밀었다. 이에 그는 수하들에게 불필요한 짐을 전부 버리라 명하고, 유목 기병보다 더 유목 기병 같은 적의 뒤를 미친 듯이 추격했다.

답돈 대오 중에도 기마술이 뛰어난 자는 말을 달리며 화살을 쏘는 것이 가능했다. 하지만 이미 이 전술에 익숙한 군자군에게 간간이 날아오는 화살은 별다른 영향을 미치지 못했다. 등자나 높이 솟은 안장 없이 불안한 자세로 쏜 화살은 힘이 그리 실리지 않아 설사 군자군을 맞혔다 해도 갑옷을 뚫지 못하고 경상을 입히는 데 불과했다.

이렇게 쫓고 쫓기는 추격전을 벌이며 60여 리를 달려와 답돈 부대가 다시 말을 멈추고 대오를 정렬할 때, 군자군은 마침내 천년 후 유목 민족이 발명한 기병 전술로 그들의 조상 격인 적에게 맹공을 퍼붓기 시작했다. 경기병이 독보적인 위력을 발휘하는 냉병기 시대에 오환 철기로서는 반격할 힘이 전혀 없는, 움직이는 과녁 신세에 처하고 말았다.

쉬쉬쉬! 쉬쉬쉬!

공기를 가르는 쇳소리가 하늘에 울려 퍼졌다. 군자군 손을 떠난 화살은 직선으로 혹은 곡선을 그리며 비처럼 오환 부대를 향해 떨어졌다. 처절한 비명 소리 속에서 화살에 맞거나 말에서 떨어져 죽은 오환 병사들이 들판을 가득 메웠다. 죽어 가는 와중에도 이들의 얼굴에는 도저히 믿기지 않는다는 표정이 역력했다.

"어떻게, 어떻게 이게 가능하단 말이냐?"

가장 크게 놀라 소리를 지른 이는 물론 답돈이었다. 답돈은 큰 충격을 받은 듯 군대를 지휘하는 것도 잊고 고래고래 소리쳤다.

"중원에 기마술 고수가 이리 많단 말인가? 말을 달리면서 뒤돌아 화살을 쏘는 건 오환 최고의 용사만 가능한데, 이 기술을 연이어 구사하는 저들은 대체 어떤 놈들이냐!"

오환 기병이 군자군의 치고 빠지는 작전에 속수무책으로 당하며 사상자가 늘어나긴 했지만 수적으로 월등한 우세에 있었기 때문에 근접전을 벌여 적을 섬멸할 목적으로 희생을 무릎쓰고 그 뒤를 바싹 뒤쫓아 갔다.

그러나 군자군이 몽고마의 지칠 줄 모르는 지구력과 편자에 의지해 쏜살같이 질주하며 화살을 연방 날려대자, 오환 기병은 화살을 피하기도 바빠 군자군과의 거리를 전혀 좁히지 못했다. 반격 한 번 제대로 가하지 못하고 무작정 군자군의 뒤만 쫓던 오환 기병은 점점 지친 기색을 드러냈고, 전마는 입에 거품을 물기 시작했으며, 편자를 달지 않은 말은 말굽이 금방 닳아 찢어지기까지 했다.

이리하여 기주 내지 깊숙이 무려 70여 리를 추격했을 때, 오환 대오는 전방과 후방 사이가 서로 보이지 않을 정도로 심하게 벌어지고, 병사와 전마의 체력이 바닥나기 시작했다. 답돈마저도 두 다리가 쑤시고 허리가 뻐근할 정도로 지쳤는데, 무슨 조화인지 앞쪽의 적 기병은 아무렇지도 없었다는 듯 시종 원기 왕성하고 여유로운 모습을 보이고 있었다.

심상치 않은 분위기를 직감한 답돈은 군사들을 향해 목이 터져라 외쳤다.

"멈춰라, 당장 멈춰라! 징을 울려 돌격을 중지하고 모두 내 주위로 모이도록 하라!"

지칠 대로 지친 오환 기병은 징 소리가 울리자마자 재빨리 전마를 멈춰 세우고 거친 숨을 몰아쉬며 하나둘씩 답돈 주위로 몰려들었다. 이들은 너 나 할 것 없이 화살만 쏘며 당당하게 싸우지 않은 적에게 욕을 퍼부었다. 그런데 이때 줄곧 꽁무니를 빼던 군자군이 돌연 말 머리를 돌리고 시살해 오며 적을 향해 어김없이 화살 세례를 퍼부었다.

오늘 하루만 이런 공격을 몇 번 받은 탓인지 답돈은 전혀 당황하지 않고 큰 소리로 명했다.

"침착하게 자기 자리에서 화살을 쏘아라! 저 무뢰배에게 초원 기사의 매서운 맛을 보여주어라!"

오환 기병이 전열을 정비하고 반격을 가하기 시작하자, 군자군은 정면 대결에 흥미가 없다는 듯 적의 사정권에서 벗어나 뒤쪽으로 돌아갔다. 요리조리 피하기만 하는 군자군의 행동에 화가 치민 답돈은 칼로 적을 가리키며 노호했다.

"당장 저놈들을 쫓아가 깡그리 죽여 버려라!"

오환 기병은 다시 돌격을 개시했고, 군자군은 여전히 말을 몰아 달아나며 추격군에게 화살을 날렸다. 군자군의 도주 방향이 마침 뒤처져 따라오는 오환 대오의 후방 쪽이었던지라 답돈은 앞뒤에서 적을 협공할 요량에 쾌재를 부르고 추격의 고삐를 늦추지 않았다.

그런데 답돈이 양쪽으로 적을 가두고 포위망을 전개하려는 순간에 군자군이 갑자기 서쪽으로 방향을 틀어 평원 지대 중에 수림과 언덕이 비교적 많은 곳으로 내달렸다. 이번에야말로 적이 덫에 걸려들었다고 여겼는데 또다시 쥐새끼처럼 포위를 벗어나자, 답돈은 우왕좌왕하는 대오를 이끌고 하늘 끝까지 따라갈 기세로 뒤를 맹렬히 쫓았다. 이것이 적의 유인 작전임을 꿈에도 모른 채 말이다.

산림 지대에 이른 도응은 흐르는 땀을 닦을 새도 없이 즉각 신호를 보냈다. 이어 병사들의 호각 소리가 울리자마자 수림 뒤와 구릉 뒤에서 대규모 서주 기병이 동시에 튀어나왔다.

이들은 바로 미리 명을 받고 기다리던 조운의 기병대였다. 조운의 진두지휘 아래 서주 기병은 함성을 지르며 전속적으로 답돈 대오를 향해 달려들었다. 별안간 들이닥친 적군의 공세에 오환 기병은 미처 손을 쓰지 못하고 대열이 크게 어지러워졌다.

도합 150리가 넘는 길을 쉬지 않고 달린 답돈 대오의 병사와 전마는 지칠 대로 지쳐 땀이 비 오듯 흐르고 다리에 힘이 풀려 제대로 서 있기도 어려웠다. 이렇게 초주검이 된 군대로 쌩쌩한 적의 공격을 막아내기란 불가능에 가까웠다. 조운군은 파죽지세로 적을 몰아쳐 순식간에 적진을 무너뜨려 버리고 닥치는 대로 적을 베고 찌르니, 오환 대오는 사람과 말이 함께 나동그라지고 들판에 시체가 가득했다.

이를 본 군자군 장사들이 전과를 확대하기 위해 너도나도 출격 명령을 내려 달라고 요청했지만 이미 전세가 결정된 것을 확인한 도응은 손을 들어 이를 제지하고 휴식을 취하며 편안히 조운의 활약을 지켜보라고 일렀다.

붕괴 직전에 이른 오환 대오는 필사적으로 전장을 빠져나가려 애썼다. 그러나 체력이 고갈된 상태에서는 도무지 속력이 나지 않아 뒤쫓아 온 조운군의 창칼에 무참히 도륙되었다. 여유롭게 적진을 유린하는 가운데 일부 조운군이 아예 측면으로 돌아가 퇴로를 막아버리자, 오환 대오는 설상가상으로 양쪽에서 협공을 당하는 형국이 되었다.

혼전 중에 조운은 금빛 갑옷을 입은 답돈을 발견하고 곧장 그에게 달려갔다. 오환 병사들이 다급히 길을 막아섰지만 조운의 창 앞에 초목이 쓰러지듯 잇달아 나가떨어졌다. 도망치기 바쁜 답돈이 귀를 때리는 비명 소리에 이상한 낌새를 채고 고개를 돌렸을 때는 이미 조운이 바로 앞까지 들이닥친 뒤였다.

깜짝 놀란 답돈이 말 머리를 돌리고 손에 든 칼을 휘두르려는 순간에 대갈일성과 함께 조운의 장창이 답돈의 가슴을 정확히 관통해 버렸다. 답돈은 비명을 지를 새도 없이 말에서 굴러떨어져 아들을 따라 저승길로 떠났다.

답돈이 죽자 어지럽기 짝이 없던 오환 대오는 완전히 붕괴되고 말았다. 서주 기병은 토끼 몰듯 적군을 30리 넘게 추격하며 셀 수 없이 많은 적을 죽였다. 체력이 부쳐 전마에서 굴러떨어지거나 말과 함께 나뒹군 병사도 천 명을 헤아렸고, 말을 달릴 힘조차 없어 아예 말을 끌고 달아나다가 서주군과 맞닥뜨려 무릎을 꿇고 투항한 자도 수천 명이나 되었다.

만약 오환 기병 후군을 통솔하는 장수 소복연(蘇僕延)이 사태가 심상치 않음을 깨닫고 약탈한 양식과 재물을 모두 버리고서 북쪽으로 달아나지 않았다면 답돈의 2만 군사는 어쩌면 하루 만에 몰살됐을지도 몰랐다.

물론 나머지 오환 군사도 온전히 기주를 빠져나간 것은 아니었다. 먼저 그날 밤 몇몇 오환 부락 수령이 답돈 때문에 이런 참패를 당했다고 성토하다가 내분이 일어나 자기들끼리 살육을 벌였고, 이어 다음 날에는 패잔병 추격에 나선 군자군 경기병과 4천 서주 기병의 공격에 심각한 타격을 입고 장수 기슭까지 추살을 당했다. 이리하여 겨우 장수를 건넌 오환 기병의 수는 채 2천 명도 되지 않았다.

이들의 고난은 여기서 끝나지 않았다. 소복연이 패잔병을 이끌고 유주 경내로 진입해 천주 일대에 이르렀을 때, 이미 도응에게 투항한 어양태수 선우보의 통렬한 공격을 만났다. 소복연은 선우보의 부하 서막(徐邈)에게 사로잡혔고, 나머지 대부분도 섬멸돼 강을 건너 달아난 자는 5백 명에도 미치지 못했다. 뒤이어 선우보가 틈을 주지 않고 계속 공격에 나서면서, 답돈이 원상을 돕겠다고 출격한 2만여 오환 기병 중 살아서 고향으로 돌아간 이는 고작 몇 명에 불과했다.

원상이 답돈에게 파견한 사신 양림도 미처 도망치지 못하고 서주군에게 생포되었다. 도응 앞에 끌려온 양림은 머리를 조아리며 목숨만 살려 달라고 간청했다.

그런데 이때 오환 대오에게 끌려온 여인들로부터 양림이 손수 답돈을 장무성으로 안내해 성을 약탈하게 했다는 얘기를 듣고 도응은 발연대로해 당장 양림의 목을 베라고 명했다. 또한 서주군에게 잡힌 오환 포로 천여 명도 도응의 명으로 모두 사형에 처해졌다.

전장을 정리하고 남피로 회군한 도응은 가장 먼저 답돈과 양림의 목을 원상 영중으로 보내라는 명을 내렸다. 그리고 친필로 원상에게 주는 편지를 썼는데, 그 내용은 실로 간단하고도 단호했다.

네놈이 호인을 끌어들여 한실의 백성을 해했으니, 우리 사이의 은의(恩義)는 오늘로써 끝이로다!

*　　　*　　　*

도응이 사신을 통해 답돈, 양림의 수급과 서신을 같이 보내오자, 원상은 대경실색해 어찌할 바를 몰랐다. 그는 급히 남피성으로 달려가 심배에게 계책을 구했다. 답돈의 원군이 이미 섬멸됐다는 소식에 심배는 끙, 하고 신음 소리를 냈다. 그는 심각한 표정으로 한동안 생각에 잠겼다가 문득 고개를 들고 말했다.

"아무래도 주공이 직접 유주로 가 구원을 청하는 게 좋겠습니다."

이 말에 원상은 화들짝 놀랐다.

"남피를 떠나라고? 그럼 남피는 어찌한단 말이오?"

"남피는 제가 지키겠습니다. 2만 군사만 남겨주시면 충분히 방어할 수 있으니, 나머지 군사를 모두 거느리고 유주로 가십시오. 남피는 성지가 견고하고 양초가 풍족한 데다 민심이 주공에게 향하고 있어서, 주공이 원병을 이끌고 올 때까지 충분히 도응의 발을 묶어놓을 수 있습니다."

"우리가 함께 남피를 지키며 유주의 원군을 기다리는 것이 더 낫지 않겠소?"

"여기서 구원병만 요구해서는 장기와 견초가 쉽사리 군대를 파견하지 않을 수도 있습니다. 저들이 옛 주공의 명을 구실로 기어이 변경을 수비해야 한다고 말한다면, 이는 군사력을 보존하며 사태를 관망하겠다는 뜻인데 여기서 아무리 다그친다고 말을 듣겠습니까? 따라서 주공이 원씨의 유일한 후계자 자격으로 직접 유주로 가 옛 주공의 부하들을 포섭하고 장기와 견초의 출병을 압박하십시오. 그래야 우리에게도 재기의 희망이 생기게 됩니다."

이어 심배는 쓴웃음을 지으며 말을 이었다.

"하지만 주공이 가지 않으면 모든 희망이 사라집니다. 지금 아군의 실력으로는 절대 서주군을 격퇴하고 기주를 수복할 수 없기 때문입지요. 우리의 방어 태세가 아무리 견고하다 해도 적이 사방을 완벽히 봉쇄해 버리는 날에는 도망가고 싶어도 도망갈 수 없습니다. 주공이 남피에 꼼짝없이 갇혀 버리면 장기와 견초가 과연 군대를 보내려 할까요? 이런 이유로 주공이 직접 유주로 가야 하는 것입니다."

심배의 설명에도 원상은 불안감이 가시지 않았다.

"유주로 가는 건 너무 위험하지 않겠소? 장기와 견초 등이 기회를 엿봐 날 해하려 든다면……."

"그 점은 걱정하지 마십시오. 장기와 견초는 옛 주공에게 충성심이 깊은 자들입니다. 그들 수하 역시 기주의 노병들이라 주공의 털끝 하나 건드리는 일은 없을 것입니다. 만에 하나 저들이 불순한 마음을 먹는다 해도 한형이나 염유, 유화(劉和) 등이 절대 동조할 리 없습니다."

심배의 말에 원상을 고개를 끄덕거리고 비장한 표정으로 말했다.

"좋소. 그럼 남피는 정남에게 부탁하리다. 내 유주로 가 반드시 구원병을 조직해 하루속히 남피를 구하러 오겠소."

이튿날 밤, 원상은 2만여 군사를 이끌고 돌연 성을 나와 북쪽으로 내달렸다. 서주군은 남피 북문 쪽에 병력을 배치했지만 포위망이 완전히 갖춰지지 않은 데다 원상이 성을 버리고 달아나리라곤 전혀 예상치 못해 급작스러운 돌파를 막아내지 못했다.

적의 추격을 뿌리친 원상은 청하 하류에서 도하에 성공하고 부리나케 유주 방향으로 도망쳤다. 서황과 장수가 병마를 거느리고 30여 리를 맹렬히 추격했지만 결국 원상을 따라잡는 데는 실패했다.

도응은 이 소식을 듣고 씁쓸히 입맛을 다시며 중얼거렸다.

"허, 큰일이군. 북방 전쟁이 언제 끝날지 기약하기 어렵게 됐구나."

* * *

건안 7년에 조조는 도응이 형주 정벌에 나선 틈을 타 한중의 장로 공략에 나섰다. 우세한 군사력을 바탕으로 식량 창고 한중을 취해 재기의 발판을 마련할 계획을 세웠는데, 뜻하지 않게 상용에 잠복하던 유비가 나타나 조조의 침략을 막아준다는 구실로 장로의 모사 양송을 매수해 일약 한중을 방어하는 핵심 인물로 부상한 것이 아닌가.

그해 한중 보위전은 매우 치열하게 전개되었다. 4만 조조군은 넉 달 넘게 한중의 요해지 양평관에 맹공을 퍼부으며 줄곧 한중군을 압도했다. 이에 한중군은 천험의 요지 양평관을 사수하는 한편 유비의 건의를 받아들여 조조군의 최대 약점인 양초 문제를 집요하게 물고 늘어졌다.

한중의 길이 험해 조조군은 양초 보급에 애를 먹고 있었는데, 이곳 지리에 익숙한 한중군이 이 틈을 파고들어 쉴 새 없이 양도를 교란하자 조조는 부득불 군대를 나눠 양도를 보호해야만 했다. 이로써 한중군은 양평관의 압력을 어느 정도 경감할 수 있었다.

유비를 필두로 한 한중군에 가로막혀 넉 달여 동안 양평관을 돌파하지 못한 조조군은 후방이 피폐한 탓에 양초를 더 이상 댈 수 없어 결국 한중에서 퇴각하기로 결정했다.

조조군이 물러가자 유비는 한중 보위전의 혁혁한 공을 세운 공신으로 등극해 장로로부터 상빈 대우를 받았다. 장로는 유비를 중용해선 안 된다는 염포의 반대에도 불구하고 유비에게 군사 5천을 주어 저현(沮縣)에 주둔하며 양평관을 보호하도록 했다. 한편, 한중 전투에 식량을 모두 소모한 조조는 건안 8년 가을밀을 수확할 때가 돼서야 겨우 숨을 돌릴 수 있었다.

조조는 양초를 확보하자마자 즉각 회의를 소집해 한중을 재차 침공하는 문제에 대해 논의했다. 그러나 조조가 가장 신임하는 순욱이 반대 의사를 표명했다. 그는 한중에 양초가 풍족하고 길이 험난한 데다 난적 유비까지 버티고 있어서 남정에 성공할 가망성이 적다며, 1년 더 참고 기다렸다가 내정이 안정되고 양식이 충분히 쌓인 뒤 한중을 공략해도 늦지 않는다고 권했다.

조조는 고개를 끄덕이면서도 이맛살을 찌푸리며 대꾸했다.

"힘을 축적한 뒤 전쟁에 나서자는 문약의 방략이 이치에는 확실히 부합하오. 하지만 아군에게는 시간이 그리 많지 않소이다. 도웅이 3월에 원담을 격파하고 지금은 이미 남피로 출정했는데, 원상마저 무너진다면 하북 3주는 금세 도웅 손에 들어가게 돼 있소. 그때 도웅이 방향을 돌려 관중으로 쳐들어오면 아군이 어떻게 그를 당해낼 것이며, 또 언제 한중을 취할 기회가 생기겠소?"

순욱이 침착하게 대답했다.

"주공, 마음을 편히 가지십시오. 도웅이 그렇게 빨리 북방 3주를 평정하긴 어렵습니다. 원상이 남피에 병력을 집결한 데에는 두 가지 이유가 있습니다. 하나는 민심의 결집을 이용해 도웅에게 대항하려는 것이고, 다른 하나는 언제든지 유주로 편하게 도망가기 위함입니다. 상황이 여의치 않으면 원상은 바로 유주로 달아날 텐데, 유주 경내에는 원소의 옛 부하들이 자못 많을뿐더러 위협을 느낀 오환과 선비도 필시 원상을 도와 도응에게 대항할 것입니다. 게다가 어정쩡한 태도를 보이는 요동의 공손탁(公孫度)과 흑산적 장연 역시 위험을 감지하고 반도응 대열에 합류할 가능성이 높습니다. 이로써 보건대, 적어도 2년 안에는 도응에게 관중을 넘볼 여력이 없다고 감히 장담합니다."

조조는 순욱의 분석을 듣고 깊은 장고에 들어갔다. 그로서는 바로 한중을 취하지 못하는 것이 못내 아쉬웠지만 고심 끝에 순욱의 말에 따라 출병을 포기하고 양초를 확보하는 데 주력하기로 결정했다. 그리고 이후의 상황은 순욱이 예측한 대로 흘러갔다.

8월 하순 기주 방면에서 전해진 소식에 의하면, 답돈이 원상을 구원하러 출병한 데 이어 원상이 성공적으로 남피를 탈출해 유주로 달아났다고 한다. 또한 심배가 남피 군민을 통솔해 성지 사수에 나서면서 서주군으로서는 남피에 강공을 펼칠 수밖에 없는 상황에 처했다. 견고한 남피성을 공략해야 하는 데다 유주에 저항 세력이 두루 산재해 있어서 북방 전쟁은 확실히 시간을 질질 끌 조짐을 보였다.

도응이 어려움을 겪게 됐다는 소식에 조조는 아주 고소해하며 함박웃음을 지었고, 조마조마해하던 곽가도 안도의 한숨을 내쉰 뒤 다급히 조조에게 건의했다.

"주공, 도응이 하북을 평정하는 데 애먹고 있으니 아군이 명년 보리가 익은 후 한중으로 출병하는 데는 큰 문제가 없어 보입니다. 하지만 지금부터 당장 한중 공략에 방해가 되는 걸림돌 제거에 착수해야만 합니다."

"봉효는 지금 귀 큰 도적놈을 말하는 것인가?"

조조의 물음에 곽가는 고개를 끄덕이고 심각한 어조로 말했다.

"그렇습니다. 유비는 간악하기가 도응 아래에 있지 않고, 방통, 서서, 장비, 관평 등 유능한 인재들이 그를 돕고 있습니다. 게다가 최근에는 새로 왕평(王平)이라는 장수를 발탁해 농중(隴中)의 인심을 자못 얻었다고 합니다. 이런 위험인물을 제거하지 않고 한중으로 출격했다간 갖가지 곤란한 상황에 부딪혀 한중을 차지하기 쉽지 않을뿐더러 설사 한중을 손에 넣더라도 막심한 대가를 치를 게 분명합니다."

조조도 곽가의 분석이 일리가 있다고 여겨 다시 물었다.

"그럼 유비를 제거할 대책도 마련해 두었겠지? 무력을 써야 하나 아니면 계책을 써야 하나?"

"당연히 계책을 써야 합지요. 유비가 장로를 도와 아군과 맞선 저의는 세 살 먹은 어린애도 다 알고 있습니다. 따라서 지난번 도응이 유비를 형주에서 축출했을 때처럼 유비의 야심을 널리 떠벌려 장로의 의심을 사게 해 그의 손으로 유비를 없애도록 하는 것입니다."

"오, 좀 더 자세히 말해보게나."

귀가 쫑긋해진 조조의 다그침에 곽가가 침착하게 대답했다.

"장로 휘하에는 그의 신임을 받는 염포와 양송 두 모사가 있습니다. 제가 알기로는 양송이 유비를 추천하고 염포가 이에 반대했는데, 상황이 급박해지자 장로는 염포의 저지를 무릅쓰고 유비를 기용했습니다. 아군이 물러난 후에도 염포는 유비를 중용하는 데 줄기차게 반대했지만 장로는 그의 말을 듣지 않고 유비를 양평관 밖의 저현에 주둔하게 했습니다."

이때 순욱이 끼어들어 곽가에게 조곤조곤 일렀다.

"혹시 염포의 손을 빌리려는 것이오? 봉효, 염포가 비록 명성이 쟁쟁하진 않으나 지모가 자못 뛰어나고 장로에 대한 충심이 깊어 그를 이용한다는 건 불가능에 가깝소."

곽가는 가만히 입꼬리를 말아 올리고 대꾸했다.

"제 얘기를 끝까지 들어주십시오. 제가 점찍어 놓은 대상은 염포가 아니라 바로 장로의 큰 신임을 받고 있는 양송입니다."

"양송이라고?"

조조는 깜짝 놀라 소리를 지르더니 이내 쓴웃음을 지었다.

"유비는 바로 양송이 장로에게 추천했네. 그런데 어떻게 그의 손을 빌려 유비를 제거할 수 있겠나?"

"양송의 됨됨이라면 가능하고도 남습니다. 양송은 재물을 탐하기로 유명한 데다 비열하고 부끄러움을 모른 자입니다. 장담컨대 그가 유비를 장로에게 천거한 건 후한 뇌물을 받았기 때문입니다. 따라서 그에게 더 많은 재물을 안겨주며 유비가 한중을 도모할 야심을 가지고 있다고 참소하도록 꼬드긴다면 충분히 장로의 손을 빌려 유비를 죽일 수 있습니다."

곽가의 계책에 순욱이 손뼉을 두드리며 호응했다.

"그거 아주 절묘하구려! 양송을 매수해 장로와 유비의 사이를 이간한다면 염포도 필시 양송 편에 서서 유비를 제거하는 데 일조할 것입니다."

입을 꾹 다물고 모사들의 얘기를 경청하던 조조는 그 자리에서 즉각 결단을 내렸다.

"좋소이다! 모개는 진귀한 보물들을 가지고 몰래 남정으로 가 양송을 만나시오. 유비를 모해할 수만 있다면 재물을 얼마든지 써도 좋소."

모개는 조조의 친필 서신을 휴대하고 금은보화를 수레에 가득 싣고서 염상(鹽商)으로 변장한 후 자오곡(子午谷)을 경유해 한중으로 잠입했다. 당시 장로는 유장과의 관계가 완전히 틀어져 유장은 장로의 모친을 죽이고 사천의 염도(鹽道)를 모두 끊어버렸다. 이리하여 한중에 소금이 매우 부족했기 때문에 모개 일행은 가는 내내 큰 환영을 받으며 순조롭게 양송의 부중까지 이를 수 있었다.

이날 양송은 운수 대통한 날이었다. 모개가 찾아오기 전에 이미 유비의 사자 손건의 방문을 받아 옥대 한 조와 보석 50알을 챙기고서 장로에게 잘 말해 저현의 주둔군을 조만간 8천 명으로 늘려주겠다고 약조한 터였다. 그런데 양송이 손건을 전송하고 보석을 정리할 틈도 없이 모개가 찾아와 황금으로 만든 엄심갑 및 옥벽 열 쌍, 진주 백 알 그리고 금과 은 각각 20근을 바치는 것이 아닌가. 그 값어치는 유비의 뇌물을 훨씬 더 상회했다.

양송은 조조의 값진 예물에 표정 관리가 제대로 되지 않았다. 살진 얼굴에서는 자기도 모르게 미소가 연방 흘러나왔다. 그는 새하얗게 빛나는 옥벽을 손에 꽉 쥐고 있으면서도 입으로는 짐짓 이렇게 말했다.

"내 조공과 일면식도 없는데 이렇게 과한 선물을 받아도 되는지 모르겠소? 허허, 이것 참."

모개 역시 일부러 정중하게 예를 갖추고서 대꾸했다.

"그런 말씀 마십시오. 우리 주공은 전부터 양공의 성덕을 익히 듣고 경앙한 지 오래되었으나 만날 기회가 없어 늘 한탄

했습니다. 그러다가 지난번 아군이 한중을 침공해 양공에게 무례를 범한 일로 송구한 마음을 이기지 못한 우리 주공은 특별히 절 보내 변변찮은 선물이지만 성의를 표하라고 명했습니다. 이밖에 우리 주공의 작은 청이 하나 있는데, 양공이 이를 수락한다면 일이 성사된 후 더 크게 보답하겠다고 약속했습니다."

이어 모개는 품속에서 조조의 친필 서신을 꺼내 양송에게 건넸다. 그러면서 유비가 배은망덕하게 조조를 배반하고 식언을 밥 먹듯 해, 절대 믿지 못할 자라고 성토한 후, 제발 양송이 나서서 유비를 제거해 조조의 한을 씻어달라고 간청했다.

편지를 다 읽고 크게 웃음을 터뜨린 양송은 곁에서 계속 눈짓을 보내는 아우 양백(楊柏)을 무시한 채 손으로 가슴을 두드리며 말했다.

"효선 선생은 조공에게 돌아가 조용히 희소식을 기다리라고 전하시오. 수일 내에 내 반드시 조처를 취하리다."

양송에게 몇 번이고 확답을 받은 모개는 기쁜 마음에 연신 고개를 조아려 사례한 뒤 작별 인사를 고했다. 양송도 친히 대문까지 나가 모개를 배웅했다.

양송의 부중을 나온 모개는 하인들을 데리고 서둘러 숙소로 향했다. 그런데 길을 재촉한 지 얼마 되지 않아 모개가 갑자기 발걸음을 멈추고 고개를 돌려 자기 옆을 지나가는 마차를 우두커니 바라보았다.

수종들이 이를 이상히 여겨 물었다.

"대인, 왜 그러십니까?"

"아니다, 아무 일도 아니다."

모개는 급히 고개를 가로젓고 설명했다.

"방금 전 지나간 마차 안에서 한 젊은이가 고개를 내밀고 날 쳐다보는데, 어디선가 본 것처럼 낯이 익더구나. 분명히 내가 아는 사람과 꼭 닮았는데 기억이 도통 나질 않는다. 음, 아무래도 이번 임무를 수행하느라 신경이 예민해져 있어서 사람을 잘못 봤는지도 모르겠구나."

이어 모개는 머리에서 금방 이 생각을 지우고 총총히 길을 재촉했다. 하지만 모개는 마차에 앉아 있는 젊은이가 계속 자신을 주시하리라곤 꿈에도 생각하지 못했다.

*　　　*　　　*

마차에 앉아 모개를 물끄러미 응시하던 깡마른 젊은이는 모개 일행의 그림자가 사라지자 밖에 있는 수종에게 물었다.

"고 숙부, 저자가 바로 조조의 모사 모개라고요?"

쉰 줄을 바라보는 수종이 냉큼 고개를 끄덕거리고 대꾸했다.

"확실합니다요. 소인이 어르신을 따라다니다가 몇 번 만난 적이 있어서 절대 잘못 봤을 리 없습니다. 제때 고개를 돌렸기에 망정이지, 까닥했다간 소인을 알아볼 뻔했습니다."

"그렇단 말이지요……."

순간 그 젊은이의 얼굴에 엷은 미소가 떠오르더니, 손가락으로 이마를 두드리다가 분부를 내렸다.

"고 숙부, 당장 저들을 미행해 숙소를 알아내십시오. 우리 임무를 완수한 뒤 저자의 신분과 위치를 장로에게 까발려야겠습니다."

그 수종은 예, 하고 명을 받은 후 믿을 만한 하인 하나를 골라 모개를 미행하라고 일렀다.

그 사이 마차는 이미 양송의 저택 대문 앞에 이르렀다. 그 젊은이는 고 숙부라 부른 수종의 부축을 받아 마차에서 내려 의관을 정제한 뒤 대문으로 걸어가 문지기에게 예를 갖춰 인사하고 말했다.

"번거롭겠지만 양공께 멀리서 손아랫사람이 숙부를 뵈러 왔다고 전해주십시오. 이는 제 배첩(拜帖)입니다."

이어 그 젊은이는 배첩과 함께 옥패를 문지기의 소매 안으로 슬며시 밀어 넣었다. 그 동작이 어찌나 능숙하던지 스물

갓 넘은 나이의 행동이라곤 믿기지 않을 정도였다.

그리고 배첩에는 또박또박한 글씨로 이렇게 씌어 있었다.

회남 종질 양징(楊徵), 일가 숙부 양공께 인사 올립니다.

그 시각 양송 부저 대당 안에서는 양백이 발을 동동 구르며 양송에게 원망의 말을 쏟아내고 있었다.

"형님, 일이 얼마나 골치 아파졌는지 아십니까? 유비의 예물을 받고 그에게 증병을 약속한 지 얼마나 지났다고, 다시 조조의 선물을 챙기고 유비를 사지로 몰겠다고 약조하다니요? 두 가지는 완전히 모순된 일이라고요. 돈만 받고 일을 처리하지 않았다가 뒤탈이 생길까 걱정입니다."

양송도 뒤룩뒤룩한 얼굴에 오만상을 지었다.

"조조의 진귀한 예물에 눈이 멀어 내 이를 따질 겨를이 없었으이. 이제 어쩐담? 주공에게 먼저 유비의 증병을 권한 다음 유비를 제거하라고 참소할까?"

"그걸 말이라고 하십니까? 그랬다가 주공이 한 입으로 두 말 한다고 추궁하면 어쩌려고 그럽니까?"

양백의 지적에 양송은 어찌할 바를 몰라 얼굴이 점점 더 일그러졌다. 마침 문지기가 그 젊은이의 배첩을 양송에게 올리며 멀리서 친척이 찾아왔다고 고했다. 기분이 좋지 않은 양송은 배첩을 보고 마치 화풀이라도 하듯 큰 소리로 노호했다.

"이런 얼토당토않은 놈을 봤나! 한중과 회남은 수천 리나 떨어져 있는데 무슨 얼어 죽을 친척이란 말이냐? 당장 그놈을 내쫓아라!"

양백도 덩달아 문지기에게 삿대질을 하며 꾸짖었다.

"전부터 우리 양씨와 친척이라며 찾아오는 자는 죄 돈과 식량을 구걸하려는 것이니 절대 부중으로 들이지 말라고 단단히 이르지 않았느냐! 이 명령을 잊었단 말이냐?"

벌써 뇌물을 챙긴 문지기는 쭈뼛거리며 대꾸했다.

"대인, 그자는 돈이나 식량을 빌리러 온 것 같지 않아 보였습니다. 관복이 화려하고 기품 있는 데다 큰 상자를 가져왔는데 장정 네 명이 겨우 들 정도로 무거웠습니다. 참, 마차를 끄는 말도 대완마였고, 안장에 금실이 둘러져 있었습니다요."

"그래?"

양송의 두 눈이 갑자기 반짝거리더니 이마를 주먹으로 툭툭 때리며 말했다.

"아, 이제 생각났다. 선친으로부터 회남에 방계가 있다고 들었는데, 아마 그 후손이 찾아왔나 보구나. 얼른, 얼른 안으로 들이도록 해라."

문지기는 환한 얼굴로 서둘러 자리를 떴고, 양백은 돈 냄새를 말자마자 보이는 양송의 임기응변에 혀를 내둘렀다.

양징의 비쩍 마르고 옹색한 용모는 그의 부친과 놀라울 정도로 꼭 닮았다. 하지만 차림이나 치장은 범인이 범접할 수 없을 만큼 화려했다. 더욱이 일거일동에서는 귀티가 물씬 풍겨나와 문질(文質)이 빈빈(彬彬)하고 우아함의 극치를 이루었다. 멀리서 봐도 귀공자의 풍모가 여실히 느껴져 양송 형제는 그가 보통 인물이 아님을 직감했다.

양징은 안으로 들어와 대당을 쭉 한 번 훑어보더니 양송 앞에 공손히 두 무릎을 꿇고 고두하며 예바르게 말했다.

"소질 양징, 숙부께 문안 인사 여쭙니다."

이어 양백에게도 똑같이 절하며 인사를 올리자, 양송 형제는 아주 흡족한 표정을 짓고 궁금해 물었다.

"현질은 대체 어디서 왔으며, 우리 한중 양씨와 어떤 관계인고?"

"두 숙부께 아뢥니다. 소질의 성은 양이요, 이름은 징이고 자는 아민(雅敏)이라 합니다. 부친의 복음(福蔭)으로 현재 조정에서 형산정후(形山亭侯)에 봉해졌습……."

"뭐, 벌써 작위가 있다고?"

양송이 화들짝 놀라 급히 말을 끊고 묻자, 양징이 겸허하게 대답했다.

"소질의 재주가 미미해 본래 봉작을 받을 자격이 없었습니다. 다만 소질의 가친 음릉후(陰陵侯) 양중명이 본조 도 태위를 모시며 여러 차례 공훈을 세워 그 덕으로 형산정후에 임명되었습니다."

양송은 더욱 크게 놀라 벌린 입이 다물어지지 않았다.

"그럼 현질이 현 상서복야이자 그 이름도 유명한 도 태위의 중신 양굉의 아들이란 말인가?"

"그렇습니다. 가친은 항상 회남 양씨가 아무리 부귀해져도 뿌리를 잊어서는 안 된다고 가르쳤습니다. 한중 양씨의 선조가 무제 때 회남으로 이주해 그곳에 터를 잡고 자손이 번영한 바, 가친은 특별히 소질에게 두 숙부를 찾아뵙고 인사를 올리라 명했습니다."

이어 양징은 소매에서 예단(禮單)을 꺼내 두 손으로 양송 형제에게 바쳤다. 예단을 자세히 살펴보던 양송 형제는 기쁨으로 얼굴에서 반짝반짝 빛이 났다.

양징이 가져온 예물에는 야명주와 묘안석(猫眼石) 각 10알 및 진주 이백 알, 옥벽 10쌍, 금괴 백 개, 네 자 높이의 산호 등 진귀한 보물이 가득했다. 그 값어치는 유비와 조조의 선물에 비할 바가 아니었다.

자리에서 벌떡 일어난 양송은 대당 아래로 내려가 손수 양징을 일으켜 세웠다. 그의 살진 얼굴은 웃음을 지을 때마다 보기 흉하게 실룩거렸다. 양송이 체통도 잊고 선물이 너무 과하다며 너스레를 떨자, 양징은 다시 한 번 예를 갖추고 말했다.

“두 숙부에게 솔직히 말씀드릴 일이 있습니다. 이 선물 중에는 우리 주공 도 태위께서 보내신 것도 있는데, 행여 장공이 두 분을 시기할까 염려돼 일부러 제 부친 명의로 대신 전했습니다. 게다가 우리 주공은 두 분에게 관직을 내릴 마음도 가지고 있지만 같은 이유로 경솔히 나서지 못하는 고충을 헤아려주십시오.”

이 말에 양송 형제는 기쁨을 감추지 못하고 당장 하인에게 주연을 준비하라 이른 뒤, 양징을 상석으로 안내하고 환대하며 통쾌하게 술을 마시며 놀았다. 이리하여 술이 거나하게 취했을 때쯤에 양징이 슬슬 본론을 꺼냈다.

“두 숙부가 이렇게 반겨주시니 몸 둘 바를 모르겠습니다, 하하! 참, 이번에 두 분을 뵌 김에 우리 주공이 부탁하신 공무 하나를 논의할까 하는데, 말씀드려도 되겠습니까?”

“부담 갖지 말고 맘 편안히 얘기해 보게나.”

“사실 별일은 아니고, 두 숙부와 한중 군민에게 모두 이득이 되는 일입니다. 우리 주공의 말씀을 그대로 전하면, 두 분이 장공에게 서량의 마등과 동맹을 맺고 조조를 공벌하도록 청해주십사 부탁했습니다.”

"뭐라고?"

한창 흥에 겨워 있던 양송 형제는 이 말 한마디에 술이 확 깨버렸다.

"주공에게 마등과 연합해 조조를 정벌하라고 권해 달라고?"

"그렇습니다. 조조는 풍요한 한중에 군침을 흘려 지난번 대군을 이끌고 한중을 쳐들어왔습니다. 한중군의 철벽 방어로 조조가 군사를 물렸다 하나 조만간 힘을 축적해 다시 침공에 나설 것입니다. 우리 주공은 현재 서진할 여력이 없기 때문에 한중군이 마등과 손잡고 조정을 대신해 간적 조조를 제거해 주길 바라고 있습니다."

양송은 난처한 표정을 지으며 머뭇거리다가 입을 열었다.

"솔직히 말함세. 작년 조조가 한중을 침입했을 때 당연히 마등에게 구원을 청하라고 생각했었네. 하지만 염포가 멀리 있는 물로는 가까이 난 불을 끌 수 없다고 지적하고, 또 마등이 한수(韓遂)의 견제로 출병하기 어려워 그 생각을 접었네. 그런데 지금 주공에게 마등과 동맹을 맺으라고 청한다면 아마 응낙하지 않을 가능성이 높을 걸세."

물론 양징은 조금도 당황하지 않고 대꾸했다.

"걱정 마십시오. 그때는 그때고, 지금은 상황이 많이 달라졌습니다. 우리 주공은 이미 조정에 표를 올려 마등을 옹주자사(雍州刺史) 겸 정남장군(征南將軍)에 봉하고, 한수를 서량태수(西涼太守) 겸 정서장군(征西將軍)에 봉했습니다. 또한 천자께 청해 둘이 그간의 앙금을 씻고 함께 조조를 토벌하라는 조서를 내렸습니다. 현재 옹주 대부분이 조조의 수중으로 들어갔기 때문에 장공이 결맹을 요청하기만 하면 마등은 기다렸다는 듯 이에 응할 것입니다."

양징은 잠시 숨을 고른 뒤 말을 이었다.

"또한 한수에게도 우리 주공이 이미 서신을 보내 마등과 장공을 도와 조조를 멸한다면 조정에 청해 양주(涼州)를 따로 설치하고 양주자사에 임명하겠다고 얘기해 두었습니다. 따라서 장공이 원하기만 한다면 한수까지 끌어들여 삼군이 연합해 조조를 치는 것도 가능합니다."

양징의 설명을 듣고 나서야 양송의 얼굴이 환하게 밝아졌다.

"하하, 상황이 그렇다면야 주공을 설득하기 어렵지 않을 거네. 내일 당장 주공을 뵙고 마등, 한수에게 동맹을 청해 함께 조조를 멸하자고 얘기해 봄세."

양징은 공수하고 감사를 표한 뒤 슬쩍 한마디 더 덧붙였다.

"참, 염포 선생이 이 제의에 반대한다면 그에게 이렇게 이르십시오. 함께 유비를 북벌 대장에 추천해 조조를 공격하는 선봉에 세우자고 말입니다. 그리하면 염포 선생도 반대하지 않으리라 사료됩니다."

"앗!"

이 말에 양백은 문득 깨닫는 바가 있어 급히 양송의 귀에 대고 속삭였다.

"형님, 이는 그야말로 일석삼조의 절호의 기회입니다! 주공에게 마등과 동맹을 체결하고 유비에게 군사를 증원해 달라고 청한 뒤 유비를 북방 사지로 내몬다면 유비와 조조, 도 태위의 부탁을 한꺼번에 들어주는 셈이 되지 않겠습니까?"

양송도 그제야 무슨 말인지 깨닫고 고민거리가 씻은 듯 사라져 얼굴이 활짝 펴졌다. 이어 그가 양징에게 말했다.

"현질, 도 태위가 마등을 옹주자사에 봉하고, 한수에게 양주자사를 허했다면 응당 우리 주공에게도 성의를 표해야 이치에 맞지 않나? 그래야 우리 주공이 전력을 다해 조조를 토벌할 것 아닌가?"

양징이 미소를 지으며 대답했다.

"그야 미리 다 준비해 두었습죠. 전에 한중 땅에서 한녕왕(漢寧王)의 옥인(玉印)이 출토돼 숙부 등이 장공에게 한녕왕에 오르라고 권해 장공의 마음도 심히 동했으나 염포 선생의 만류로 이를 포기한 일이 있었지요? 만약 장공이 이번에 마등, 한수와 손잡고 조조를 멸한다면 장공의 한녕왕 직은 우리 주공이 보장하겠습니다. 조정에서 우리 주공이 어떤 위치에 있는지 두 분 다 잘 아시지 않습니까?"

이어 양징은 품속에서 편지 한 통을 꺼내 양송에게 올리며 말했다.

"이는 우리 주공이 장공에게 보내는 서신입니다. 숙부께서 대신 올려주십시오."

양송은 편지를 건네받은 뒤 소리 내 웃으며 말했다.

"걱정 말게. 현질은 내 집에서 잠시 거하며 좋은 소식을 기다리게나."

결국 양징의 사주로 양송 형제는 다음 날 바로 장로에게 달려가 마등, 한수와 동맹을 맺어 조조를 멸하자고 권유했다. 또한 도응이 마등, 한수에게 어떤 관직을 내렸는지 낱낱이 고하고 도응의 서신을 바치며, 조조를 멸한 후 도응이 장로에게도 봉상을 약속했다고 설명했다. 조조군의 위협 때문에 골머리를 앓던 장로는 뜻밖의 횡재에 기뻐하며 즉각 마등, 한수에게 연락을 취해 보기로 결정했다.

이때 과연 염포가 이 계획에 의구심을 제기했다. 상황이 상황이다 보니 극렬히 반대하진 않았지만 마등과 한수가 동맹을 맺고 한중군이 적과 싸우는 사이 배후에 숨어 이득만 취하려 들지 않을까 우려한 것이다. 이에 양송이 유비에게 북별대장을 맡기자고 추천하자, 유비를 한중의 우환거리로 여기던 염포는 조조군의 공격을 막으면서도 유비를 화살받이로 삼을 일전쌍조의 좋은 계책이라고 칭찬한 후 마등, 한수와의 동맹 체결에 찬성했다.

양송과 염포가 의견 일치를 보임에 따라 장로도 그날로 마등, 한수에게 사신을 보내 조조를 멸하자는 동맹을 요청했다.

그리고 양송은 이 소식이 유비의 귀에 들어가지 않도록 차단하는 한편, 비밀리에 모개를 만나 조만간 유비를 북쪽으로 출격시킬 테니 조조군이 알아서 그를 처리하라고 얘기했다.

모개는 이 결과에 대해 결코 만족하지 못했다. 그러나 그 자리에서 이를 따질 수 없었기에 마지못해 감사를 표하고 조조에게 이 사실을 알리러 급히 장안으로 돌아갔다.

열흘이 조금 지나 모개가 양송의 회답을 가지고 돌아오자, 조조 역시 이 결과에 큰 불만을 드러냈다. 하지만 곰곰이 생각해 보니 이는 자신의 손으로 직접 유비의 수급을 취할 기회가 생길뿐더러 더 이상 양송에게 아쉬운 소리를 할 필요가 없다는 결론에 도달했다. 이에 산관(散關)과 진창 일대에 군사를 집결하고 유비가 북상해 오면 바로 나가 격퇴할 준비를 하라고 명했다. 그런데 얼마 후 조조에게 예상치도 못한 충격적인 소식이 전해졌다.

마등과 한수는 조조를 멸하면 관직과 토지를 내리겠다는 도응의 사탕발림에 마음이 동해 있던 차에 장로의 동맹 요청 사자가 서량으로 찾아오자 별다른 고민 없이 이를 수락해 버렸다. 이리하여 마등, 한수가 세력을 규합해 관중으로 쳐들어오려 한다는 소식에 조조는 대경실색해 한중을 정벌하려고 준비해 두었던 양초와 군대를 급히 농서(隴西)로 옮겼다.

한편 장로는 양송의 권유에 따라 유비에게 1만 군사를 주고 산관과 고도(故道)를 공격해 마등과 한수의 동진에 호응하라고 명했다. 여기에 한중의 후환을 제거하고 싶어 혈안이 된 염포까지 이번 출병을 적극 지지하자, 유비는 어쩔 수 없이 군사를 이끌고 조인이 지키는 산관으로 출격했다.

하지만 방통은 이번 출병을 위기라고 여기지 않았다. 세 세력이 협력해 원기가 크게 상한 조조를 공격하는 상황이므로 적절히 책략을 구사한다면 조조를 멸한 뒤, 유비가 관중 세력을 흡수하고 한중을 취할 수 있음은 물론, 익주까지 넘볼 수 있는 기회라고 역설했다. 방통의 말에 힘을 얻은 유비는 십이분 정신을 가다듬고 마등과 한수가 좀 더 수월하게 동진할 수 있도록 산관에서 조인과 악전고투를 벌였다.

이렇게 되자 조조만 숨 돌릴 틈 없는 처지에 놓이고 말았다. 서쪽에서는 마등과 한수가 위협을 가해오고, 남쪽에서는 유비가 도발을 일으키니 제한된 병력과 양초로 동시에 두 곳을 돌봐야 하는 어려움에 처했다. 이에 한중 공략은 언감생심으로 꿈도 꾸지 못했다.

*　　　*　　　*

양징은 한중에 오래 머물지 않았다. 장로가 마등, 한수와 동맹을 체결하고, 유비를 산관으로 파견한 것을 확인한 뒤 곧바로 양송 형제에게 작별 인사를 고하고 면수(沔水)를 거쳐 남양으로 돌아갔다.

서주군이 형주군과 화해한 지 오래인 데다 남양을 지키는 황조 부자와의 관계도 많이 개선된 덕에 양징과 고랑 등은 순조롭게 형주군 방어 지역을 지나 11월 상순에 완성에 이르렀다.

그런데 완성에 도착하자마자 허도의 시의로부터 양양으로 가 원소의 어린 아들 원매를 데려오라는 임무가 내려왔다. 양징은 이 일이 분명 도응의 정처 원예의 지시임을 깨닫고 감히 태만히 할 수 없어 진현관도 벗지 않은 채 곧장 양양으로 남하했다.

반도응 연맹이 이미 와해된지라 유표로서는 원상의 인질 원매의 존재에 아무런 신경도 쓰지 않았다. 이에 양징이 원매를 풀어달라고 요구하자 유표는 군말 없이 양징의 청을 들어주었다. 손쉽게 임무를 완수한 양징은 크게 기뻐 유표에게 거듭 사례하고 물러 나왔다.

원매를 데려가도 좋다는 허락을 받고 유표의 대당을 나왔을 때 날은 벌써 어둑해졌다.

그런데 양징은 곧바로 원매를 만나러 가지 않고 귀중한 예물을 주섬주섬 챙긴 뒤 고랑에게 채모의 부저로 안내하라고 일렀다. 양굉을 따라 채모의 집을 여러 차례 방문했던 고랑은 명을 받고 길을 앞장섰다. 하지만 이해가 되지 않는 점이 있어 양징에게 물었다.

“도련님, 시 상서가 채모를 만나라고 하진 않았는데 굳이 가려는 이유가 무엇입니까?”

양징이 미소를 띠며 대꾸했다.

“다 내 미래를 위해서입니다. 지난번 남양 대전이 끝난 후 주공은 넌지시 부친에게 채모와 관계를 개선할 방법에 대해 물으셨습니다. 이를 통해 주공의 의도 두 가지를 짐작할 수 있었지요. 하나는 당연히 주공이 하북으로 북상했을 때 형주의 중신인 채모가 남양을 교란하지 못하도록 막기 위함이요. 둘째는…….”

양징은 여기까지 말하고 마차를 멈춰 세워 주위를 살핀 뒤 목소리를 낮춰 얘기했다.

“주공이 채모를 이용해 유종에게 형주의 기업을 잇도록 유도하려는 것이 아닐까 추정하고 있습니다. 그때가 되면 채모의 영향력이 막강해질 테니 이 기회에 채모와 좋은 관계를 맺어 놓아야 훗날 대공을 세울 것 아닙니까?"

이 말에 고랑은 어리둥절한 표정을 짓고 더욱 낮은 목소리로 물었다.

"주공이 유종의 계위를 지지한다고요? 형주의 대공자 유기는 아군과 줄곧 사이가 좋았고, 또 어르신의 애제자이자 도련님의 사형입니다. 이런 그가 형주를 계승해야 아군에게 더 유리한데, 설마 주공이 유종을 지지할 리가요?"

"그건 숙부가 잘못 알고 있습니다. 아군 입장에서는 유기가 형주의 주인이 되었을 때 더욱 불리해집니다. 유기는 장자이자 적자의 신분이라 형주를 계승할 때 큰 변란이 일어날 리 없습니다. 이는 곧 우리가 형주를 취할 때 막대한 대가를 치러야 한다는 말이 되지요. 하지만 유종이 자리를 이으면 상황이 완전히 달라집니다. 유종은 차자에다 적자도 아니어서 형주의 많은 신하가 이에 불복하고, 특히 병권을 손에 쥔 유기는 난을 일으킬 수도 있습니다. 형주가 혼란에 빠지면 우리가 형주를 취하기 쉬워지지 않겠습니까?"

양징의 설명에 고랑은 입이 쩍 벌어져 할 말을 잃었다. 잠시 후 그는 탐탁찮은 표정으로 입을 열었다.

"하지만 유기 공자는 좋은 사람입니다요. 우리를 정말 많이 도와주기도 했고요."

"이익 앞에서 영원한 친구는 없는 법입니다."

양징의 얼굴에 그의 부친과 똑같은 미소가 떠오르는 듯하더니 이내 냉소를 짓고 말했다.

"게다가 유기가 꼭 호인이라고 보기도 어렵습니다. 강하에 이른 그는 원래 황조가 키워 놓은 수군을 자신에게 귀속시키고, 몇몇 출중한 장수까지 자신의 휘하로 만들어버렸습니다. 이런 점에 비춰본다면 아군이 형주로 남하할 때 누가 가장 큰 위협이 될지 짐작이 가고도 남지 않겠습니까?"

이어 양징은 길에서 시간을 지체할 수 없어 고랑에게 손짓으로 얼른 길을 재촉하라고 일렀다. 고랑이 명을 받고 한창 채모의 집으로 달려가다가 뭔가 이상한 낌새를 채고 양징 곁으로 와 속삭였다.

"도련님, 뒤에 미행이 따라붙었습니다."

"여긴 양양성이라 감시를 받는 건 당연합니다. 신경 쓰지 말고 그냥 가세요."

이에 고랑은 뒤를 무시하고 곧장 채모의 부저로 향했다.

귀한 예물을 잔뜩 안은 양징의 갑작스러운 방문에 채모는 입이 함지박만큼 벌어졌다. 그는 급히 양징을 후당으로 들이고 주연을 베풀어 크게 환대했다. 양징은 부친으로부터 배운

기교를 총동원해 극진한 예를 갖추면서 말끝마다 채모를 한껏 치켜세웠다.

채모의 기분이 극에 달한 것을 본 양징은 채가 형제와도 돈독한 관계를 맺을 요량으로 은근슬쩍 물었다.

"참, 괜찮다면 숙부의 세 형제 분을 뵙고 조카의 예를 올릴까 합니다. 그 김에 장윤 숙부도 뵐까 하는데 소개시켜 주실 수 있으신지요?"

"허, 아쉽게도 지금은 둘째밖에 만날 수 없으이. 셋째와 넷째 그리고 장윤은 마침 양양에 없다네. 다음에 기회가 되면 만날 수 있도록 내 주선해 주겠네."

양징이 감사를 표하자 채모는 사람을 시켜 채훈을 불러오라고 일렀다. 그 사이 양징이 무심결에 물었다.

"세 분은 다 형주의 중신인데 무슨 일로 한꺼번에 성을 비웠습니까?"

"그게……."

채모는 잠시 머뭇머뭇하다가 양징을 응시하고 웃으며 말했다.

"조카는 남이 아니니 솔직히 말함세. 지난번 남양 전투 때 아군이 처참히 패배한 일로 우리 주공이 크게 역정을 내며 각 장수들에게 훈련을 강화하도록 요구했네. 그리고 며칠 전 주공은 훈련의 효과를 확인하기 위해 월말에 하구(夏口)에서 수

륙 대군의 실전 연습을 거행하기로 했다네. 이 행사 때문에 그들은 모두 하구로 갔지. 문빙, 등의, 유선, 괴량 등과 함께 말이야.”

“네? 하구에서 실전 연습을 거행한다고요?”

양징은 깜짝 놀라 소리를 지르더니 곧 마음을 진정시키고 곰곰이 따져보기 시작했다.

‘하구라면 강하 경내에 있는 곳 아닌가? 강하군도 이 연습에 참가할 경우 유표가 동원하는 군대는 형주 수군의 절반 이상이라는 말인데……. 이를 계기로 유기가 더 많은 병권을 손에 쥘 수 있을 테고. 설마 이번 연습을 통해 유표와 유기가 권력을 자기들에게 집중하려는 계획을 세운 걸까?’

양징은 마음속으로 이런 의심이 강하게 들었지만 채모 같은 자와 이를 심도 있게 논의할 수는 없었기에 자세히 묻지 않고 지나가는 말로 질문 몇 마디만 툭 던졌다. 이를 통해 형주군의 이번 연습에 동원되는 수륙군의 수는 총 8만이 넘고, 대소 선박도 6천 척 이상이며, 형주 최대의 식량 창고 강릉(江陵)에서 전량을 댄다는 사실을 알아냈다.

하지만 형주의 군사기밀에 대해 꼬치꼬치 캐묻다간 채모의 의심을 살까 염려해 더 이상 묻지 않고, 오로지 채모에게 아부를 떨며 연줄을 대는 데 주력했다.

잠시 후, 채훈까지 채모의 부중에 이르자 양징은 그 일을 모두 잊고 통쾌하게 마시며 이들의 비위를 맞추는 데 집중했다.

이경이 훌쩍 넘어 양징이 얼큰하게 취해 역관으로 돌아왔을 때, 잠자리를 챙기던 고랑이 조용히 말했다.

"도련님, 채 도독 부중의 분위기가 전과는 좀 달랐습니다. 밀정이 꼭 우리를 감시하는 기분이 들더군요."

"그걸 어찌 안 거요?"

양징의 눈이 반쯤 감겨 대수롭지 않게 묻자, 고랑이 심각하게 대꾸했다.

"술을 따르는 시비의 행동이 수상쩍었습니다. 도련님과 채 도독이 군무에 대해 얘기할 때마다 조금 긴장돼 보이는 것이, 두 분 대화를 암기하는 모습이었다고요. 그러다가 하마터면 술잔을 엎지를 뻔하기도 했고요."

"아, 그래요? 난 전혀 모르겠던데."

양징은 졸음이 쏟아져 아무렇게나 대답한 뒤, 그 이유를 알겠다는 듯 갑자기 웃음을 지었다.

"혹시 그 아리따운 시비에게 관심이 있어서 계속 지켜본 것 아닙니까?"

쉰 줄의 고랑은 얼굴이 살짝 붉어졌다가 정색하고 말했다.

"지금 농담할 때가 아닙니다. 제가 어르신을 따라다닌 지

곧 있으면 10년이라, 이런 자들을 숱하게 만나봤습니다. 그 시비는 밀정이 틀림없다고요!"

그럼에도 양징은 하품을 해대며 별일이 아니니 내일 얘기하자고 말하고는 도중에 그대로 침상에 곯아떨어졌다.

고랑은 어쩔 수 없다는 듯 양징을 바로 누이고 자신도 돌아가 쉬었다.

『전공 삼국지』 16권에 계속…

황실 다음가는 권력을 지녔다고 하는
천문단가(千文團家)에서 오대독자가 태어났다.
그리고 그 아이는 튼튼하게 자라났다.
…굉장히 튼튼하게.

『보신제일주의』

"다 큰 어른들도 하기 힘들어하는 수련인데
공자께서는 요령도 피우시지 않는군요. 대단합니다."
"건강하게 오래 살려면 해야 하는 일이니까요."

취미는 삼 뿌리 씹기, 약탕기는 생활필수품!
그리고 추구하는 건 오로지 보신(保身)!
하지만… 무림의 가혹한 은원은 피할 수 없다.

"각오완료(覺悟完了)다. 살아남아 주마!"